戰國縱橫

卷三——見龍在田

寒川子 著

高寶書版集團

戲非戲 DN069

戰國縱橫　卷三：見龍在田

作　　者：寒川子
總 編 輯：林秀禎
編　　輯：李國祥
校　　對：李國祥
出 版 者：英屬維京群島商高寶國際有限公司台灣分公司
Global Group Holdings, Ltd.
地　　址：台北市內湖區洲子街88號3樓
網　　址：gobooks.com.tw
電　　話：(02) 27992788
E-mail：readers@gobooks.com.tw（讀者服務部）
pr@gobooks.com.tw（公關諮詢部）
電　　傳：出版部(02) 27990909　行銷部（02）27993088
郵政劃撥：19394552
戶　　名：英屬維京群島商高寶國際有限公司台灣分公司
發　　行：希代多媒體書版股份有限公司/Printed in Taiwan
初版日期：2009年7月

國家圖書館出版品預行編目資料

戰國縱橫. 卷三, 見龍在田 / 寒川子著. -- 初版. -- 臺北市：高寶國際出版：希代多媒體發行, 2009.6
面； 公分. --（戲非戲；69）

ISBN 978-986-185-332-1（平裝）

857.7　　98010180

・目錄・

【第十一章】

降瘟神衛人罹劫
尋大道孫賓遇涓

就在隨巢子與弟子宋趼離開雲夢山不久，隨巢子的預感就已應驗了。剛剛經歷戰火洗劫的衛國鄉野未及重建，一場更大的災難悄無聲息地降臨在他們頭上。

事發於平陽郊區一個名叫石碾子的村落。顧名思義，石碾子村是做石碾的，村中一百多戶人家，幾乎每一家的男人都是石匠，都有採石、鍛碾這門絕活，一到農閒，他們就拿上工具，奔波列國，為農人打製石碾。

也是該有這場劫難。公子卬屠城之後，平陽基本上已是一座空城，城中凡能尋到的屍骸也都被墨家弟子組織遠近青壯拉到郊野葬了。其中一個參與運屍的石匠無意中看到一家大戶院中有一只古碾，覺得十分別緻。石匠當時顧不上這事。一個月之後，這個石匠得了空閒，便於一日凌晨早早起床，拿了筆墨、木片等一應工具，打算好好研究一下上面的圖案，琢磨古人是如何製碾的。

這位匠人剛一走進院中，就嗅到一股怪味。這陣子一直忙於清運屍體，這種味他已習慣了，因而也就沒有特別在意，逕直走到古碾跟前，站在那裡細細觀察。半個時辰之後，匠人已將石碾子上面的圖案全都描在隨身帶來的木片上。但他並沒有走，而是蹲下身子，想研究一下石碾子的底端，看看古代匠人是否也在這裡下過功夫。

這一看不打緊，匠人當下尖叫一聲，跌坐於地。古碾下面赫然蜷曲著兩具腐屍，顯然是受驚的衛人躲在這裡，被魏武卒亂槍捅死的。因時間太久，兩具屍體早已腐爛得不成樣子，那些怪味正是從這裡散發出來的。

待石匠回過神來，這才掙扎著起身，掉頭跑回家去。當天倒也無事，第二日，他感覺身上發冷，叫妻子熬過薑湯喝了，竟未見輕。妻子見他臉色泛青，且青中泛紫，覺得奇怪，問他是怎麼回事，他只是搖頭。可能是怕嚇著妻子，對於碾下的兩具腐屍，他隻字未提。

第二日夜間，匠人未能熬到天亮，竟是死了。

好端端的丈夫深夜暴斃，年輕的妻子悲傷欲絕，哭得死去活來，鄰居及匠人的親屬全被驚動了，無不趕來奔喪。因見匠人全身鐵青，眾人不知他得的是何怪病，有說叫小鬼抓了，有說叫冥王抽了，反正是沒有一個好說法。家人覺得死相難看，趕忙弄來壽衣將他穿上。剛巧鄰居一個老丈有一副現成的桐木壽材，家人出錢買過，將他入殮了。

按照習俗，平民死後，入殮三日方能下葬。村人留他連過兩夜，在第三日向晚時分，一路上敲敲打打，將他抬往村南的祖墳上安葬。

送葬途中，一長溜人披麻戴孝，嚎哭聲聲。

因桐木壽材不重，村中石匠又都是力氣人，因而只用了四人抬棺。四個抬棺者中，走在後面的兩位是死者的鄰居，也是一對叔姪。將要走到墳地時，姪兒小聲對叔父說：「六叔，前日入殮時，我看見裡面的這人……」朝棺材呶了一下，「臉色烏青，嚇死我了！」

這位六叔頭上虛汗直出，明顯一副勉力支撐的樣子，但還是瞪他一眼：「不要胡說，小心被他聽見，抓了你的魂！」

說話間，六叔陡地打個趔趄，但又挺住了。姪兒做副鬼臉，正要嘲笑六叔膽小，突然呆了，怔怔地盯住他道：「六叔，你臉上也……也泛青了！」

他的話音剛剛落地，六叔已是支持不住，兩腿一軟，歪倒於地。棺木突然失去一角支撐，滑掉於地。

姪兒放下抬槓，哭叫道：「六叔！六叔——」

眾人聞聲，齊圍過來。

姪兒一把抱住六叔，走到路邊。六叔的臉色越來越青，一手緊抵喉嚨，一手指著棺材，極其吃力地說：「是……是他……」

姪兒似乎突然間意識到了什麼，兩眼發直，驚叫道：「鬼呀，鬼呀，鬼抓人嘍！」瘋了般撒丫子就跑。

眾人皆吃一驚，正自面面相覷，那邊披麻戴孝的人群中又有一人臉色烏青，歪倒於地。眾人一看，是那石匠的年輕妻子。

眾人一下子傻了。又有人發一聲喊，大家各自慌神，竟是四散逃去。

此後沒過幾日，附近村裡死者頻頻，路上，田邊，處處可見全身青紫的屍體。活人都學乖了，各自躲在家中，沒人去理那些死者。村頭一棵大樹下面，幾個患者佝僂在那兒等死，另一患者半跪在地上，似乎在向上天祈禱。

了，使人飛報相府。

疫情迅速蔓延，幾天之內，竟已波及楚丘。楚丘守丞栗將軍聞知詳情，知是瘟神來

* * *

這日是大朝，老相國孫機由於連拉幾日肚子，偏巧告假，在府中養病。收到急報，孫機匆匆閱過，臉色一下子變了，顧不上身體虛弱，忙叫家宰駕上軺車，朝衛宮急馳。

軺車在衛宮門口戛然而止。老相國孫機在家宰的攙扶下走下車子，手捧急報，跌跌撞撞地踏上大殿前面的臺階。由於慌不擇路，加上身體又弱，一隻腳板未能及時抬起，被臺階上的青石結結實實地絆了一下。家宰眼疾手快，一個箭步急衝上去扶住。

看到這種情況，家宰也就顧不上家臣不得上朝的禮數，扶起孫機，緩步走上宮前的臺階。

正殿裡，眾臣正在向衛成公奏事，突然看到孫機進來，頓時一怔。孫機衝前幾步叩拜於地，手捧急報：「啟稟君上，楚丘守丞栗將軍快馬急報，平陽、楚丘陡起瘟病，患者全身青紫，重則頃刻暴卒，輕則殘喘數日而斃。眼下死者逾百，百姓聞風色變，民心惴惴……」

聽到「瘟病」二字，滿朝文武皆驚，面面相覷。

內臣急走過來，從孫機手中接過急報，雙手呈給衛成公。衛成公顫著雙手接過來，目光掃視一遍，神情竟如呆了一般。

孫機道：「君上？」

衛成公這才醒過神來，長嘆一聲：「唉，福無雙至，禍不單行。這兵禍前腳剛走，瘟神後腳就到，難道是上天亡我衛室不成？」將頭轉向孫機，「老愛卿，可有除瘟之方？」

孫機搖了搖頭：「按史書所載，禹時洪水氾濫，雍州鬧瘟，歷時三月，屍橫遍野，死者逾十萬計；武王伐紂之時，殷地鬧瘟，死者不計其數，國都幾無禦敵之兵……君上，瘟禍不比兵禍。兵來尚有將擋，這瘟禍……」

衛成公聲音發顫，目光轉向朝臣：「這……這可如何是好？」

站在首位的老太師眼中閃過一道冷光，眼珠子連轉幾轉，趨前一步：「老臣有奏！」

衛成公忙將目光轉向太師，急切地問：「快，老愛卿有何妙策？」

老太師緩緩說道：「據微臣所知，瘟病是天殺之禍，無方可治！」

衛成公一下子怔在那兒：「這……老愛卿是說，寡人獲罪於天了？」

老太師看一眼孫機，別有用心地說道：「君上是否獲罪於天，老臣不敢妄言。不過，眼下這天降瘟神，卻是實情！」

衛成公沉思有頃，目光緩緩地落在太廟令身上：「愛卿主司祭祠，可否代寡人問問，寡人因何使上天震怒，降災於衛的？」

太廟令跨前一步：「回稟君上，恕微臣斗膽犯言，前番戾氣上沖，彗尾掃庚，當是上天示警。微臣已將上天所示奏報朝廷，朝廷卻置上天所示於不顧，不當戰而戰，招致平陽屠城及楚丘、帝丘被圍之禍。戰事完結，朝廷又未及時敬天事鬼，化散戾氣，終釀此災！」

太廟令振振有詞，不言衛成公，只言朝廷，矛頭顯然是指向相國孫機的。衛成公聽得明白，半晌無言，末了長嘆一聲：「唉，戰後理當敬天事鬼，寡人只顧忙碌，竟是誤了。這瘟神適衛，罪在寡人哪！」又頓一下，抬頭望向太廟令，「愛卿可否代寡人祈請上天，請上天召回此神，化解災殃？」

太廟令道：「回稟君上，微臣並無此能。不過，據微臣所知，大巫祝可以神遊上天，溝通鬼神，君上何不召他試試？」

衛成公眼中亮光一閃：「快，有請大巫祝！」念頭一轉，「慢！擺駕太廟，寡人親去懇請！」

衛國太廟位於宮城東南約三里處，從地勢上講，是帝丘城內最高的地方。太廟十分古老，始建於三百多年前，是衛成公東遷帝丘之後蓋起來的首批建築，無論是建築規模，還是奢華程度，均高於後它而建的宮城。但宮城幾經擴建，太廟自建成後一直沿用至今，因而早已與宮城不可攀比。儘管如此，打眼看過去，太廟仍舊不失其初建時的尊貴和典雅。

太廟自建成後，國家大小事項，從任免官吏到民事外交，凡不能立斷的，歷代衛公均要到太廟求大巫祝問卦。這也使太廟變了性質，名義上是衛國的祭祠場所，實際上卻是衛國的權力中心，是決策衛國大政的終端裁判所。正因如此，掌管太廟的太廟令，在朝中一直是炙手可熱的位置。而按照祖制，太廟歷來由太師管轄，決定太廟令、大巫祝人選的自然是當朝太師，因而，老太師在朝中可謂是一言九鼎，上至王公大臣，下至各地郡守，無不對他敬畏有加。

然而，衛成公即位不久即起用孫機為相，太廟的作用一下子降低下來，因為國家大事，無論多麼棘手，孫機總有辦法應對，且大多應對得十分得體。時間久了，衛成公遇事只找孫機商議，只在年節祭祠時才想起太廟。太廟權力一再削弱，老太師自然失去風頭。前番魏人打來，老太師極力主和，孫機卻極力主戰，搞得老太師灰頭土臉，面子盡失。老太師本將希望寄託在戰事的結局上，不想卻又大出所料，秦、魏在河西陡發爭端，魏人主動撤兵，衛國竟是保全了社稷。

老太師、太廟令、大巫祝等人甚是失落，正在苦無良策，偏這瘟神下凡來了！

就在衛成公擺駕太廟之時，大巫祝正在端坐於廟堂之前，雙目微閉，似已入定。小巫祝急走進來，在他耳邊私語一番。大巫祝全身震顫，二目圓睜，光芒四射：「哦，瘟神降於平陽、楚丘，君上親來懇請？那……老太師怎麼說？」

小巫祝道：「老太師說，相國孫機從不敬天事鬼，力促君上以弱抗強，上天震怒，方使瘟神下凡，以懲罰衛人。老太師有兩個意思，一要上仙作法，莫使瘟神竄進帝丘，殃及都城百姓；二要上仙秉承天意，藉此契機使君上重新敬天事鬼，不再聽那孫機蠱惑！」

大巫祝沉思有頃，冷光收攏，眼睛閉闔，似又恢復入定狀態，口中卻道：「去，轉呈太師，就說小仙心中有數了！」

* * *

這日黃昏，在衛成公擺駕太廟後不到兩個時辰，十幾個皂衣宮人手拿令箭匆匆走出太廟，各乘快馬，分馳全國各地。其中兩匹快馬逕奔帝丘的西城門處，一匹馳出城門，馬上皂衣人快馬加鞭，如飛般朝楚丘馳去。另一匹在城門口停下，馬上皂衣人勒住馬頭，朝城門尉宣旨：「城門尉聽旨！」

城門尉叩拜接旨：「末將接旨！」

皂衣人道：「平陽、楚丘瘟神肆虐。君上有旨，自今日始，舉國事天，唯大巫祝之命是從！」

城門尉道：「末將遵旨！」

皂衣人道：「傳大巫祝令，自接令時起，關閉城門，許出不許入，違令者斬！」言訖，將一枝令箭拋落於地。

城門尉撿起令箭，朗聲說道：「末將得令！」

皂衣人也不答話，打轉馬頭，朝另一城門急馳而去。

望著皂衣人漸漸走遠，城門尉朝眾軍士喝道：「還愣什麼？快關城門！」

八名士兵「唰」的一聲走向兩側城門，「嘎」的一聲將其重重關上。

因已天晚，外出辦事或幹活的市民正在陸續回來，排隊入城。猛然看到城門關閉，眾百姓急了，齊衝上來，拚命打門，頃刻間，悲哭聲、怒罵聲響成一片。

那名馳出西城門的皂衣人快馬加鞭，不消兩個時辰，竟已趕到百里之外的楚丘，在守丞府前翻身下馬。此時雖已深夜，因有瘟疫的事，府中仍是燈火通明，守丞栗將軍正在召集城中長老及屬下眾將商議治瘟大事，聽聞君上使臣到，趕忙走出府門，將皂衣人迎入府中，叩拜於地，等候宣旨。

皂衣人在堂中站定，宣過詔書，朗聲說道：「傳大巫祝令，生者不可遊走，死者就地葬埋。凡罹瘟之家，皆上天行罰，不可救贖。當封其門戶，待瘟神行罰之後，焚其房屋，火送瘟神！違令者斬！」

栗將軍一怔，遲疑有頃，叩首道：「末將遵命！」

可能是懼怕瘟神，皂衣人匆匆留下詔書、令箭，不顧夜深路遙，竟自上馬飛馳而回。送走使臣，栗將軍獨坐於堂前，凝思有頃，使人召來屬下部將，傳達完君上旨意後，安排他們執行大巫祝的吩咐。

天剛濛濛亮，全身甲衣的將士兵分數路，在各處交通要道設立關卡，限制臣民走動。早有人將衛成公的詔書和大巫祝的命令製成告示，四處張貼。對於罹瘟區域，則使人將告示內容通過鳴鑼喊話，曉諭臣民。

一時間，平陽、楚丘便如一片死地，除去拿槍持戟的甲士之外，根本看不到走動的活人。無論是臣民還是兵士，人人都被死亡的陰影籠罩著，沒有人高聲說話，連哭聲也難聽到。

一隊兵士如臨大敵般開往瘟病的始發地，石碾子村，將各家各戶圍定，不管裡面是死是活，只用木條、鐵釘將門窗從外面釘死。

一家院落裡，兩名士兵闖進院子，不由分說，將人趕進屋中，關上房門，將門從外面鎖上，乒乒乓乓地釘起封條來。房內傳出拳頭捶門的聲音，一個女人聲嘶力竭地哀求：「官爺爺，我們一家老小好端端的，奴家沒有不事上天哪，求求官爺放我們出去，瘟神沒到我們家，求求官爺，放我們出去吧……蒼天哪，您睜開眼睛，救救我們吧！」

伴隨著女人哭求聲的是一個男孩子稚嫩的叫聲：「阿姐，我渴！」

接著是一個女孩子的聲音：「弟弟別哭，阿姐這就舀水去！」

正在敲釘的士兵心裡一酸，本能地猶豫一下，眼睛望向另一個士兵：「這家好像沒有生瘟，要不，給他們留一條活路！」

另一士兵橫他一眼：「找死啊你，快釘！」

敲釘聲再次響起。

* * *

在都城帝丘，天剛迎黑，大街上就已空空蕩蕩。不遠處，一個值勤的兵士一邊敲鑼，一邊大聲喊道：「大巫祝有令，全城宵禁，所有臣民不得走動，違令者斬！」

一隊執勤的士兵持槍從大街上走過。一匹快馬從這隊兵士身邊馳過，在不遠處的相府門前停下，一身戎裝的帝丘守丞孫賓翻身下馬，走入大門，早有僕人迎出，將馬拉走。

孫賓大步流星地走進客廳，一個女僕迎出來道：「少爺，您可回來了！」說著，上前為他脫去甲衣。

孫賓自己走到衣架邊，換上便服。女僕一邊朝衣架上掛甲衣，一邊說道：「少爺，老爺方才交代，要少爺回來後去宗祠一趟！」

孫賓一怔，拔腿即朝宗祠方向走去。

孫家宗祠設在相府後花園旁邊，牆上掛著一排畫像，排在最中間的一個身披重甲，面目卻是慈祥，下面擺著一個牌位，上面寫著「先祖孫武子靈位」。兩邊依次排列著仙去的列祖列宗，孫賓先父孫操、叔父孫安的牌位排在最邊上。孫安的牌位前面又立了兩個小的牌位，一個是孫安的妻子，另外兩個是他的一雙兒女。

家宰擺上供品，燃好香燭，緩緩退出。

孫機拄著杖，一步一步地走到孫武子的牌位前面，放下枴杖，慢慢地跪下來，抬頭凝視孫武子的畫像。

孫機閉上眼去，兩片嘴唇輕微地嚅動起來，似在喃喃自語。燭光照在他的老臉上，下巴上的花白鬍子隨著他嘴唇的嚅動而微微顫動。

門口，孫賓走到門口，當下站在那兒，靜靜地望著爺爺。
孫機頭也不抬：「是賓兒嗎？」
孫賓走進來，在孫機身邊跪下：「爺爺，是賓兒！」
孫機道：「賓兒，來，跟爺爺一道，祈請列祖列宗在天之靈護佑衛人！」
二人朝列祖列宗的靈位連拜數拜，各自閉目祈禱一陣。
祈禱已畢，孫賓睜開眼睛，看著孫機：「爺爺，此番瘟禍，我們真的躲不過嗎？」
孫機長嘆一聲：「唉，能不能躲過，還看天意！」
孫賓眼中一亮：「天意？爺爺是說，我們尚有解救？」
孫機點了點頭：「傳聞墨家鉅子隨巢子有治瘟之方。若得他來，衛人或可有救！」
孫賓道：「賓兒這就動身尋訪隨巢子，請爺爺准允！」
孫機道：「我叫你來，就是這層意思。只是隨巢子居無定所，你可知道去何處尋訪？」
孫賓道：「爺爺放心，無論他在天涯海角，賓兒定要請他過來！」
孫機思忖有頃：「賓兒，眼下十萬火急，不是天涯海角的事。不久之前，有人曾在洛陽見過隨巢子，你可前往洛陽方向尋訪。衛地鬧瘟一事，必已沸揚於天下，依隨巢子性情，若是知曉，也必前來。是否已在途中，或未可知！」
孫賓點點頭，站起身子：「爺爺保重，賓兒走了！」

孫機也站起來，依依不捨地望著孫賓：「賓兒，去吧，爺爺在楚丘守望你們！」

孫賓驚道：「爺爺，您……您要去楚丘？」

孫機點頭道：「是的。這兩日來，你都看到了。大巫祝如此治瘟，疫區百姓只怕是雪上加霜。有爺爺這把白鬍子在那兒飄上一飄，他們心裡多少會有一點安慰。」

孫賓朝孫機跪下，緩緩說道：「爺爺……可……可您這身體，這還病著呢！」

孫機慈愛地撫摸著孫賓的腦袋：「去吧，爺爺這把老骨頭，硬朗著呢！」

孫賓又拜幾拜，泣道：「爺爺，您……您多保重！」

孫賓說完，當下回到廳中，將披掛穿了，到馬廄牽出戰馬，逕朝西城門馳去。

*　　*　　*

石碾子村，家家戶戶的門窗都被兵士們從外面釘死，幾處房子已經燃火，遠遠望去，濃煙滾滾。

幾個軍卒拿著火把，走到一家被釘死的院落旁邊，推開院門正欲進去，忽然聽到屋子裡隱隱傳來哭泣聲。

軍卒甲側耳細聽一會兒，扭頭說道：「是老頭子在哭，看來今日走的是他老伴！」

軍卒乙道：「這老頭子也怪，昨日兒子死，只聽到老伴哭，沒聽到他哭；今兒老伴死，他卻哭了。由此看來，老伴要比兒子重要！」

軍卒丙道：「你懂個屁！人要是過分傷心了，反倒哭不出來！兒子走時不哭，老伴走時哭，這恰恰證實，兒子比老伴重要！」

軍卒甲橫他們一眼：「這是爭執的地方嗎？前面還有十幾家呢，要是耽擱久了，小心瘟神把你們也擱下來！聽說沒，就這幾日，光咱這個百人隊就擱倒十幾個！你們也想跟在後面嗎？」

軍卒甲說到這裡，擱下話頭，退出柴扉，率先朝前面一家院落走去。

兩個軍卒做個鬼臉，跟在後面。三人推開柴扉，走到院子裡。軍卒甲大聲朝屋子裡喊道：「喂，有人嗎？」

沒有應聲。

軍卒甲跟著又喊兩聲，聽到仍無應聲，轉對兩個軍卒道：「這一家全沒了，燒吧！」

幾個軍卒走到院中堆放柴垛的地方抱來柴草，分別堆放在大門、前後窗子及屋椽下面，拿火把點上。不一會兒，濃煙四起，整座房子熊熊燃燒起來。

村子南頭，一輛馬車緩緩爬上一個高坡，在坡頂停下。坐在車前駕位的家宰扭頭說道：「主公，石碾子到了，聽說這瘟病就是從這裡散播出去的！」

孫機緩緩地跳下馬車，站在坡頂，望著村中正在冒出的股股濃煙，兩道濃眉擰到一起。

望有一會兒，孫機道：「你在這兒候著，我去村裡走走！」

家宰急道：「主公，您……您在這兒看看也就是了。前面就是楚丘，待會兒見到栗守丞，您就啥都知道了。」

孫機道：「不打緊的，我去去就來！」

孫機說完，緩緩地走下坡去。

村中，那三名軍士又燒了兩幢房子，開始走向曾有婦人求救的那家院子。軍卒甲照例推開柴扉，走進院中，站在那兒大聲喊道：「喂，屋裡還有人嗎？」

屋中沒有聲音。

軍卒甲遲疑一下，走到門口，敲敲門道：「喂，屋子裡還有人嗎？」

仍是沒有聲音。軍卒甲朝幾個軍卒招招手道：「抱柴吧！」

兩名軍卒趕到柴房抱柴，堆放在房子四周。就在他們準備點火時，一扇從外面封死的窗口處突然傳來一陣響動，接著，一隻小手從一處漏洞裡伸出。小手微微晃動幾下，傳出一個女孩子幾乎完全嘶啞的哀求：「叔叔……叔叔……」

幾個軍卒大吃一驚，面面相覷。

女孩子的聲音越來越低：「水……叔叔，水……水……」

軍卒乙望一眼軍卒甲：「還燒嗎？」

軍卒甲瞪他一眼：「燒燒燒，燒個屁，人還活著呢！快走，趕明兒再來！」

幾個軍卒轉過身子，正要離開，發現門口赫然站著孫機。

孫機瞪他們一眼，逕直走到窗前。

女孩子的小手仍在窗洞處絕望地晃動。孫機取過身上的水囊，急步走到窗前，遞給小姑娘。但窗口封得太牢，洞口過小，小姑娘怎麼也拿不進去。孫機急了，用力將釘著的一根木條扳斷，弄出一個大洞，將水囊塞進窗子。

小姑娘顫抖的小手接過水囊：「謝……謝爺爺！」

孫機道：「孩子，就妳一個人嗎？」

小姑娘用微弱得幾乎聽不到的聲音道：「還有娘和弟弟、爺爺，救救我們吧，救救我娘，救救我弟弟、爺爺，我們沒東西吃了，也沒水喝……」

小姑娘啞著嗓子，泣不成聲。

孫機顫聲道：「孩子，爺爺這就救你們出來！」

孫機轉過身來，大聲衝幾個軍卒說道：「這孩子好端端的，為何關她進去？」

眾軍卒互望一眼，軍卒甲欺上一步，兩眼瞪著孫機：「還沒問你呢，你倒反過來問起我來！告訴你，大巫祝有令，凡私拆官封者，一律治以死罪！念你年過花甲，也還出於一片好心，軍爺就不與你計較，也不問你是何人、來自何處了。少管閒事，趕快走路吧！」

孫機非但不動，反而指著門上的封條：「把木條拆掉！」

軍卒甲一愣，上下左右打量孫機，眼睛一橫：「嘿，你這個怪老頭，軍爺有意放你一條生路，你卻不走！這叫什麼？這叫不識相！弟兄們，拿下他，關他柴房裡去！」

三名軍卒圍上來，上前拿住孫機，眼見就要扭送進柴房，院外傳來車馬聲，不一會兒，家宰在門口停下車子，急走進來，朝眾軍卒喝道：「住手！」

三個軍卒面面相覷，正待問話，家宰喝道：「還不放開相國大人！」

三人一下子愣了。軍卒甲怔道：「相國大人？什麼相國大人？」

家宰斥道：「還能有什麼相國大人？他就是當朝孫相國，你們這群瞎了眼的！」

三名軍卒一下子傻了，急急放開孫機，叩拜於地，軍卒甲話不成句道：「小……小人冒……冒犯相國大人，請相國大人治……治罪！」

孫機輕嘆一聲，指著門窗緩緩說道：「拆掉門上的封條！」

幾名軍卒趕忙起身，三五下就已拆掉門上的封條。孫機率先走進屋去，將餓暈在炕上的男孩子抱出院門。三名軍卒見相國都不怕死，哪裡還敢說話，紛紛走進去，兩人抬了一個中年女人，另一個抱了那個小姑娘，放在院中。

孫機道：「拿乾糧來！」

家宰走回車上，拿出幾塊乾糧。孫機將一塊嚼碎，餵在小男孩口中。幾個軍卒看到，趕忙尋來一只大碗，將乾糧泡在碗中，餵給中年婦女。

小姑娘最是清醒，跪在孫機前面一邊喝水，一邊大口地嚼咬乾糧，兩隻大眼一眨不眨地望著孫機。

孫機看著她：「孩子，妳叫什麼名字？」

小姑娘道：「俺叫阿花！」

孫機道：「這是妳娘，那妳的阿大呢？」

阿花道：「阿大出遠門給人家做石碾子去了，家中只有我們娘仨，聽說外面傳病，娘就不讓我們出門，還將屋子用火烤了。我們三個好端端地在這屋裡，突然就有兩個兵士衝來，不由分說，把我們三人關進屋裡，在外面釘上木條。我們沒得吃，也沒得喝，後來，娘和弟弟又渴又餓，就昏過去了。爺爺，要不是您，我們就得活活死在這屋裡。」

阿花說到這裡，哽咽起來。

孫機拍拍她的腦袋：「孩子，莫哭，莫哭，有爺爺在，一切都會好的！」轉對軍卒甲，「還有多少人家被釘在屋裡？」

軍卒甲道：「回相國大人，大巫祝說，這個村子犯下大罪，瘟神行罰，家家戶戶都讓釘了！」

孫機道：「荒唐！你去查看一下，凡是活著的，全都放到外面！」

軍卒甲遲疑一下：「這……」

家宰斥道：「這什麼這？相國大人叫你去放，還不快去！」

軍卒甲道：「小人遵命！」

軍卒甲領了兩名軍卒急急出去。

* * *

帝丘城中，孫機前腳剛走，就有人告知太廟令。太廟令急到太師府中，將孫機、孫賓爺孫二人相繼出城之事細細稟報。

太師凝眉沉思有頃，對太廟令道：「依孫機性情，眼下出城，必是前往疫區去了。」

太廟令道：「他去疫區，豈不是找死？」

太師點了點頭：「這樣也好。倘若真的死了，倒是省心！」略頓一下，「這兩日見過大巫祝了嗎？」

太廟令道：「下官就是打上仙那兒來的。」

太師急問：「他說沒說過這瘟神何時可以送走？」

太廟令道：「上仙已經神遊天宮，面奏天帝了。天帝諭旨說，衛人當有百日瘟災，待瘟神行罰期滿，方好收回。」

太師驚道：「百日？行罰這麼久，要死多少人哪？再說，萬一君上失去耐心，事情豈不更糟？」

太廟令道：「回稟太師，上仙說了，瘟神一旦行罰，非百日不可，急切不得。至於要死多少人，上仙說了，只要封死道路，莫使罪人流竄，就等於將瘟神鎖在平陽、楚丘兩地，由他胡來一陣，想也鬧不出大的亂子。再說，孫機蠱惑君上不事鬼神，死他幾人，也是應得！」

太師低下頭去，許久，方才點頭說道：「既有此說，就依他吧！」眉頭又是一緊，

「說起這孫機，老朽倒是想起一事，這爺孫二人既然出城，為何沒有走在一道？」

太廟令道：「這……下官也是不知！」

太師道：「派人盯上！此番機會難得，萬不可讓這對老小壞下大事！」

太廟令道：「下官明白！」

太廟令告辭。太師略想一想，當下叫了車馬，逕去宮中叩見成公。聽聞太師求見，衛成公一反往常，不但迎出宮門，而且親手扶他走進宮中，免去跪拜，讓他率先落座。

太師道：「君上如此大禮，教老臣如何承當？」

衛成公道：「老愛卿此來，必有大事說給寡人！」

太師道：「啟稟君上，老臣方才得知，相國昨日出城去了！」

衛成公大驚失色：「出城？這個時候，他出城幹什麼？」

太師道：「聽說是到楚丘、平陽探訪瘟病去了！」

衛成公驚得呆了，急站起來，在殿中連走幾個來回，轉對內臣：「這個老糊塗，快，追他回來，就說寡人有急事商議！」

內臣道：「小人這就使人追去！」

太師道：「啟稟君上，老臣得知相國出城，已經使人前去尋訪了。」

衛成公點頭道：「如此甚好。若有消息，速報寡人！」

太師道：「老臣遵旨！」

＊　　＊　　＊

小巫祝領著幾個巫人逕至楚丘守丞府，經過一番查問，見大巫祝的命令已經得到完全貫徹，甚是滿意，當下褒獎幾句，抬頭問道：「栗將軍，聽說孫相國已來楚丘，怎麼不見他呢？」

栗將軍驚道：「哦，相國大人幾時來的，栗平未曾見到！」

小巫祝道：「那……孫賓將軍呢？」

栗將軍道：「也未見到！」

小巫祝審視一眼栗將軍，知他沒有說謊，悶頭說道：「這就怪了。他們爺孫二人早已出城，未至此處，能到哪兒去呢？」

栗將軍沉思有頃：「請問上仙，你敢斷定孫相國、孫將軍是到楚丘來了？」

小巫祝道：「不到此地，他們出城幹什麼？」

栗將軍想想也是，朝中真正關心百姓的，也就是相國，遂點頭叫道：「來人！」

一名參將進來。

栗將軍道：「搜查附近村寨，尋訪相國大人和孫將軍！」

參將道：「末將得令！」

參將領人挨村查去。查至石碾子村，果然看到孫機正在村中。幾個軍卒已將那些仍舊活著的村人放出屋子，孫機指使眾人給各家各戶送水送糧，囑咐他們不可亂走，暫先待在自家院中。

參將大驚，顧不上叩見，當即勒轉馬頭，逕回楚丘，將情況備細說了。

栗將軍、小巫祝聞聽孫相國拆了封條，急忙帶人趕到石碾子村，見孫機正在一戶院中救助村民。栗將軍跨前一步見禮，孫機見是栗將軍，欲起身還禮，陡然感到一陣眩暈，差一點歪倒於地。

栗將軍看得真切，急步上前扶住：「相國大人，相國大人，您……您這是怎麼了？」

孫機額上虛汗直出，在栗將軍的攙扶下，勉強走到旁邊一棵樹下，靠在樹幹上道：「快，水！」

早有人拿過水囊，遞給孫機。孫機連喝幾口，喘過氣來，笑對栗將軍道：「看老朽這身子，前幾日拉肚子，竟是虛了！」

栗將軍道：「相國大人，您……您到楚丘來，下官這才知道，是以來得遲了！」

孫機指了指院子裡的村民：「這些村民，有的的確有病，有的卻是無病，這麼不分青紅皂白，一概封門，如何能成？」

栗將軍看一眼小巫祝：「這……回稟相國大人，下官也是身不由己，奉命行事！」

小巫祝看到孫機的眼睛向他射來，只好跨前一步，略略一揖，眼睛轉向院中的村民和拆掉的封條，緩緩說道：「小仙見過相國大人！相國大人，您在這裡私拆封條，擅放罪民，這是違抗君命！小仙奉勸相國大人，萬不可在此一意孤行，毀掉大人一世清名！」

孫機喘著粗氣，斥道：「都是百姓，何來罪民？你回去轉告大巫祝，轉呈老太師，就說本相說了，這樣治瘟，莫說趕不走瘟神，便是趕走，也是傷民。天下至貴者，莫過於生命，若是只為一己之私，就這麼草菅人命，實非智者所為！」

孫機義正詞嚴，小巫祝嘴巴張了幾張，竟是一句話也回不上來，面紅耳赤道：「相國大人，你……你候在這兒，小仙這就回去奏知上仙！」

小巫祝說完，轉身走到門外，騎上快馬，一溜煙塵逕奔帝丘而去。

栗將軍看一眼正在氣喘的孫機：「相國大人，您……您這身子骨要緊，要不，先到下官府上，好好將息一晚如何？」

孫機又喘一時，擺手道：「你們去吧，老朽只想待在這個村裡，跟百姓嘮嗑！」

栗將軍急道：「這……這如何能成？」

孫機想了一會兒，緩緩說道：「栗將軍，本相問你，罹瘟百姓究竟有多少？」

栗將軍道：「從平陽到楚丘，方圓五十里內瘟病肆虐。就下官所知，迄今為止，像石碾子這樣整村封門的共是八個村寨，千二百家，零星封門的有三百餘家。百姓聽聞罹瘟就要封門，縱有病人，也不上報，誰家有死人，更是悄悄埋葬，連哭都不敢，因而眼下究竟有多少人罹瘟，又死去多少人，下官實在說不清楚。」

孫機眉頭鎖在一起，許久方才長嘆一聲：「唉，天災是大，人禍卻是甚於天災！前番魏人屠城，平陽百姓已所剩無幾，再這樣下去，楚丘也將成為一座空城，這人丁興旺、雞犬之聲相聞的百里沃野，就會成為無人區！」

栗將軍也是不無憂慮：「可……君上旨意如此，如何是好？」

孫機輕嘆一聲道：「唉，君上也是讓這瘟病嚇糊塗了。沒有百姓，何來國家？沒有國家，何來社稷？栗將軍——」

栗將軍道：「下官在！」

孫機道：「國家昏亂，方見忠臣！眼下君上糊塗，奸人當道，你是此地的父母官，萬不可亂了方寸哪！」

栗將軍跪下道：「下官知罪！可這如何治瘟，下官真的不知。相國大人若有良方，下官願聽吩咐！」

孫機道：「老朽已使孫賓尋訪墨者去了。聽聞墨者有治瘟之方，若得鉅子前來，此瘟或可有治！你使人打探一下，看看孫賓他們幾時能到！若是到了，就叫他們先來此村！擒賊擒首，治病治本。瘟病既從此始，亦當由此治起！」

栗將軍朗聲說道：「下官遵命！」

＊　＊　＊

小巫祝一溜煙似地回到帝丘，將石碾子村發生的事情細細稟過，末了說道：「那孫機還讓小人特別傳話給太師！」

老太師道：「他說什麼？」

小巫祝道：「孫機說：『這樣治瘟，莫說趕不走瘟神，便是趕走，也是傷民。天下至貴者，莫過於生命，若是只為一己之私，就這麼草菅人命，實非智者所為！』」

老太師聞聽此言，勾頭半晌不語。太廟令道：「孫機這是狗急跳牆，大人莫聽他的胡言亂語！」

老太師嘆道：「唉，這孫機倒是明白人。可他有一點不明白，那就是，人不為己，天誅地滅。他孫機這樣子忙來忙去，雖不為利，卻是為名。這不也是一己之私嗎？」

太廟令道：「老太師所言甚是！前番魏人伐我，他孫氏一門出盡風頭，名噪天下，卻害得平陽血流成河，滿城盡屠！」

老太師白他一眼，轉向小巫祝：「老相國身體可好？」

小巫祝道：「回稟太師，小人看到相國時，見他已是勞累過度，若不是栗將軍攙扶及時，他必倒在地上！小人與他說話，他已顯出支撐不住的樣子。」

老太師眉頭一動，轉向大巫祝：「請問上仙，看這證候，相國別是惹怒了瘟神？」

大巫祝轉向小巫祝，問道：「相國是否額頭汗出？」

小巫祝道：「正是！」

大巫祝再問：「相國是否氣喘吁吁？」

小巫祝道：「正是！」

大巫祝又問：「相國是否面呈青氣，全身發顫？」

小巫祝略略遲疑一下，當即說道：「正是！」

大巫祝點了點頭，轉對太師道：「回稟太師，孫相國私拆封條，擅放罪民，已經獲罪於瘟神，看這證候，必是瘟神在行罰了！」

老太師道：「老相國是衛國大寶，不可缺失，麻煩上仙跟瘟神商議一下，讓他老人家手下留情，放回老相國來。老朽這就稟報君上去！」

大巫祝道：「太師放心，小仙這就去求瘟神！」

老太師點了點頭，轉身叫家宰備車前往宮城。成公見他到來，急急問道：「老愛卿，可有孫愛卿下落？」

老太師的眼中擠出幾滴老淚：「回……回稟君上，老臣正是為此而來！」

成公心裡咯登一聲，急問：「愛卿快說，孫愛卿他……他怎麼了？」

老太師長嘆一聲：「唉，孫相國愛民心切，竟是瞞了所有人，也不顧君上詔命，與他家臣一道逕至石碾子村，逼令兵士打開封條，放出罪民。相國此舉，竟是惹惱了瘟神，那瘟神……」

老太師說不下去了，眼中竟又擠出幾滴老淚。

衛成公一下子怔了，好半天，方才說道：「老愛卿是說，孫愛卿他……他得了瘟病？」

老太師點了點頭。

衛成公跌坐於地，又怔半晌，轉對太師：「老愛卿，可……可有救治？」

老太師道：「老臣得知消息，當下去求大巫祝，請大巫祝赴上天求求瘟神，這陣想必已經回來，或有救治！」

衛成公急道：「快，快請大巫祝！」

不一會兒，大巫祝進宮叩道：「小仙叩見君上！」

衛成公道：「上仙免禮！」

大巫祝謝過，起身坐下。

衛成公道：「孫相國愛民心切，無意中得罪瘟神，招致瘟神行罰。方才聽太師說，上仙已去求過瘟神，寡人甚想知道，這瘟神是怎麼說的？」

大巫祝道：「回稟君上，小仙方才神遊天宮，叩見瘟神，瘟神說，相國大人違抗君命，私侵他的領地，放走他的屬民，已犯死罪！」

衛成公驚道：「這……寡人身邊，不能沒有孫愛卿！還請上仙再去懇請瘟神，求他務必放回孫愛卿！」

大巫祝道：「回君上的話，方才小仙正是這麼懇請的。小仙好說歹說，瘟神終於開恩，說是只有一方，可以救贖相國大人！」

衛成公道：「是何妙方，請上仙快說！」

大巫祝道：「瘟神說，君上須將瘟神的屬民還給瘟神，對那幾個擅拆封條、違抗君命的軍卒明刑正法，警示國人！」

衛成公道：「好，寡人答應！」

大巫祝道：「瘟神還說，相國大人從他牙齒下面奪走童男、童女各一名，須此二人獻祭！」

衛成公點頭道：「就依瘟神所請！寡人煩請上仙親勞一趟，速速獻祭，早日從瘟神那裡贖回孫愛卿！」

大巫祝道：「小仙聽從君上，這就動身！」

* * *

大巫祝領了君命，帶了小巫祝及十多名巫女，與內臣、太廟令等一行人浩浩蕩蕩，一路上敲鑼打鼓，焚煙點火，逕投楚丘守丞府。內臣宣過君上詔書，栗將軍接過旨，當即領著人馬趕赴石碾子村。

孫機年過七旬，本就人老體弱，抗魏以來，又未好好休息過一日。前幾日連拉數日肚子，這又帶病奔走疫區，受了這戾氣，縱使鐵打的身子，哪裡經受得住？眼見孫機苦撐不住，家宰趕忙將他扶進軺車，趕至村南高坡上，使他遠離村中戾氣。

大巫祝等趕到時，孫機已是昏迷不醒，臉上泛起青氣。

在大巫祝的命令下，眾軍士又將村民趕進屋去，封條封死，使軍士抱來一堆乾柴，在村頭空場上堆起一個柴垛，設了一個祭壇，將阿花姐弟二人梳洗過了，換上一身白衣，放到這堆高高的柴垛上面，拿繩索將他們的兩腳、兩手綁了，並使他們盤腿相對而坐。

兩個孩子因恐懼而全身顫慄，哭都哭不出來。

幫孫機放出村民的三名軍卒也被反綁雙手，跪在祭壇前面。他們的身後是一排巫女，巫女後面是小巫祝，小巫祝後面是大巫祝，大巫祝後面不遠處，是栗將軍、內臣、眾兵卒等數百號人，再後面就是那個高坡，坡上停放著孫機的輜車。

不一會兒，巫樂響起，眾巫女個個手拿火把，踏著鼓點，載歌載舞，準備向瘟神獻祭。

栗將軍站立不安，似乎在焦急地等待什麼。

不遠處的大道上，一名軍尉和孫賓牽著馬急急走著，身後跟著隨巢子、告子、宋趼等十幾個背著背簍的黑衣墨者。

軍尉手指不遠處的一個村落：「稟報孫將軍，前面就是石碾子村，據說瘟神就是從這個村子發作起來的。相國大人說，他就在這個村裡等你！」

孫賓急於見到爺爺，轉對隨巢子道：「隨巢子前輩，孫賓先行一步了！」

隨巢子點了點頭，孫賓囑託軍尉幾句，跨馬朝石碾子村急馳而去。

鼓點越來越響，巫女越舞越勁。

孫機躺在輜車中，臉色青紫，昏迷不醒。家宰守在車邊，目光焦急地望著坡下的祭

壇，似乎在等候大巫祝火祭之後，相國能夠奇蹟般生還。

一陣更急的鼓點傳來，孫機的腦袋略動一下，微微睜開眼睛。家宰看到，急忙俯下身子，驚喜地叫道：「主公，主公，您……您可醒過來了！」

孫機聲音很低，斷斷續續地問道：「何……何來鼓……樂？」

家宰道：「回稟主公，君上為救主公，下旨讓大巫祝向瘟神獻祭。眼下正在獻祭呢！」

孫機眼睛大睜：「獻……祭？所……所獻何……祭？」

家宰遲疑一下，聲音哽咽：「是……是阿花姐弟二人！」

孫機驚道：「荒……荒……荒唐！」掙扎著就要坐起，家宰趕忙扶他起來，孫機手指祭壇方向，「快，扶……扶我過……去！」

家宰哭道：「主公，您這樣子，不能動啊！」

孫機急道：「快……快讓他們放……放掉兩……兩……兩……兩個孩……孩……」

孫機話未說完，頭一歪，陡然嚥氣了。

家宰大聲哭嚎起來：「主公——主公——」

祭壇前面，巫樂戛然而止，眾巫女手拿火把站成一排，候在那堆柴垛前面。

鼓聲一停，家宰的哭喊聲陡然清晰起來。眾人皆吃一驚，紛紛扭過頭去。栗將軍急步跑到車前，大聲問道：「老相國怎麼了？」

家宰泣道：「主公仙……仙去了！」

栗將軍似乎無法相信：「這……這怎麼可能呢？」

家宰泣道：「主公臨終遺言，取消獻祭，放掉兩個孩子！」

栗將軍道：「這……這個尚須請示大巫祝才是！」

栗將軍迅速轉身，急步走到大巫祝跟前，大聲說道：「稟報上仙，相國大人已經仙去了！」

大巫祝早將兩眼閉闔，搖頭擺腦，望空念念有詞，誰也不知道他在念叨什麼。

栗將軍提高聲音：「相國遺言，取消獻祭，放掉兩個孩子！」

突然，大巫祝大喝一聲，如魔鬼附身般狂舞起來，邊舞邊道：「吾乃上天瘟神下凡，爾等還不跪下？」

小巫祝及眾巫女聽到此言，趕忙跪下。內臣及其他軍士一時愣了，也先後跪在地上。栗將軍遲疑一下，也跪下來。

大巫祝依舊狂舞不已，口中叫道：「爾等聽著，罪人孫機屢次蔑視本神，犯吾禁令，本神適才已將他鎖拿問罪。自今日始，無論何人膽敢蔑視本神，違吾禁令，吾必使千里衛境雞犬不寧，白骨盈野！哈哈哈哈……」

在一聲狂蕩的獰笑聲中，大巫祝猛然栽倒於地。小巫祝趕忙起身，上前將扶起大巫祝。大巫祝悠悠醒來，模樣驚詫地看著眾人：「你們為何跪在地上？」

小巫祝道：「回稟上仙，方才瘟神下凡，我等是以跪拜！」

大巫祝甚是驚訝：「哦，瘟神下凡？他可說過什麼？」

一巫女道：「瘟神說，他已將相國大人鎖拿問罪。瘟神還說，今後有誰再敢違他禁令，他必使衛境雞犬不寧，白骨盈野！」

大巫祝佯作驚恐狀：「快，快祭瘟神！」

眾巫女答應一聲，各將火把扔向柴堆，火苗立時從四周騰起，火熱趁了順坡吹下的南風，劈里啪啦地燃燒起來。

就在此時，一匹快馬飛馳而來，那馬嘶鳴一聲，從火堆前面疾馳而過。就在戰馬馳過火堆之際，馬上一人大喝一聲，從馬背上飛身躍起，竟是穩穩地落在丈許高的柴堆上面。眾人尚未弄明白是怎麼回事，那人已是一手抱了一個孩子，如落葉般飄至地面。

一切發生得如此突然，如此不可思議，如有神助一般。眾人一時驚得呆了，無不大睜兩眼，連驚叫也沒有一聲。

大巫祝最先反應過來，不無驚愕地說：「孫守丞？」

孫賓沒有睬他，顧自將兩個連燻帶嚇早已暈死過去的孩子放在地上，一邊撲打他們衣服上的火苗，一邊朝不遠處的軍卒喝道：「快拿水來！」

那幾個軍卒齊將眼睛望向栗將軍，栗將軍眼睛一橫：「還愣什麼？快給孫將軍遞水！」

一個軍卒提著水桶跑來，孫賓將水潑在兩個孩子身上。二人遭冷水一澆，竟是慢慢清醒過來，阿花吃驚的目光不可置信地望著眾人，她的弟弟卻是哇的一聲大哭起來。

大巫祝似乎已經回過神來，猛然咳嗽幾聲，眼中射出冷光：「大膽孫賓，本仙奉君上旨意敬天事鬼，祭拜瘟神，以拯救衛人。你卻破壞祭拜，逆天犯上，罪不容赦！來人，拿下罪人孫賓！」

眾軍卒竟無一人響應。

大巫祝聲色俱厲，重喝一聲：「還不拿下罪人孫賓？」

眾軍卒的目光一齊投向栗將軍。

大巫祝也轉過頭來，目光射向栗將軍，陰陰說道：「栗將軍，你要抗旨嗎？」

栗將軍轉向內臣，內臣朝他點了點頭。栗將軍無奈，只好緩緩閉上眼睛，對眾軍卒道：「將孫將軍拿下！」

幾名士卒走上去，分別拿住孫賓和阿花姐弟二人。阿花驚恐地緊緊摟住孫賓的脖子，她的弟弟則是嚎哭連天。

大巫祝聲色俱厲：「將此三人，還有那三名軍卒，一齊扔進火堆，獻祭瘟神！」

聽到連孫賓也要扔進火海，眾軍卒無不驚異，再次望向栗將軍。

栗將軍朝女巫緩緩跪下：「末將懇求上仙以慈悲為懷，寬容孫將軍一次！」

大巫祝放緩語氣道：「栗將軍，非小仙不能寬容，實在是孫賓他咎由自取啊！將軍

你都看見了，孫賓身為帝丘守丞，卻違逆君上旨意，置衛人萬千生靈於不顧，公然冒犯瘟神，罪無可赦！栗將軍，瘟神的話想必你也聽到了，難道你真的想讓衛境屍橫遍野嗎？」

栗將軍緩緩地抬起頭來，再次望向內臣。內臣卻不看他，將頭別向一邊。栗將軍看一眼此時已是熊熊燃燒的火海，不無沉重地說道：「照大巫祝所說，將他們……投入火中！」

隊列中走出十幾名軍卒，他們分別走到孫賓和那三個軍卒前面，兩人推了孫賓，兩人分別抱了阿花姐弟，另外幾人推著那三名軍卒，一步一步地挪向火海。

那堆木柴已是全部燃著，火借風勢，燒得更見旺盛，遠遠就可感到一股烤人的熱浪。就在眾軍卒抬起孫賓、阿花他們欲投火海之時，一個中氣十足的聲音遠遠飄來：「手下留人！」

眾軍卒本就不願做這害人之事，聽到喊聲，立即住手。幾乎是在眨眼之間，一個身著黑衣、白鬚飄飄的老人已是飛身趕至，從仍在發愣的兩名軍卒手中一把搶過阿花姐弟。扭著孫賓四人的眾軍卒見狀，也自鬆手，不知所措地站在一邊。

眾人尚未回過神來，十幾個身形敏捷的黑衣人更如團團旋風倏然而至，齊齊地站在隨巢子身邊，與全身素白的眾巫女正相映對。

兩個死裡逃生的孩子依舊是面色驚懼，緊緊地摟住隨巢子的脖子。

大巫祝驚得後退一步：「你……你是何人？」

隨巢子沉沉的聲音：「隨巢子！」

大巫祝穩了一下心神：「你就是名聞天下的墨家鉅子？」

隨巢子將阿花姐弟分別交給站在身邊的告子和宋趼，目視大巫祝：「正是老朽！」

大巫祝眼珠一轉，深揖一禮：「小巫見過鉅子。小巫遵奉衛公旨意，在此向瘟神獻祭，拯救衛人，還望鉅子成全！」

隨巢子回揖一禮：「隨巢子也都看到了。隨巢子請大巫祝轉呈衛公，就說隨巢子與瘟神相善甚久，已是好友，祭拜一事，隨巢子願意代勞！」

大巫祝遲疑一下：「這……」眼睛望向內臣，內臣卻是點頭同意。大巫祝再將眼睛掃過栗將軍及眾將士，見大家面呈喜色，只好點頭道，「鉅子既有此說，小巫這就回去，向君上覆命！」

大巫祝轉過身來，對小巫祝及眾巫女道：「啟程！」

隨巢子朝他拱了拱手：「隨巢子恭送大巫祝！」

看到大巫祝一行漸漸遠去，栗將軍忙朝隨巢子深揖一禮：「晚輩栗平見過鉅子！」

隨巢子回禮：「隨巢子見過栗將軍！」

栗平道：「請問鉅子，如何祭拜瘟神？」

隨巢子道：「請將軍速做兩件大事，一是找來石灰、硫磺、艾蒿，越多越好，二是將

疫區百姓集中起來，患者集於一處，非患者集於一處！」

栗平朗聲說道：「末將遵命！」

孫賓急道：「栗將軍，我爺爺呢？」

栗平緩緩地轉過身去，伸手指向身後的輜車，兩手摀臉，蹲於地上。

孫賓瘋了般奔向輜車，哭叫道：「爺爺──爺爺──」

＊　＊　＊

在隨巢子及墨家弟子的安排下，疫區軍民聲勢浩大地送起瘟神來，所有村落煙霧蒸騰，整個疫區瀰漫起濃濃的硫磺、艾蒿味道。眾兵士和那些尚未染病的百姓四處拋撒石灰粉，大街上、房前、屋後、田野的大路上，到處都是白茫茫的，好像下過一場小雪。

石碾子村，在大巫祝祭拜瘟神的空場地上並列著兩口大鍋，鍋中熬了滿滿兩鍋中草藥，一鍋是讓患者喝的，另一鍋是讓正常人喝的。幾個墨家弟子將藥舀出，士卒、村民井然有序地排著長隊，等候舀藥。

隨巢子與告子、宋趼等幾個頗懂醫術的褐衣弟子手持銀針，一刻不停地為那些重症患者或放血，或針刺。

不出十日，疫情竟是得到控制，病人明顯減少，除去幾個因體質過弱而不治之外，大部分患者都被搶救過來。衛成公聞訊大喜，使內臣送來庫銀三百金及大批糧食、布帛等物，隨巢子也都指使栗將軍全部用於救助百姓。

孫賓遵照家宰所言，將孫機葬在石碾子村南的高坡上。在埋葬孫機的第十日黃昏，孫賓帶了許多供品，一溜兒擺在孫機的墓碑前面。

孫賓跪下，拜過幾拜，對著石碑喃喃說道：「爺爺，賓兒今日特來告訴您一個喜訊，瘟神走了，瘟神是讓您所期望的隨巢子前輩趕走的！爺爺，您……您可以安息了！」

孫賓說完，再拜幾拜。

隨巢子輕輕走至，望著孫機的墓碑，輕嘆一聲：「唉，要是老朽早到半日，孫相國就能獲救了！」

孫賓扭過頭來：「前輩不必自責，爺爺得知這麼多人獲救，不知會高興成什麼樣呢！」

隨巢子凝視墓碑，沉重地搖了搖頭，長嘆一聲，緩緩說道：「唉，只怕他未必高興得起來！」

孫賓奇道：「瘟病去了，爺爺為何高興不起來？」

隨巢子道：「瘟病雖說去了，這病根卻是沒去，你讓他如何高興？」

「病根？」孫賓一怔，徵詢的目光直望隨巢子，「這瘟病還有病根？」

隨巢子抬起頭來，目光望向遠方：「是的，有果必有因，萬物皆有根！」

孫賓思忖有頃，抬頭問道：「請問前輩，這病根何在？」

隨巢子道：「戰亂！」

孫賓道：「那……戰亂之根呢？」

隨巢子道：「利害！」

孫賓道：「利害之根呢？」

隨巢子道：「私欲！」

孫賓再度陷入深思，許久方道：「前輩是說，若要根除瘟病，就必須消除戰爭；若要消除戰爭，就必須消除利害；若要消除利害，就必須消除私欲！」

隨巢子點頭。

孫賓又想一陣，再度問道：「請問前輩，如何方能消除私欲？」

隨巢子道：「天下兼愛！」

孫賓點了點頭：「那……如何方能使天下兼愛呢？」

隨巢子收回目光，緩緩轉過身子，凝視孫賓：「孫將軍所問，也正是隨巢子一生所求啊！」

孫賓陷入深思。

* * *

第二日，在阿花家的院落裡，隨巢子坐在一張木凳上，阿花的弟弟跪在老人膝下，忽閃著兩隻大眼望著他。

阿花端出一碗開水放在旁邊的一條石几上，望著隨巢子道：「爺爺，喝口水吧！」

隨巢子微微一笑，端起開水輕啜一口，低頭望著阿花的弟弟道：「咦，爺爺方才講到哪兒去了？」

阿花的弟弟急急說道：「爺爺，您講到大灰狼要吃小山羊，小山羊撒腿就跑，但被那隻大灰狼攔住了。大灰狼正要咬斷小山羊的脖子，前面走來一隻刺蝟……」

隨巢子笑著點了點頭：「嗯，爺爺正是講到此處！」隨巢子又啜一口開水，正欲接著講下去，門外傳來一陣腳步聲，告子、宋趼、孫賓三人走了進來。不同往常的是，孫賓的肩上斜掛著一只包袱。

告子走到跟前：「啟稟鉅子，孫將軍有事找您！」

隨巢子點了點頭，目光轉向孫賓。

孫賓放下包袱，走到隨巢子跟前，叩拜於地：「鉅子在上，請受衛人孫賓一拜！」說完，連拜數拜。

隨巢子道：「孫將軍為何行此大禮？」

孫賓道：「回稟鉅子，晚輩決心隨侍鉅子，尋求天下兼愛之道，乞請鉅子收容！」

隨巢子微微一笑：「衛國是天下富庶之地，眼下你已貴為帝丘守丞，前途未可限量，為何卻要捨棄榮華富貴，追隨一個一無所成的老朽東奔西竄呢？」

孫賓道：「晚輩愚笨，唯見天下苦難，未曾看到富貴前程。鉅子一心只為天下苦難，晚輩感同身受，誠願為此奔走餘生！」

隨巢子輕輕點頭：「你能看到天下苦難，足見你有慈悲之心。只是天下苦難，僅靠慈悲之心是無法解除的，這也是墨家弟子各有所長、精通百工的原由。請問孫將軍有何擅長？」

孫賓臉色微紅：「晚輩天性愚笨，並無所長！」

隨巢子點頭道：「嗯，你可有偏好？」

孫賓想了一想，抬頭說道：「晚輩自幼習練槍刀劍戟，甚愛兵法戰陣，少年時還曾發過宏願，欲以畢生精力習演兵法！」

隨巢子道：「兵法為戰而用，戰為苦難之源，非兼愛之道。你既然有意尋求兼愛之道，心中卻又放不下用兵之術，這不是自相矛盾嗎？」

孫賓道：「晚輩修習兵法，不為興戰，而為止戰。」

隨巢子微微點頭：「嗯，這叫以戰止戰，以戈止戈，是武學之道！你且說說，你如何做到以戰止戰呢？」

孫賓略想一下：「虎豹雖凶，卻奈何不得刺蝟！圈羊的籬笆若無破綻，野狼就找不到進攻的機會！」

隨巢子連連點頭：「嗯，此所謂不戰而屈人之兵，孫將軍不愧是孫武子之後。可惜老朽不善兵術，無法收你為弟子！」

孫賓叩首於地，懇求道：「鉅子……」

告子亦跪下來：「鉅子，您就收下孫將軍吧。弟子願意授他守禦之術。以孫將軍的才智，將來必可勝於弟子！」

隨巢子輕嘆一聲，對告子說道：「告子，為師告訴你，善於守禦或可免去一城之禍，一時之災，原為不得已而用之術，哪裡是恆遠之道啊！」沉思有頃，轉對孫賓，「孫將軍，老朽觀你根端苗正，內中慈悲，有濟世之心，因而薦你前往一處地方。依你根器，或可學有所得！」

孫賓叩拜：「孫賓但聽鉅子吩咐！」

隨巢子道：「你可前往雲夢山鬼谷，求拜鬼谷先生為師。鬼谷先生是得道之人，天下學問無所不知。將軍若能求他為師，或可成就大器！」

孫賓再拜：「晚輩謝鉅子指點！」

孫賓當下拜別隨巢子，再到孫機墳頭辭別過爺爺，轉身正欲走去，卻見隨巢子領著告子、宋趼為他送行。

幾人走有一程，孫賓回身，深揖一禮道：「前輩留步，晚輩就此別過！」

隨巢子道：「孫將軍，隨巢子還有一語相告！」

孫賓道：「請前輩指點！」

隨巢子從袖中緩緩摸出一只錦囊：「進鬼谷之後，若是遇到意外，你可拆看此囊！」

孫賓雙手接過錦囊，收入袖中，跪下叩道：「晚輩謝過鉅子！」

隨巢子微微笑道：「孫將軍，你可以走了！」

孫賓再拜起身，又朝告子、宋趼拱手作別，這才轉身，大步走去。

隨巢子三人站在高坡上，看著孫賓漸去漸遠，直到成為一個小小的黑點。

宋趼道：「先生既然捨不下孫賓，為何不將他收為弟子，而要薦他前往鬼谷呢？」

隨巢子輕嘆一聲：「唉，非為師不肯收留孫賓，實是孫賓質性純樸，甚有慧根，當是天生道器，非為師所能琢磨也！」

宋趼恍然大悟道：「弟子明白了！」

隨巢子轉向他：「哦，你明白何事？」

宋趼道：「鬼谷先生不重天下苦難，卻重道器。若是看到有此道器，鬼谷先生必喜而琢之。孫賓若得鬼谷先生雕琢，或將成為天下大器。以孫賓質性，若成大器，必有大利於天下！」

隨巢子看他一眼，既不肯定，也不否定，只是輕嘆一聲，轉身走去。

＊　＊　＊

雲夢山位於魏、趙、衛交接的朝歌地界，西連王屋山，北接大形山。此處山高林密，人煙本就稀少，自殷商亡後，更是少有人住，因而趙、魏、衛三國誰也不曾在此設官置吏，數百里雲夢山區成為三不管之地。

孫賓辭別隨巢子，經平陽地界逕向西走，不消數日，就已來到河口古鎮宿胥口。從這裡渡過河水就是朝歌地界，再渡過淇水，雲夢山也就到了。

這日中午，孫賓似乎並不著急，消消停停地穿行在宿胥口這個古鎮的街道上。

傳聞三百年前周定王時期，河水氾濫，從這裡大決口後首次改道，經白馬口東行至頓丘，然後北行，合了漳水，至章武入海。

宿胥口是河水上下百里的最大渡口，也是溝通趙、魏、衛諸地的重要津渡，南來北往的客商甚多，許多人在此經營店鋪。因而，自殷商以來，這裡就是重鎮，最繁華時段常住人口就有一萬多，關稅收入更是一大筆財富。此處本屬衛國，因受趙、魏兩家擠兌，衛人已於百年前放棄。衛人走後，這裡迅速成為趙、魏兩國的必爭之地。魏武王時，趙、魏在此接連發生三次衝突，雙方死傷數千人，宿胥口最終為魏人奪占。

宿胥口每月逢五起集，一月三集，十五為大集，初五、二十五為小集。眼下時過三夏，正是農閒時節，這日又剛好十五，方圓百里都有來趕集的，街道上當真是熙熙攘攘，人聲鼎沸，叫賣聲、討價還價聲不絕於耳。

孫賓是第一次來到這裡，因而完全被古鎮裡的熱鬧吸引住了，兩隻大眼不無驚奇地張望著街道兩側的房舍和店鋪。

一處高臺上悠然坐著三個年輕人，專業的目光一刻不停地在人流裡尋覓。其中一人注意到身著衛人服飾、木頭木腦的孫賓，推了兩個夥伴一把，朝他們呶一呶嘴。兩人會意地點了點頭，溜下臺階，混入人群中。

前面一段更加擁擠。兩個壯漢擠到孫賓跟前，一左一右將他夾在中間，擠擠扛扛，推推攘攘。孫賓也沒在意，兩眼依舊驚奇地東張西望。最先注意到孫賓的那人緊緊跟在孫賓身後，一隻手麻利地探入孫賓的包袱，摸出一只沉甸甸的布包，溜出幾步，響亮地打了聲忽哨。兩人知道同夥得手，也自離去。

孫賓對這一切卻是茫然無知。待到走過這段擁擠的街道，他長長地吁出一口氣，抬眼望去，渡口已在前面。孫賓精神一振，邁開大步走向渡口，近前一問，方知這一船剛走，下一船還要再等一個時辰。

孫賓站在河邊，痴痴地遙望了一會兒河水，這才折身回到街上。看到旁邊有家客棧，孫賓感到肚子有點餓了，當下走進店裡，尋了個窗外的位置坐下，點來兩道小菜、一盤牛肉和一壺老酒，一邊悠悠吃著，一邊欣賞大街上的景致。

孫賓坐下不到一刻，一個戴著斗笠的年輕人走到門口，朝門外又望一眼，這才跨進店裡，走至孫賓對面的桌上坐下，將那斗笠朝下又拉一拉，幾乎蓋在眼睛上，衝小二喊道：「小二，來兩斤牛肉，兩碟小菜，一罈老酒！」

小二答應一聲，忙去準備酒菜。由於早過正午，並不是吃飯時候，客棧中並無他人。那人朝孫賓掃去一眼，正好與孫賓的目光相撞。孫賓朝他微笑一下，點了點頭，繼續吃飯。那人也不說話，逕自別過臉去，目不轉睛地望著窗外。

不一會兒，小二為那人端上酒菜。放好菜後，小二轉身之時，無意中將他的斗笠碰落於地。小二急忙拾起，望著他道：「對不起，客官！」

那人冷冷地看他一眼，什麼也沒說，只將斗笠重新戴在頭上，似乎這兒仍是太陽地似的。小二覺得奇怪，但也沒說什麼，轉身走開了。

那人不是別人，正是龐涓。

龐涓從安邑逃出之後，在韓境避過一時，趁了河西大戰、魏人無暇他顧之機隱姓埋名，潛往大梁，尋找叔父龐青。龐涓按照父親昔日所講，在大梁連尋數日，眾人皆說不知此人。龐涓正自著急，一個知情老丈說，龐青十幾年前已經搬走。龐涓急問搬至何地，老人說，具體情況他也不知，不過聽說在這宿胥口開了一家店鋪。龐涓大喜，當下離開大梁，趕往宿胥口，查遍所有店家，竟是沒有一個姓龐的。龐涓心中懊惱，思量多時，竟是無個去處。看到這渡口，龐涓心中一動，欲渡河水到趙國去，走過去一問，卻是無船。像孫賓一樣，龐涓只好走回街上，看到這家客棧，也覺餓了，這才進來要些酒菜，一邊吃飯，一邊候船。

看到酒肉上來，龐涓當下搬起酒罈，倒滿一碗，拿筷子夾起一大塊牛肉送入口中，端起酒碗一飲而盡。

孫賓、龐涓各自吃喝，誰也沒有說話。不消一刻，孫賓已經吃飽，朝帳檯叫道：「小二，結帳！」

小二聽到喊聲，趕忙答應一聲，拿了一張竹籤走過來，將竹籤擺在孫賓面前，滿臉堆

笑道：「客官請看，這是您點的酒菜，共是五個布！」

孫賓瞧也不瞧，口中說道，「好咧！」當下拿過包袱，伸手進去。摸了一會兒，孫賓心裡咯登一下，急將包袱擺到桌上抖展開來。裡面除去幾件隨身衣物之外，並無一銅。

孫賓大驚，又在身上、袖中急急地摸了一通，竟是分文皆無。孫賓一下子傻了，窘在那兒，以手撓頭，似乎在想這是怎麼回事。

小二臉上的笑意漸漸凝結，看到孫賓實在拿不出錢來，朝櫃檯那邊大聲叫道：「掌櫃的，您過來一下！」

掌櫃的已經意識到發生何事，沉著臉走過來。

小二道：「掌櫃的，此人怕是個吃霸王餐的！」

掌櫃的「啪」地朝小二就是一巴掌：「你個蠢貨，狗眼看人低，這位壯士像是吃霸王餐的嗎？看人家這衣冠，還能付不起這點飯錢！」

孫賓的臉色更窘：「在下……在下原本有錢來著，這包袱裡早晨還有二十金呢！」

掌櫃的朝小二看一眼：「聽到了嗎？這包袱裡早晨還有二十金！你個蠢貨，見過二十金嗎？」扭頭轉向孫賓，不無嘲諷地說，「嘿嘿嘿，我說客官，要想編謊，就得編得大一點，二十金太小了，至少也得說是五十金！」

孫賓越發手足無措：「在下……在下真……真……」

掌櫃的越加尖酸刻薄，搖頭晃腦道：「看你溫文爾雅的樣子，縱使我見多識廣，也差一點被你矇了！好好好，客官沒錢也罷，小二，客官共欠多少？」

小二道：「打總兒是五布！」

掌櫃的：「五布？」眼珠一轉，「小伙子，這麼著吧，咱們做個交易，一個布一個響頭，你只要磕滿五個響頭，咱們就兩不相欠！」

掌櫃的說完，順手拉過一張凳子，張開衣襟坐下來，準備收頭。

孫賓何曾受過這般羞辱，臉色紅得像枝紫茄子，手指掌櫃：「你……你……為此區區五布，竟然這般欺人！」

掌櫃的大笑起來：「哈哈哈哈，區區五布？我欺人？我開飯店，你吃白食，反過來倒說是我欺人！明白告訴你吧，小伙子，爺我天天在這兒開飯店，南來北往都是過客，什麼鳥人沒有見過？磕吧，磕一個，喊一聲爺，待爺應過，再磕下一個，否則，磕也是白磕！」

孫賓指著桌上的包袱：「這只包袱，連同裡面的衣物，就抵五布，行嗎？」

掌櫃的掃一眼攤開在那兒的包袱，又出一聲冷笑：「你當爺我是收破爛的！」

孫賓急了，從腰間解下佩劍，放在桌上，冷冷說道：「這柄劍少說也值十金，權抵五布如何？」

掌櫃的損人勁上來了，將腦袋連晃幾晃：「爺我是做生意的，要你這把破劍何用？」

孫賓急道：「那你想要什麼？」

掌櫃的又晃一晃腦袋，陰笑道：「我呀，不瞞你說，一輩子伺候人，一輩子喊人爺，今兒個啥都不想，就想聽聽這聲爺是個啥滋味！莫說是你這個包袱，莫說是你這把破劍，縱使你脫光身上所有，爺我一件也不稀奇！對付你這種強吃霸王餐的，爺我只有一招：要嘛五個布，要嘛五個響頭，你自己來選！」

孫賓氣得怔在那兒，臉上紅一陣，白一陣，正自窘在那兒，一塊黃黃的金幣啪的一聲飛過來，不偏不倚，剛好落在桌子邊上。金幣彈跳一下，滾落到地板上，又彈幾下，方才定住。

掌櫃的一愣，抬頭看去，正好與龐涓的冷冷目光撞在一起。

龐涓從牙縫裡擠出一句：「掌櫃的，你看這枚金幣值不值五布？」

掌櫃的知道遇到硬茬兒了，連聲說道：「值值值！」

龐涓道：「要是值的話，那就折算五布，權抵這位壯士的飯錢！」

掌櫃的原本心裡發虛，這又遇到硬茬兒，只好滿臉堆笑道：「哎呀，這位爺，您可真是好心人哪！」扭頭對小二厲聲說道，「還不快點把這位爺代付的五個布撿起來！」

小二彎腰去撿，龐涓卻擺手止住他，慢慢地站起來，走到金幣跟前，慢條斯理地說：「我說掌櫃的，這是五個大布，小二手賤，如何撿得起？」

掌櫃的朝龐涓連連鞠躬：「爺說的是，在下去撿！在下去撿！」

掌櫃的彎腰去撿，手指剛剛摸到那枚金幣，卻被龐涓一腳踩上。

龐涓從鼻孔裡哼出一聲，冷冷說道：「掌櫃的，尖酸刻薄之人，我也見過不少，似你這般嘴臉，卻是第一次遇到！就為這區區五布，你竟百般羞辱這位壯士。這看見金子了，難道想就這樣一拿了之嗎？」

龐涓說著，腳底下暗暗用力，掌櫃的疼得齜牙咧嘴，卻不敢喊疼，仰臉賠笑道：「爺說的是，在下這就向壯士賠禮道歉！」

龐涓鬆開腳，掌櫃的抽出手指，放在口邊連哈幾下熱氣，走到孫賓跟前，正要鞠躬，又傳來龐涓冷冰冰的聲音：「是這樣道歉的嗎？」

掌櫃的遲疑道：「這位爺，您……您要在下如何道歉？」

龐涓道：「你不是一心想著那五個頭嗎？就那五個頭吧。依你方纔所說，向這位壯士磕一個，喊一聲爺。只要這位爺不說二話，五個頭磕完，今日之事就算兩清了！」

掌櫃怔在那兒，正自思忖對策，龐涓抬拳朝桌上猛力一震：「方纔你不是說你一輩子喊人爺嗎？怎麼，再喊幾聲就不行了！」

掌櫃的打個哆嗦，趕忙說道：「我磕！我磕！」

掌櫃的走到孫賓面前，就要跪下來，孫賓伸手攔住：「掌櫃的，記住做人厚實就行，這頭就不必磕了！」

龐涓卻道：「這位壯士，你且坐下！今天這頭，他磕也得磕，不磕也得磕！」轉對掌櫃的，「聽見了嗎？你如此蹧踐這位壯士，這位壯士卻以德報怨，替你講情！看在壯士的面上，這五個頭裡我免你四個，剩那一個，你看著辦吧！」

掌櫃的神色一懍，跪下叩道：「壯士爺，小人有眼無珠，適才多有得罪，在此賠禮了！」

掌櫃的磕完，不待孫賓答應，即從地上站起，將膝頭上的灰土拍了一拍，陰沉著臉走向帳檯。

小二跟在身後，剛走幾步，掌櫃的朝他罵道：「你跑什麼？還不撿起那五個布來！」

小二一愣，回身撿起金子，悻悻地走向櫃檯。

恰在此時，廚師從伙房裡走出：「掌櫃的，沒鹽了！」

掌櫃的接過小二遞過來的金幣，從袖中摸出兩枚銅板，丟給小二：「打鹽去！」

小二答應一聲，走出門去。

看到小二出門，龐涓這才轉過身來，朝孫賓微微一笑：「這位仁兄，你可以走了！」

龐涓說完，依舊回到自己桌上，端起大碗喝酒。

孫賓二話沒說，逕直走到他的桌前，撲通一聲朝地上一跪：「恩兄在上，請受衛人孫賓一拜！」

孫賓說完就要叩下去，龐涓眼疾手快，一把將他拉起：「區區小錢，孫兄何能行此大禮？」

孫賓道：「區區小錢，勝過百金。恩兄高義，孫賓沒齒不忘！請問恩兄尊姓大名？」

龐涓略略一怔，順口說道：「在下姓龍名水，大梁人氏！我說孫兄，不要一口一個恩兄，聽起來彆扭，只管叫我龍水就行！」

孫賓道：「今日之事，若不是龍兄出手相助，在下不知幾多狼狽呢！」

龐涓笑道：「莫要再提今日之事！來來來，孫兄要是沒有急事，你我對飲一碗如何？」

說著，龐涓走到孫賓桌邊，拿過孫賓的大碗，倒滿一碗遞給孫賓。

孫賓舉碗：「孫賓謝龍兄美酒！」

二人對飲。

這邊二人對飲不說，卻說這店小二拿了掌櫃給的兩枚銅板走到鹽鋪，打了一小袋鹽，匆匆趕回客棧。行至一個小木橋邊，小二見一堵牆邊圍著幾人，走過去一看，原是在看一張新貼的告示。小二難得偷閒，因見時間尚早，店中生意也不見旺，這便扎下步子，細細看起來。

小二連讀幾張，無非是些殺人越貨之類歹徒，並不見新奇。小二正要抬腿走去，突然看到邊上還有一張模糊的。也是好奇心起，他就直走過去，仔細一看，卻是大吃一驚，因為畫中之人，與店中戴斗笠的那人極其相似。細讀下面文字，知此人名叫龐涓，是連殺數人的在逃欽犯，誰若舉報，懸賞五金。

小二看到五金，心中一動，細想龐涓剛才的兇樣，斷定必是此人。小二心裡撲通撲通連跳一陣，本想自己告官領賞，又怕萬一出現差錯，不僅賞領不到，只怕連生計也會斷送。小二在心裡鬥爭一時，還是決定告訴掌櫃，看掌櫃如何處置。

小二匆匆趕回店中，將鹽巴交給掌櫃，在他耳邊如此這般描述一番。掌櫃看一眼龐涓、孫賓，見他們仍在喝酒，讓小二守在店中，自己跑到橋頭驗過，斷定是龐涓無疑。想起方纔所受之氣，掌櫃的冷笑一聲，逕直走進官府。

不消一刻，掌櫃的就領了十幾個軍卒直奔客棧而來。打頭的是一個軍尉，掌櫃的一邊跑著，一邊指路。

待他們趕到時，龐涓、孫賓已是喝完老酒，孫賓一邊與龐涓說笑著，一邊包紮方才被他打開的包袱。

掌櫃的堵住店門，手指龐涓道：「官爺，就是那人！」

軍尉將手中所持畫像展開看過，仔細打量龐涓幾眼，見他仍舊戴著斗笠，遂大聲喝道：「你——取下斗笠！」

龐涓冷冷地斜他一眼，回過頭來，仍舊看著孫賓打點包袱。中尉哪裡見過如此蠻橫之人，大聲喝道：「弟兄們，拿下此人！」

龐涓將手按在劍柄上，目光中充滿鄙夷。眾軍卒看到他手中有劍，各自挺了兵器，卻無一人敢先上來。

孫賓吃了一驚，眼望龐涓道：「龍兄，這……這是怎麼回事？」

眾軍卒漸漸圍攏上來。

龐涓冷笑一聲，嗖一聲抽出寶劍，朝孫賓拱一拱手：「孫兄，你讓開一步，這兒不關你的事！」

孫賓當下拔出寶劍：「龍兄有事，孫賓豈能坐視？走，一道衝出去！」

龐涓將寶劍連擺幾擺，陡地發一聲喊，率先衝向大門。這些軍卒在這裡養尊處優，驕橫慣了，看到龐涓這個氣勢，哪裡敢接他的招式，連退數步。龐涓一個箭步衝上去，將躲閃不及的掌櫃一把抓住，順手一劍，竟將他的喉管割了。眾軍卒見他當街殺人，連退幾步，遠遠將他圍定。

孫賓亦仗劍衝出，二人並肩衝向大街，眾軍卒退至街上，將二人圍在垓心。龐涓、孫賓背對背，左劈右刺，眾軍卒哪裡是他們二人的對手，不到一刻，已有數人倒在龐涓劍下。孫賓左抵右擋，雖是未傷軍卒性命，卻是連斷數枝槍頭，嚇得那些失去槍頭的軍卒面色慘白，遠遠地躲在後面。

龐涓瞧準空當兒，發聲喊，二人殺出一條血路，逕奔一條小巷。眾軍卒不敢接近，卻也不敢不追，口中嗷嗷叫著，遠遠地追在後面應付差事。跑有一程，二人跳上一堵圍牆，飛身上房，不一會兒，眾軍卒就已不見影了。

有了這檔子事，二人不敢再去渡口，只好落荒而去，逃至一片林中。一口氣走有二十幾里，二人方才停住腳步，各自倚在樹上喘氣。

龐涓望著孫賓，不無嘆服地說：「常言說，真人不露相。在下原以為孫兄是個儒雅之士，不想卻是一身武功！」

孫賓道：「龍兄過譽了。打實上說，龍兄武功遠勝於賓，賓由衷嘆服！」

龐涓笑道：「好好好，你我不說這武功了。倒是今日之事，頗為有趣，在下先幫孫兄出氣，孫兄後助在下解圍，你我也算見面有緣，兩不相欠哪！」

孫賓道：「沒有孫賓，依龍兄武功，照舊可以脫身。可沒有龍兄，孫賓縱有三頭六臂，卻是難脫尷尬處境。五布之恩，孫賓自當沒身不忘，如何能說兩不相欠？」

聽到此話，龐涓心頭一怔，深為感嘆地說：「天下敦厚之人，莫過於孫兄了！」從身上摸出兩枚金幣，走到孫賓跟前，輕輕放在他的手上，「這個孫兄拿去，在下告辭了！」

孫賓一愣，趕忙將錢塞給龐涓：「龍兄，這……這如何使得？」

龐涓將錢又塞回來，呵呵笑道：「如何使不得？錢這玩意兒就像一泡狗屎，可出門在外，沒有這泡狗屎真還不行！只是在下提醒孫兄一句，日後務必小心一些，人世上畢竟是好人少，壞人多！」

孫賓從未遇到如此性情之人，手捧二金，感動地說：「龍兄……」

龐涓道：「看看看，大丈夫行事，怎麼跟個娘們似的？爽快一點，你我二人聚散有緣，就此作別！」

說完，龐涓拱手作別。

孫賓心中一動：「敢問龍兄欲往何處？」

龐涓略有遲疑：「這個……孫兄還有何事？」

孫賓道：「在下並無他意，只是……在下隱約覺得……龍兄是否另有麻煩？」

龐涓沉思有頃，點頭道：「孫兄既已看出，在下就不隱瞞了。其實在下並不姓龍，也不是大梁人氏。在下姓龐名涓，家住安邑，近日與那奸賊陳軫結了冤家。」

「奸賊陳軫？」孫賓驚道，「龍兄所說，可是魏國上大夫陳軫？」

龐涓點頭道：「正是此賊！此賊阿諛逢迎，嫉賢妒能，陷害忠良，使我大魏終有河西之辱，堪稱魏國大奸。此為國事，暫且不說。幾個月前，此賊勾結秦人公孫鞅，極力蠱惑君上稱王。聽說家父曾是周室縫人，能縫王服，此賊使人找上門來。家父以不合王制為由，堅拒不從。此賊惱羞成怒，囚禁家父，強逼家父製作王服。在下去救家父，此賊卻設下埋伏，欲害在下。幸有好友捨身相救，在下方才逃過一命！此賊不甘罷休，誣陷在下是殺人兇犯，令官府四處緝拿，欲除後患。」

孫賓道：「聽龐兄說來，陳軫著實可惡！敢問龐兄，下一步做何打算？」

龐涓道：「在下本想從這裡渡河前往趙國邯鄲，不想遇到此事。方才在下思來想去，像這樣一路逃命，也不是辦法！再說，家父仍在此賊手中，生死未卜。於國於家，於忠於孝，在下都得趕回安邑一趟！奸賊不除，魏禍不已。在下此番回去，定與陳軫那廝見個分曉！」

孫賓想了想道：「見分曉事小，救出令尊大人卻是緊要。龐兄倘若不嫌棄在下，賓願一同前往，助龐兄一臂之力！」

龐涓緊緊握牢孫賓兩手：「孫兄——」

【第十二章】

孫守丞代友探父
白公子賭場押妻

河西失陷，魏惠王失去七百里土地和八萬多武卒，精神似乎是一下子垮了，不再像戰前那樣兩日一小朝，十日一大朝，走路呼呼帶風，說話聲如洪鐘，而是一連十幾日都不上朝，只將朝中一應事務，全部推給大司徒朱威。

半個月之後，魏惠王突然上朝，連發幾道詔書，當朝削去陳軫上卿、大宗伯之職，讓他仍做上大夫；剝奪公子卬上將軍職銜，收回他的兵符，但以其奇襲秦人中軍、斬敵數萬有功為由，加封為安國侯，食邑五千戶；晉陞陰晉守將張猛為鎮西將軍，全權負責河水、函谷關、陰晉等對秦防務；以不聽軍令、避戰致敗為由，解除龍賈副將職銜，讓他解甲歸田。至於奇襲秦人中軍的主謀人公孫衍，魏惠王隻字未提。

魏惠王的這一串動作讓整個朝廷瞠目結舌，也使陳軫有驚無險。雖說上大夫之位離相國又遠一步，但眼下處境仍能保住這個職位，已屬不易，他陳軫也不是不知進退之人。

這麼費盡九牛二虎之力，繞了一個大圈，到頭來竟然發現自己不過是在原地打轉，從終點又回到起點。陳軫長嘆一聲，痛定思痛，只好一切從頭再來。思慮再三，陳軫決定將精力暫先放回元亨樓裡。只要擁有這個本錢，後面的事，就有可為之處。相國之位一日不定，他陳軫就一日有望。對他陳軫來說，此生在世，君位雖不可想，但這大國之相，卻非夢中之念，而是伸手可觸的。

這日上午，陳軫下朝之後，回到府中換過衣服，與家宰戚光一道，從後花園的一條密道裡三轉兩拐走進元亨樓，直接進入他的密室。

早有人候在那兒，見到他們到來，沏上茶水。

戚光道：「去傳林掌櫃，讓他帶上本月的帳冊，趕到這裡！」

那人急忙下樓。不一會兒，林掌櫃已是拿著帳冊，急急慌慌地走上二樓，拜過陳軫，雙手將帳冊呈上。

陳軫坐於幾前，品了一口香茶，伸手拿起帳冊，一行接一行地細看過去。戚光小心翼翼地候立一側，林掌櫃仍舊跪在地上，只是將頭伏得更低。

陳軫將帳冊嘩啦啦地從頭翻到尾，啪的一聲扔到几上，對戚光道：「這些都是一堆細帳，怎麼不見個實數？」

戚光將帳冊拿起來，順手甩給林掌櫃，厲聲責道：「還不快給主公一個實數！」

林掌櫃道：「回主公的話，明日才夠足月，因而小人未及算出！」

戚光打眼一看，旁邊正好放了一個算盤，遂走過去一把抓過，遞給林掌櫃道：「就在這兒算，動作快一點，莫讓主公等得急了！」

林掌櫃將帳冊從頭翻起，劈里啪啦響過一陣算盤，叩首道：「回稟主公，除去各項開銷，本月實賺三百五十七金！」

陳軫仰起頭來，深吸一口氣，慢慢吁出。

戚光朝林掌櫃擺一下手，林掌櫃會意，爬起來退出。

陳軫端起茶杯，輕啜一口，緩緩說道：「白家那小子，還有多少家當？」

戚光輕聲說道：「回主公的話，主房、花園全被那小子賣了，還剩一個偏院，原是老家宰住的，眼下那小兩口搬過去住了，三個人這就擠在一堆。聽說那小娘兒們還挺了肚子，看起來怪可憐的！」

陳軫點了點頭，再啜一口清茶：「那個偏院，能值幾個錢？」

戚光道：「少說也值三十金！」

陳軫沉思有頃：「既值這麼多，就讓他押上吧！」

戚光應道：「小人遵命！」

陳軫道：「從紅利中取一百金！」

戚光答應一聲，走了出去，不一刻，手提一個箱子走進來。

陳軫道：「備車去吧，我要出去一趟！」

二人順密道回到府上，戚光備好車，扶陳軫坐上，一溜煙塵逕至安國侯府。聽聞陳軫來訪，安國侯公子卬親自迎出，挽了陳軫之手，一路走至後堂。進入客廳，陳軫彎膝欲拜，公子卬趕忙扶起，一迭聲道：「上卿來本公子府上，大可不必行此虛禮！」

陳軫苦笑一聲：「什麼上卿？下官這是吹喇叭的掉井裡，一路響著下去了！」

公子卬長嘆一聲：「唉，都怪本公子一時大意，中了公孫鞅那廝的奸計。要不是上卿運籌得當，起死回生，本公子的魂魄，這還不知在哪兒飄蕩著呢！」

聽到公子卬說出此話，陳軫心中甚慰，口中卻道：「是公子福星高照，下官何功之

有？公子這一路高陞，貴為君侯，還望多多體恤下官才是！」

公子卬亦是一聲苦笑：「什麼君侯？虎符沒了，本公子眼下只是一根光桿，府還是這個老府，人還是這些舊人，無非是門楣上換塊匾額而已！」

陳軫道：「公子切莫這麼說！這人生在世，說穿了，為的就是這個匾額！公子您以前要啥有啥，缺的就是這個匾額。如今，連這個匾額也齊全了，公子心想事成，不像下官，想什麼，什麼不來！」

公子卬道：「上卿放心，只要本公子還有一口氣，這個相位就是你的！誰要不識相，敢來硬搶，本公子要他連後悔藥都沒得吃！」

陳軫起身又要叩拜，公子卬再次攔住。陳軫擊掌，正在偏廳與公子卬家宰說話的戚光聽得真切，趕忙提了箱子過來，放下箱子，見過禮，緩緩退出。

公子卬看了箱子一眼：「上卿，這是何意？」

陳軫道：「那個元亨樓，公子不是也有一點本金嗎？這點小錢，是這個月的份錢！」

「本公子的本金？」公子卬怔了一下，抓耳撓腮，卻是想不起來。

陳軫道：「是下官代付的，公子自是記不起來！」

公子卬似乎明白了陳軫的意思，心中一陣感動：「上卿，你……唉，你這是見本公子沒了軍餉，手頭緊，這才編著法子賙濟一些！」

陳軫笑道：「公子這是說哪兒話！些微碎幣，還望公子莫嫌寒磣才是！」

公子卬打開箱子，吃一驚道：「哦，才一個月……竟這麼多？」
陳軫微微一笑：「託公子的福，上個月元亨樓生意還算興隆！」
公子卬讚道：「嘖嘖嘖，上大夫不僅善於治國，看來也精於經營啊！」
陳軫道：「不瞞上將軍，所賺之數多半是白家的。老白圭一生節儉，他的寶貝兒子卻會花錢，說是連大院、花園全都賣光了。」
公子卬道：「這麼說來，白家的油水差不多了！」
陳軫道：「說是還有一個偏院，下官也已交代過了。」
公子卬微微笑道：「上卿這是趕盡殺絕呀！」
陳軫亦是一笑：「公子言重了。父債子還，這原是天經地義的事！」
公子卬大笑道：「哈哈哈哈！好一個父債子還，上卿真有你的！」
陳軫跟著大笑起來。笑有一陣，公子卬收起笑容，手指彎起，在几案上有節奏地輕叩幾下：「上卿既然這麼念記本公子，本公子也不能白吃白拿。聽說有個名叫龐涓的案犯，與上卿有些關聯！」
聽到龐涓，陳軫急忙斂起笑容，點頭道：「嗯，公子知道此人下落？」
公子卬道：「昨日下午，酸棗郡的守丞來府說話，順道閒聊起來，說是他那兒不久前有人拒捕，在宿胥口傷了不少人。本公子問他何人如此頑劣，他說是一個名叫龐涓的在逃案犯。聽到這個名字，本公子猛然想起，此人原是上卿報官的，因而關照他細心訪查，務將此人緝捕歸案！」

陳軫道：「下官多謝公子關照！」

這一陣子由於事情太多，陳軫差不多已將龐涓忘了，猛然聽到公子卬這麼一說，心頭便如綰了個結，當下告辭出來，路上便將此事對戚光備細說了。

戚光回到家裡，趕忙喊來丁三。

自羅文死後，戚光就將護院一職交給丁三。這丁三原是一個潑皮，領了一幫街頭混混尋事，沒個正當職業、飢一頓飽一頓不說，到哪兒也被人瞧不起。這下當上官家的護院，簡直就是長嘴烏鴉變老鷹，很當一回事，將他手下能拚善打的潑皮精挑細選出十來個充進家丁隊伍，沒日沒夜地守在那兒。

聽聞戚爺召他，丁三一路小跑地走進家宰的小院。丁三進門時，戚光正在几前端坐，沉著臉品茶，顯然是在候他。丁三叩道：「小人丁三叩見戚爺！」

戚光道：「起來吧，那兒有座！」

丁三再拜道：「謝戚爺！」

丁三起身，卻不落座，哈了腰釘在那兒。

戚光掃他一眼，緩緩說道：「龐涓那廝露頭了！」

聽到龐涓的名字，丁三的眼睛裡一陣放光：「戚爺，這小子在哪兒？」

戚光道：「前些時是在宿胥口！」

「宿胥口？」丁三似乎甚是驚異，「怪道這陣沒了他的音信，原來他逃到那兒去了！戚爺，小人這就趕去！上次被他走了，小人憋了滿肚子的悶氣，此番定要拿住此廝，消消此氣！」

戚光冷冷地白他一眼：「就你這點本事，不定誰拿誰呢！」

丁三垂下頭去，不敢吱聲。

戚光道：「前番讓你照看好龐師傅，他……人呢？」

丁三道：「仍在地牢裡關著，活得倒是好好的，就是……」

戚光的目光直射過來。

丁三指了指自己的腦袋：「這個好像不大好使了！」

戚光沉思有頃，點頭說道：「嗯，這倒是好，省得整日裡胡思亂想的。他來府中似乎有些時間了，照理也該回家看看。」

丁三多少有點驚異：「這……」

戚光話中有話：「送他回家去吧。他的兒子活得好好的，怎能讓我們養老送終呢？」

丁三的眼珠滴溜溜一陣亂轉，猛然一拍腦袋：「小人明白了。戚爺是說……」

戚光打斷他的話：「明白就行。去吧，好好盯著。這次要是再辦砸了，主公怪罪下來，戚爺我就不好說話了！」

丁三道：「戚爺放心，只要這小子露面，小人一定拿他回來！」

卻說龐涓無意中交到一個朋友，得到孫賓這個幫手，甚是高興。二人沿著河水曉宿夜行，不出半月，就已趕到韓國地界。

* * *

進入韓境，二人的膽子也就大了，曉行夜宿，沿著河水又行半月，趕到東周洛陽。二人在洛陽城中尋了一家客棧住下，龐涓清點盤費，尚有十餘金，就拿出十金遞給孫賓：「孫兄，你去買輛車馬，錢不多了，弄個二手的，只要有點看相就行！」

孫賓當下走到集市，剛好有人趕了一輛車馬叫賣。孫賓打眼一看，竟是新車，馬也是好馬，遂上前詢問。買家開價十三金。孫賓是實在人，不會砍價，見錢不夠，只好扭身走去。對方見他實意想買，喊住他道：「客官願出多少？」

孫賓道：「在下只有十金！」

賣家沉思有頃：「看你也是實在人，在下急等錢用，十金就十金吧！」

孫賓大喜，當下掏出十金，趕了車馬，興沖沖地回到客棧，將車馬停在院中，自己匆匆走進客房。

孫賓敲門，裡面有人將門打開，孫賓一看，不是龐涓，而是一個滿臉絡腮鬍子的漢子，一身衛商打扮。孫賓大吃一驚，趕忙揖禮：「這位仁兄，在下敲錯門了，實在對不住！」

那人卻樂呵呵地說道：「這位仁兄，你沒有敲錯！」

孫賓一愣，仔細一瞧，卻是喬裝打扮了的龐涓。

孫賓笑道：「不仔細瞧，真還認不出來呢！」

龐涓道：「你再看看，這身裝飾像不像個衛商？」

孫賓驚訝地：「衛商？」

龐涓哈哈笑道：「正是。衛國商賈遍游天下，何在多我一人呢？從此時開始，在下依然姓龍，對外就是龍公子！」

孫賓醒悟過來，趕忙揖禮道：「在下見過龍公子！」

龐涓拿過一身行頭，遞給孫賓：「龍公子既是富家公子，就不能沒有僕從，在下只得委屈一下孫兄。服飾在下已買好了，孫兄試試合身不！」

孫賓穿上僕從衣服，走到鏡前看了看，傴著腰道：「小人見過主公！」

龐涓哈哈笑道：「我說孫兄，看來你是沒有做過小人。應該是這樣……」學僕從見主子的樣子，哈了腰道，「少爺召小人來，有何吩咐？」

孫賓學了龐涓的樣子：「少爺召小人來，有何吩咐？」

龐涓昂起頭，拉長聲音：「車馬備好了嗎？」

孫賓朗聲說道：「回稟少爺，備好了！」

龐涓道：「本少爺欲走一趟安邑，啟程！」

孫賓亦作姿勢，扶了龐涓：「少爺，請！」

孫賓駕了車馬向西而行，穿過崤塞，在曲沃渡口渡河，不一日，已是趕至魏都安邑。孫賓依照龐涓指點，從南門入城，直朝西街馳去。

將到龐記裁縫鋪時，龐涓小聲說道：「孫兄，前面那個鋪子就是我家，你可稍稍走慢一點，但不能停！」

孫賓放慢車馬，打店前徐徐馳過。龐涓隔了車簾，看到店門是開著的，又朝周圍掃了幾眼，看到並無異樣，這才吁出一口長氣。

馳過龐家鋪子，不一會兒，行至一個十字路口，孫賓道：「龍少爺，前面是十字街，該往哪兒走？」

龐涓道：「朝右拐就是北街，三百步處有家天順客棧，我們在那兒住下！」

孫賓道：「好咧！」

孫賓「啪」地響了一聲鞭子，馬車得得地拐向北街，來到天順客棧。

孫賓在店前停下車馬，拐進院中，兩名下人聽得車馬聲，急急迎出，一人扶下龐涓，又將行李從車上搬下，另一人接過孫賓的馬韁和鞭子，將車馬趕向後院馬廄。

早有小二迎出。

龐涓道：「你家掌櫃呢？」

小二道：「掌櫃到元亨樓去了，客官要住店嗎？」

龐涓一怔，接道：「廢話，不來住店，到這兒幹嘛？要個僻靜的院子，就後院北角的那進！」

小二略略有點驚異：「官爺對小店滿熟呢，敢問官爺可在這兒住過？」

龐涓笑道：「當然住過。三年前本公子在此做生意，住的就是那進院子！」

小二呵呵笑道：「老熟客，敢情好咧！」

小二拿出帳簿，遞過一枝筆道：「客官請寫上名字，付足定金！」

龐涓接過筆，在帳簿上寫上「龍公子」三字，拿出二金道：「二金夠否？」

小二道：「夠了，夠了！龍公子，請！」

小二提了行李，頭前走去。孫賓、龐涓跟著他來到後院北角的小院，小二打開房門，將行李放好。龐涓又從袖中摸出一枚銅板，遞給小二：「這個賞你了！」

小二接過，笑道：「謝龍公子！龍公子何時用到小人，儘管吩咐！」

龐涓順口說道：「你這說起來，本公子倒是有件小事麻煩小二。本公子此番出門，走得慌急，衣服竟是帶少了，這想再做幾件，小二可知這附近哪家師傅手藝最好？」

小二嘆道：「唉，要是龍公子去年來，小人倒能推薦一個師傅，只是眼下……」

龐涓故作驚訝狀：「哦，眼下怎麼了？」

小二湊過來：「不瞞龍公子，這位師傅姓龐，都說是個好人，不知怎地竟是弄得家破人亡。小人聽說，龐師傅眼下已成一個廢人，哪裡還能做成衣服？」

龐涓驚道：「廢人？這……這龐師傅為何成了廢人？」

小二壓低聲音：「這事小人也是剛剛聽說，只沒證實，龍公子權當聽聽。聽人說，這龐師傅有一手做衣的絕活，可在幾個月前突然失蹤了。他的兒子四處找他，結果人未找到，兒子倒成一個殺人兇犯，四處被人通緝。這龐記店門一關數月，幾天前卻突然開門，聽說是龐師傅回來了。有人見過他，說是人不像人，鬼不像鬼，整個像是一個活死人！」

龐涓的臉色一下子煞白，愣有一時，方才強作笑臉：「看來這衣服是做不成了。小二，你去弄點吃的，本公子餓了！」

小二應一聲「好咧」，扭身走去。

聽到小二走遠，龐涓這才關上院門，將身子靠在門上，兩眼閉闔，淚水啪答啪答地直流下來。

孫賓也是傷心，走前一步，安慰道：「龐兄，小二所言未必屬實。令尊也許……」

龐涓抹一把淚水，哽咽道：「孫兄不必說了。家父落在此賊手中，還能活到今日，已是萬幸了！」

孫賓略想一下：「龐兄，你看這樣如何？待會兒在下親去探訪一下，落個實信。萬一令尊真如小二所說，我們就得馬上救他離開此地，尋找良醫救治。」

龐涓思忖有頃，點頭道：「就依孫兄所言！孫兄務要小心一些，家父一直被他們關在地牢裡，這幾日卻被突然放出，其中必是有詐！」

孫賓道：「龐兄放心！」

不多一時，小二已在前面遠遠喊道：「兩位客官，飯菜好了，請前面用膳！」

二人互望一眼，走至前面餐室，尋了桌子坐下。他們剛一落座，小二已是端上幾盤熱菜，幾道涼菜，一壺熱酒，熱情招呼道：「龍公子，請！」

龐涓夾一口菜，剛吃進去，馬上就吐出來，又將其他盤中小菜連嘗幾口，對小二道：「這這這，炒的這是什麼菜？」

小二忙道：「龍公子息怒。小店的飯菜原本好吃來著……」

龐涓道：「本公子正是衝著你家灑好菜好，方才入住，誰想這……幾日不曾來，味道竟成這樣，要嘛太鹹，要嘛太淡，簡直是無法下咽！」

小二道：「不瞞龍公子，小店的酒菜原本可口來著，只因上個月換了掌櫃，一切就都變了。新掌櫃不知經營，一天到晚擲骰子，不到一個月，將幾個廚師全氣走了。小人無奈，只好臨時請來兩人支應。他們初來乍到，這味道也就做得差些，還請龍公子擔待！」

龐涓若有所悟：「怪道這兒冷清，原是換過掌櫃了！小二，本公子問你，新掌櫃是誰？」

小二道：「吳公子！」

龐涓道：「哪個吳公子？」

小二道：「就是司農大人的二公子。老掌櫃到元亨樓賭錢，賭光之後，就將小店押上了！」

龐涓急問：「那……你家的老掌櫃呢？」

小二搖頭道：「不知道哪兒去了。從那日開始，老掌櫃再也沒有回來過。」

龐涓點點頭，故意問道：「這元亨樓是何等地方？本公子卻是不曾聽人說過。」

小二道：「龍公子有所不知，這元亨樓是幾個月前才建起來的，那個排場，列國裡獨此一處，不是富人貴人，甭想進去！知道不，小人聽說，樓裡還有一個吸錢鬼，莫說三金五金，縱是十金百金，一進門去，就連影也沒了。」

龐涓笑道：「你淨唬人，本公子只聽說這天底下有吸血鬼，不曾聽說還有吸錢鬼？」

小二道：「當然有吸錢鬼！我家老掌櫃從不賭錢的，可那日打元亨樓的門前經過，竟然是兩眼發直，不知不覺就走進去了。小人親眼看著他走進去，拉都拉不住，看那眼神，只有見鬼的人才有！」

龐涓點頭道：「看來，元亨樓裡這個鬼，真還害人不淺哪！」

小二道：「龍公子說的極是。比起有些人來，我家掌櫃還不是最慘的！」

龐涓順口問道：「哦，依你說，誰家是最慘的？」

小二湊近龐涓：「知道白家少爺不？滿城裡都說，白少爺就是被那樓裡的吸錢鬼迷住心竅了，幾乎天天都要提著錢袋朝元亨樓裡鑽。前後不過幾個月，白相國家的大金庫就被他輸得一乾二淨，眼下說是連白家大院也讓他變賣了！」

龐涓心頭一震，看了孫賓一眼：「如此說來，這個白公子是讓小鬼迷了！小二，這菜沒法吃，端去倒掉，飯錢照算就是！」

小二一怔，趕忙答應一聲，麻利地收起桌上的菜肴，端上離去。見他走開，龐涓小聲對孫賓道：「孫兄，你速去西街，在下在此候你！」

孫賓點了點頭，走出門去。

大街上並無行人。一身小廝打扮的孫賓晃晃悠悠，不多一時就已來到西街，依龐涓囑託，先到龐記鄰居家的豆芽店中小坐一時，問過豆芽的價錢，又將他家的所有豆芽缸察看一遍，這才尋了藉口，走出店門，轉至龐記裁縫鋪的鋪門前面。

門半開著。孫賓敲了兩下，大聲喊道：「店中有人嗎？」

沒有應聲。

孫賓又敲幾下，見仍然無人應聲，這才將店門澈底推開，直走進去。店內滿目淒涼，一片狼籍。由於幾個月無人居住，又是夏季，房中霉味瀰漫，牆角、梁棟掛滿了蛛網。擺在鋪中偏左的裁剪檯上，年僅五十的龐衡蓬頭散髮，目光痴呆，旁邊放著一把剪刀，面前是一大堆布條。

孫賓直走過去，在他跟前停下，凝視著他。龐衡依舊視而不見，頭也不抬，似乎孫賓根本就不存在。但他的兩隻手卻是一刻不停，一會兒拿剪刀剪布，一會兒放下剪刀，穿針引線，將剪成的布條再一針一針地縫合起來。

孫賓輕喊一聲：「龐師傅？」

龐衡卻似沒有聽見，仍舊是一會兒剪，一會兒縫，口中似在呢喃什麼。又過一會兒，孫賓終於聽出，他在呢喃的兩個字是「涓兒」！

孫賓的心裡一陣發酸，又站一時，轉身走出。

就在孫賓走出龐記鋪門，沿街向北走去時，龐記對面的一家雜貨店中，丁三和另外兩人正在目不轉睛地緊盯著他。

看到孫賓漸漸走遠，丁三對二人道：「你們盯在這兒，我去去就來！」

丁三閃身走出店門，遠遠地跟在孫賓後面。他從西街一直跟到北街，見孫賓折進天順客棧，稍稍猶豫一下，也走過去。

走進店門，已看不見孫賓。小二迎上來，見是丁三，吃一驚道：「丁爺？」

丁三站在門口，也不進來，招了招手道：「你……出來一下！」

小二急急跟他出來。走到一個偏靜處，丁三問道：「我問你，方才進去的那人是誰？」

小二道：「回丁爺的話，是一位客官的下人！」

丁三道：「客官？什麼客官？何時進來的？從哪兒來？」

小二道：「回丁爺的話，是昨兒從衛國來的，叫龍少爺，說是幾年前曾經住過小店，算是小店的常客。」

聽到是常客，丁三問道：「哦？此人何等模樣？」

小二細想一下，描繪道：「個頭甚高，人頗壯實，對了，長一臉絡腮鬍子！」

丁三顯然有些納悶，似是自語：「絡腮鬍子？奇怪，既然不是，為何要去龐記？」

聽到「龐記」二字，小二急忙說道：「回丁爺的話，龍公子曾經問過小人，說出門走得急，衣服做少了，欲在這兒再做幾件，要小人薦他一家鋪子。也是小人口賤，對他提及西街的龐師傅。許是龍公子聽進去了，這才差下人前去探看！」

丁三思忖有頃，點頭說道：「好了，你回去吧。此事到此為止，不許胡說！」

小二道：「丁爺放心，小人知道長短！」

丁三道：「再有，幫我盯著他點。要是有何異常，知道去哪兒找我嗎？」

小二道：「小人知道！」

丁三走後，小二撓頭走進客棧，納悶了一時，輕手輕腳地走至北角小院，附在門上，側耳正要傾聽，門卻突然打開。小二猝不及防，身子朝前一傾，正好倒在龐涓懷中。龐涓穩住步子，順手一推，小二跌倒於地。

龐涓冷冷地望著他：「小二，你鬼鬼祟祟，站這門口幹什麼？」

小二理屈，張口結舌，竟是說不出話來。

龐涓眼睛一虎，厲聲說道：「你當真不說？」

小二結巴道：「龍……龍公子，小……小人……不……不敢隱瞞！」

龐涓道：「那就說吧！」

小二道：「是丁爺，丁爺方才進來，向小人打探龍……龍公子，還要小人盯……盯住龍公子，小人一時好……好奇，這才過來看看！」

龐涓的眉頭擰到一起：「丁爺？誰是丁爺？」

小二道：「就是丁三，上卿府中的護院，可了不得！」

龐涓眼中冷光一閃：「你都對他說了什麼？」

小二道：「沒……沒說什麼，只說公子是小店常客。丁爺又問公子模樣，小人說，公子長了一臉絡腮鬍子。丁爺聽了，悶頭說道：『既然不是，為何要去龐記？』小人一時口快，便將公子欲找龐師傅縫製衣服的事備細說了。丁爺聽了，點頭說，事到此為止，要小人不可胡說，還要小人盯著公子！」

龐涓沉思有頃，鬆了口氣，呵呵笑道：「什麼丁爺卯爺，本公子不曾聽說過！他若再來，你就告訴他，要是惹惱了本公子，管他什麼爺，有他好看的！」

小二點頭，連連稱是。龐涓又從袖中摸出一個銅板：「你還算乖巧，這個賞你了！」

小二再三謝過，方才接了，臨走時說道：「龍公子放心，那丁三若是再來，不管他說什麼，小人定會一字不漏地稟報公子！」

龐涓道：「去吧，本公子還有些事！」

小二揖過禮，連退幾步，方才轉身離去。
看到小二走遠，龐涓關上院門，回到屋裡。
孫賓咂了一下嘴巴，嘆道：「唉，在下也是小心再小心，不想還是被他們盯上了。若不是龐兄多個心眼，險些就壞了大事！」
龐涓道：「孫兄，不說這個了，見到家父沒？」
孫賓點了點頭。
龐涓急道：「家父他……他怎麼樣？」
孫賓道：「他什麼都不知道了，我叫他，他也不理，只在那兒一刻不停地剪布條，再將布條縫起來，口中不停地喃喃兩個字：『涓兒』……」
龐涓一聽此言，當下哽咽起來。
龐涓這一哭，孫賓的淚水也就出來了。兩人傷心一會兒，孫賓擦把淚水，抬頭勸道：「龐兄，看令尊的樣子，身體似無大礙，主要病在心智上。在下想，若是見到龐兄，令尊之病也許會有好轉。」
龐涓點了點頭，依舊哽咽道：「要能如此，就是大福！」
孫賓道：「龐兄，此事不宜久拖，我們得想個法子，從速救走令尊才是！」
龐涓沉思有頃，抬頭說道：「聽孫兄這麼一說，在下倒是不急了。你去備車，我得先去白府一趟！」

孫賓驚道：「去白府？」

龐涓點了點頭：「對，去會一會那個敗家子！」

孫賓道：「龐兄打算救他？」

龐涓緩緩說道：「不是救他，是卡死奸賊的脖子。對奸賊來說，我龐涓不過是一條小蝦，白公子才是大魚。在下此去，是想讓這根大魚的骨頭卡在奸賊的嗓眼裡，噎死他！」

＊　＊　＊

白府位於宮城南側偏東，占地將近百畝，在這安邑城裡，除魏惠王的宮城之外，應是最大的私宅，是白家歷經三代，一點點購置起來的。

然而，所有這些資產，待傳到白虎手上，前後僅只數月，竟被他將這十幾進院落，數百間房舍，價值數百金的花園，連同房中的貴重家具、珠寶等，變賣一空，全部送進元亨樓裡。

眼下所剩的這個偏院，並不在白府之內，是白圭多年前為老家宰購置的，準備讓他在年老時安度晚年。眼睜睜地看著白虎將這份家業敗光，老家宰心急如焚，卻也無可奈何。眼見白虎連個落腳的地方也沒有了，眾家奴也都作鳥獸散，老家宰只好將他小兩口接到自己的偏院裡。

這日午後，白虎在屋子裡翻箱倒櫃，卻只搜出幾塊碎銀。白虎將碎銀子啪的一聲扔在地上，大聲吼道：「家宰！」

老家宰走進來，顫聲說道：「少爺，有何吩咐？」

白虎氣呼呼地問道：「金子呢？」

老家宰道：「都讓少爺拿走了！」

白虎道：「不是讓你賣掉房子嗎？」

老家宰說道：「房子、園子都賣光了。」

白虎一怔：「噢！那麼多的房子，可都賣光了？」

老家宰長嘆一聲，點了點頭。

白虎指著這個院子：「那……這個院子呢？」

老家宰見他問到這個院子，不好再說什麼，只得勸道：「少爺，就聽老奴一句，收收心吧，不能再賭了！」

白虎眼睛一瞪：「不賭？大丈夫在世，不賭活個什麼勁？我問你，這個偏院是不是我白家的？」

老家宰只好點了點頭。

白虎一聽，當下說道：「既是白家的，你這就去，將這偏院的房契拿到典當行裡，典它一些金子回來。告訴你，少爺我今日贏定了！」

老家宰垂淚道：「少爺，再輸掉這個偏院，可就連個落腳的地方也沒有了。別的不說，眼下少奶奶這個樣子，總不能讓她流落街頭吧！」

聽到「少奶奶」三字，白虎眼睛一亮，幾步跨進內室。

腆了大肚子的綺漪早已聽到他們的對話，見他進來，跪地求道：「夫君，奴家求你收收心，別賭了吧！」

白虎繞過她，逕直走到她的梳妝檯前，將所有的抽屜挨個拉開，終於尋出一只錦盒，打開一看，裡面全是金玉飾品。白虎知道，這是去年她出嫁時公公白圭親自為她置辦的，也是她所守住的最後一點嫁妝。

白虎將盒子放進一塊緞面裡，小心包好，邊包邊說：「娘子，今天早上，破五更時我就夢到鯉魚跳龍門，這可是個好兆頭，準贏！」

綺漪依舊跪在地上，兩行眼淚無聲地流下來：「夫君——」

白虎眉頭微皺，伸手將娘子輕輕扶起，攙她坐到榻沿上：「娘子，我不過是將這點物什放在典當行裡，待贏錢之後就贖回來，一點也少不了妳的，妳只管在家裡等好了！」

綺漪輕輕搖頭，淚如雨下，哽咽道：「奴家……奴家說的不是這個！」

白虎驚異地問：「不是這個？那……妳想怎的？」

綺漪的兩手摀在已經隆起的小腹上，哀怨的目光望著他：「不說別的，夫君你……你總得為他想想！」

看到娘子的肚皮，白虎慢慢地垂下頭去。過有一會兒，白虎突然在她的膝前跪下，將臉貼在她的肚皮上，輕輕磨蹭。白虎的嘴脣微微嚅動，似在喃喃什麼。

綺漪道：「聽穩婆說，再過兩個月，小白起就……就要出世了！」

猛然，白虎的眼中漸現殺氣，臉皮也從她的肚皮上移開，緩緩地站起身子，從几案上拿起首飾盒，斷然說道：「娘子，賭這最後一次，我一準贏！」

言畢，白虎大踏步走去。

綺漪坐在榻沿上，愣了一小會兒，突然站起身子，走出內室，絕望的目光直直地盯著老家宰。

老家宰叩拜於地，涕泣道：「少奶奶——」

綺漪道：「快，快喊公孫衍來！」

老家宰心中也是一動，忙拿衣袖拭去淚水，起身說道：「老奴這……這就去！」

* * *

在安邑東街公孫衍家的宅院裡，朱威、公孫衍隔几對坐。几上並無菜肴，公孫衍手拿酒葫蘆，兩片面頰已呈紫紅色，顯然已經喝去不少。

朱威悶坐在那兒，兩眼怔怔地看著公孫衍，看著他每隔一小會兒就將葫蘆放到嘴邊飲上一氣，然後再放下來。

公孫衍仰頭又灌一氣，終於長嘆一聲：「唉，在下總算明白公孫鞅當年為何離開安邑、前往秦國去了！」

朱威道：「公孫兄，你我身為魏人，世世代代沐浴魏恩，萬不可有此想法！」

公孫衍不再說話，仰頭又灌一氣。

朱威忍不住了，猛然站起來，將公孫衍手中的葫蘆一把奪過，「通」的一聲扔在地上：「公孫兄，你不能再喝了！」

公孫衍冷笑一聲：「世代沐浴魏恩的是你朱家，又不是我公孫衍！」

朱威一怔，急道：「公孫兄，你——」

公孫衍似也覺得話頭重了，苦笑一聲：「你睜眼看看這個大魏，眼下已是這般光景，可誤國之賊照舊誤國，敗軍之將照舊敗軍！司徒大人，你說，不讓在下喝酒，又讓在下幹什麼？大軍潰敗，龍將軍拚死保全數萬魏軍，卻被說成畏敵避戰。畏敵避戰是殺頭的罪，卻又只將他革職在家！我公孫衍千里奔襲，功勞全成了他公子卬的！我的司徒大人，你說，這河西的數百里江山，外加八萬甲士的血肉之軀，竟是驚不醒這個昏君哪！」

朱威一時竟也無話，許久方道：「沒有昏君，何出忠臣？眼下魏國需要的，正是公孫兄您這忠臣啊！」

公孫衍道：「要是昏君也這麼想，公孫衍我能在這裡喝悶酒嗎？」

朱威沉思有頃，緩緩說道：「公孫兄，請聽在下一言！陛下可能一時發昏，卻不會永遠發昏。陛下可能一時糊塗，卻不會永遠糊塗。在下相信，河西之事，陛下他早晚一定會明白過來的！」

公孫衍鼻孔裡哼出一聲：「司徒大人，不要再替這個昏君辯解了。河西之事，君上心裡其實就跟鏡子似的，能不明白？」

朱威怔道：「哦，此言何解？」

公孫衍道：「縱觀河西之戰，從開始到結束，根本上就敗在君上一個人手裡，那陳軫、公子卬不過是幫些小忙而已。你讓君上明白，就等於讓君上自說不是。你說，君上他是這樣的人嗎？」

朱威點頭道：「公孫兄所言雖是，卻也得反過來想。白相故去多時，陳軫夢中都在念叨相位，可陛下呢，將相位空懸不說，又以陳軫薦人不力為由，削了他的上卿之位，讓他仍做上大夫。就這件事，就不能不說陛下是完全糊塗。相位不定，公孫兄就有機會。大魏畢竟是陛下的，陛下也畢竟不是碌碌無為之君，至於眼下這個局面，陛下無非也是強撐一下面子而已。待陛下尋了臺階，相信他會重用公孫兄的。常言說，善釣者待機起鉤，善水者順流而動。眼下機運不到，公孫兄是明白人，萬不可過於焦躁！」

公孫衍略怔一下，正待說話，門外傳來一陣腳步聲，抬頭見是白府的老家宰急急走進，邊走邊叫：「公孫衍，公孫衍——」

公孫衍趕忙站起，急走幾步，上前扶住老家宰，將他攙到幾前，按他坐下：「何事把您老急成這樣？」

老家宰這才注意到朱威，卻也顧不上見禮，急急說道：「正好朱大人也在，趕快想個辦法。這這這……少爺這又拿著少奶奶的首飾，到元亨樓去了！」

公孫衍、朱威互望一眼，目光又不約而同地轉向老家宰。

老家宰道：「少奶奶的眼淚都快哭乾了，要老奴來請兩位大人，求你們務必過去一趟！」

朱威正要起身，公孫衍卻止住他，慢悠悠地走到朱威跟前，從地上撿起葫蘆，朝嘴上又要灌去，卻是沒酒了。公孫衍輕嘆一聲，只好將空葫蘆對準嘴巴，動作誇張地連吸幾口，對老家宰道：「家老，你回去告訴少奶奶，就說公孫衍與朱司徒正在商談正經事呢。」

老家宰急道：「公孫衍，你——」

公孫衍再次舉起空葫蘆，汩汩又吸一氣，這才將其朝遠處用力一扔，兩手攤開，嘆道：「家老大人，這前前後後你都看到了。少爺心中除去骰子，什麼也沒有。為老相國守孝，頭七沒過，他就溜進賭場。司徒大人讓他到刑獄做事，他前後也不過新鮮半個時辰。家老大人，能做的，我們都做過了。能勸的，也都勸過了。再說，家老大人，你看看，我這家中一貧如洗，沒有餘資讓他去賭啊！」

老家宰氣血上湧，手指公孫衍，渾身打顫：「你——」再看一眼朱威，見他也是一臉愣怔，「你們——」

老家宰「啪」的一聲將几案推倒，猛地起身，抬腳就朝門外走去。

看著老家宰氣沖沖遠去的背影，朱威甚是不解，回頭凝視公孫衍。

公孫衍悠悠地走到一邊，從地上拾起那只空葫蘆，緩步走到裡屋，搬出一個酒罈，將葫蘆放好，取一只漏斗放在葫蘆口上，不多一時，就將葫蘆灌滿。

公孫衍做完這些，將酒罈蓋好蓋子，搬回去放好，這才拿過葫蘆，遞向朱威，哈哈長笑數聲。

朱威被他弄得愣了，驚道：「公孫兄，你笑什麼？」

公孫衍道：「在下突然想明白一個理！咱這君上，真還就跟這白公子一樣，不將這本錢賭光，不走到山窮水盡，他是不會醒來的！哈哈哈哈，來來來，為明白這個理，你也喝一口！」

朱威一把推開葫蘆，急急說道：「可白公子他……萬一有個三長兩短，我們如何對得起白相國？」

「你要不喝，在下就不客氣了！」公孫衍口中說著，左手已將葫蘆送到嘴邊，又灌一口。

朱威一把奪過葫蘆，大聲說道：「公孫兄，白相國臨終之時，可是將公子託付予你的！」

公孫衍道：「白相國還將七百里河西託付給了龍將軍，結果怎樣？」

朱威怔了一下，卻也無話可說：「你——」

公孫衍從朱威手中拿回葫蘆，小啜一口，緩緩說道：「看這樣子，司徒大人是不想看著白公子山窮水盡嘍！」

朱威長嘆一聲：「唉！」

公孫衍道：「司徒大人，請不要唉聲嘆氣！若是大人真想救他，在下倒有主意！」

朱威急道：「快說是何主意？」

公孫衍慢悠悠地又喝一口：「請大人回家拿一百金來，待在下喝足老酒，前去元亨樓贏他回來就是！」

朱威一聽這話，喪氣道：「公孫兄，這都啥時候了，你卻在這裡說起醉話！」

公孫衍笑道：「在下人醉，心卻不醉，倒是朱兄，別是捨不下區區百金吧！」

朱威辯道：「什麼區區百金？在下家中所有積蓄，也不過百金，這……」

公孫衍笑道：「怎麼樣？我就知道你捨不下，什麼救白公子，這些都是假的！」

朱威急道：「哪裡是捨不下？要是能夠救他，是莫說是這百金，便是……」

朱威打住不說了。公孫衍點了點頭：「好。既然司徒大人捨得下，就回去拿金子吧，在下只在這兒等你！」

朱威細看一眼公孫衍，覺得他說的不像是醉話，遲疑道：「滿城都說這元亨樓裡有鬼，凡去賭的，沒有贏家。再說，公孫兄你又從未賭過，如何贏回白公子？」

公孫衍笑道：「在下雖不會賭，卻會捉鬼。這樓裡要是沒有鬼了，何愁贏不回白公子？」

朱威不解地問：「你……你會捉鬼？」

公孫衍道：「拿金子去吧。要是不放心，就請大人跟在下走一遭去！」

朱威遲疑有頃，果斷地說：「好，就這麼定了！」

* * *

龐涓打定主意，叫孫賓駕了馬車，繞過宮城，逕投白家大院。到大門外面，看到門上已是落鎖，外面冷冷清清，竟無一人。孫賓攔住一個路人打探，方知白公子已將院子輸掉，搬到附近的一處偏院住了。

孫賓按照那人指的方向，驅車朝偏院方向馳去。走有一程，看到一排院子，乍看上去，沒有一個像是大戶人家。

龐涓道：「這裡想必是了，不知是哪一家！」

孫賓放慢車子，正要停下來尋人打探，突然看到前面一條巷子裡跌跌撞撞地走出一人，模樣竟如喝醉了一般。

那人正是從公孫衍家裡一路跑回來的老家宰。他踉踉蹌蹌地走到自家的偏院前面，停住腳步，靠在門邊的磚牆上呼哧呼哧地連喘一陣粗氣，轉身想要推門，卻又止了手，如呆子一般在大門外面的臺階上緩緩蹲下。

孫賓覺得奇怪，再看看周圍也無別人，只好在他前面十幾步外停下車子，慢慢走到他跟前，朝他打一揖道：「請問老丈，白公子家住這兒嗎？」

老家宰猛地抬起頭來，將他上下打量一番：「你找少爺何事？」

孫賓回身指了指車上：「我家公子是白公子朋友，多時不曾見他，聽說他住這兒，特來拜見！」

聽到「朋友」二字，老家宰輕輕搖頭：「你走吧，你去轉告你家公子，就說少爺沒有朋友了！白家也沒有朋友了！」

孫賓奇道：「哦，老丈認識白公子？」

老家宰的淚水慢慢流出：「少爺在老朽膝上長大，你說認識不認識？」

孫賓道：「那……白公子他……在府上嗎？」

聽到「府上」二字，老家宰更是傷感，「你們走吧，要是找他賭錢，就到元亨樓去。這陣，他準在那兒！」

老家宰說完，竟是不理孫賓，扭身推開院門，閃身進去，啪的一聲將門關得山響。

孫賓略怔一下，回身走到車上，對龐涓道：「這兒就是白公子家。白公子這陣不在府上，說是已到元亨樓去了！」

龐涓沉思有頃，眉頭一橫：「走，元亨樓去！」

* * *

元亨樓裡，林掌櫃走上二樓，掀開門簾，走進密室，在戚光跟前跪下，叩道：「小人見過戚爺！」

戚光道：「聽說白家那小子來了！」

林掌櫃道：「回戚爺的話，正在客房裡候著呢！」

戚光道：「這麼說，他賣了偏院？」

林掌櫃搖了搖頭。

戚光略顯驚異：「不是沒錢了嗎？」

林掌櫃道：「小人按照戚爺吩咐，使人一刻不停地盯著那小子，見他揣了首飾盒子走進當鋪。小人使人問過當鋪掌櫃的，掌櫃的說是白公子將他婦人的首飾當掉了，一共當了三十一金！」

戚光冷冷一笑：「那個掌櫃，也夠黑心的！」

林掌櫃從地上爬起來，朝後退了一步，恨恨地說：「戚爺說的是！白娘子的首飾，隨便哪一件都值十金八金，小人使人問過，那一盒子，少說也值百金。他倒好，三十金就打發了。打發也就打發了，他偏又多出一金來，似乎他還……」

看到戚光將臉撇向一邊，林掌櫃趕忙打住，哈了腰候在那兒。

戚光這又扭過臉來，點頭讚道：「嗯，好小子，是個賭家！該開場了吧？」

元亨樓裡小賭不斷，大賭一日卻只一場，定在申時。戚光這樣問，顯然指的是申時這

場大賭。

林掌櫃道：「回戚爺的話，申時這就到了。白家那小子，守信得很，是卡著點來的！」

戚光道：「嗯，你去對那小子說，戚爺今兒興致頗高，陪他玩一把！」

林掌櫃驚道：「戚爺，您……您要親自出馬？」

戚光點了點頭：「這是場壓軸戲，錯過豈不可惜！」

林掌櫃趕忙接道：「戚爺親自上場，真給這小子面子！」

戚光思忖一時，道：「這樣吧，你招徠些看客，造出個聲勢。」

林掌櫃道：「這個自然，戚爺出場，說什麼也不能寒磣！」

戚光瞪他一眼：「什麼戚爺出場，寒磣不寒磣的？今兒是這小子的最後一場，無論如何，我們要讓他輸得風風光光！」

林掌櫃哈腰道：「戚爺說的是，小人這就安排！」

不一會兒，元亨樓前陡然熱鬧起來，鑼鼓喧天，爆竹陣陣，兩個漢子一人敲鑼，一人擊鼓，得空還要大聲吆喝一陣：「老少爺們，申時將至，元亨樓晚場開賭嘍！有錢的，生個崽子，沒錢的，瞧個熱鬧！老少爺們，元亨樓晚場開賭嘍！」

過往行人有駐足觀看的，也有捂住耳朵急速走過的。

不消半個時辰，元亨樓前面已是人聲鼎沸。大門兩側的二十幾根拴馬樁上已經滿是馬四，停車場上，也一溜兒紮下兩行軺車，打眼望去，少說也有十幾輛。衣著光鮮的人們三三兩兩、有說有笑地走進大門。

孫賓在道邊停下車子，龐涓小聲吩咐道：「孫兄，你在這兒候著，不要卸馬。在下一個人去！」

孫賓多少有些擔憂：「龐兄，這……萬一有啥事……」

龐涓道：「你守在外面，防的就是有啥事！」

孫賓連連點頭。

龐涓走下車子，正要走進大門，滿身酒氣的公孫衍走過來，遠看上去，像是一個落勢的癟三。公孫衍步態踉蹌，手中依然拿著他的酒葫蘆，走幾步不忘小啜一口。在他身後幾步遠處，扮作普通看客的朱威頭戴一頂士冠，將一方巾搭在肩上，手中提著一只黑不溜秋、沒有看相的箱子，慢悠悠地也走過來。

門人甲走前一步，伸手攔住公孫衍：「去去去，又是你這個醉鬼，快走，快走！」

公孫衍噴著酒氣，朝他猛一瞪眼，指著門外敲鑼的：「你聽他怎麼說？有錢的，生個崽子，沒錢的，瞧個熱鬧！在下不過瞧個熱鬧，怎麼就不行？」

門人乙皺下眉頭：「算了，算了，掌櫃的方才交代，今兒要鬧猛點，就讓他進去吧！」

門人甲道：「這陣子他天天來看，從未賭過一文！這還不說，只要他來，滿場子都是

酒氣，昨日我就看到掌櫃的朝他翻白眼呢！」

門人乙道：「瞧他那個癟三樣，你讓他賭啥？」

門人甲道：「咱是開賭場的，不是開戲場的，要是沒錢，讓他進去做啥？」朝公孫衍橫一眼，厲聲說道，「掌櫃的說了，從今往後，不許你再進場子！」

朱威一急，正欲上前，卻見龐涓走過去，指著公孫衍對門人甲道：「這位仁兄是在下請來的，怎麼，不讓進場嗎？」

門人甲打量他一眼：「官爺是……」

龐涓道：「在下打衛地來，叫我龍公子就行！」

門人甲趕忙拱手：「龍公子請！」

龐涓伸手朝公孫衍道：「仁兄，請！」

公孫衍看他一眼，點點頭道：「龍公子，請！」

龐涓跟著公孫衍逕直走上樓梯，與眾人魚貫而入二樓的那個豪華賭廳。看到那張曾被他掀翻過的賭檯，龐涓的嘴角現出一絲冷笑。許是有了孫賓在外面，許是因為這幾個月來的風雨歷練，龐涓的感覺跟那日他第一次來此廳時完全兩樣。

龐大的賭檯周圍站滿了人，少說也有五、六十個，比魏惠王大朝時的朝臣還多。一聲鑼響，美女莊家小桃紅領了戚光、白虎、吳少爺、梁少爺四人魚貫入場，分四邊坐了。白虎依舊是主位，小桃紅依舊站在他身邊。

沒有籌碼。林掌櫃擊掌，早有數人各提一只箱子，分別走到戚光、梁少爺、吳少爺跟前，當眾打開，將黃金逐一碼出，各一百金。三百金幣分成三堆，放出燦燦的光芒。

看到金子，觀眾中開始唏噓。朱威、公孫衍選了一個不起眼的地方站下，龐涓因無認識的人，也就站在他們旁邊，兩隻眼睛卻是牢牢地盯著賭檯。

陡然看到陳軫的家宰戚光在場，朱威心裡登時咯登一下，拿眼看公孫衍，公孫衍示意他不要作聲，只管看下去。

白虎面前，卻沒有一人去碼金子。看到三人面前碼好的三大堆金幣，白虎提錢袋的手微微抖動。終於，他將錢袋提到檯上，打開袋口，取出三十一枚金幣，一枚接一枚地碼在檯面上。

吳少爺斜他一眼，譏諷道：「白公子，今兒你這是怎麼了？錢堆小了，手指顫了。要是賭不起的話……」

白虎橫他一眼，喝道：「誰的手顫了？開賭！」

林掌櫃「咚」的一聲敲響銅鑼，大聲宣布：「元亨樓賭場申場開賭，首輪參賭人是——白少爺、戚老爺、梁少爺和吳少爺！四位賭爺，請選擇賭具！」

小桃紅拿出兩種賭具，骰子和竹牌，擺在檯上。

梁少爺掃一眼白虎：「白公子，老規矩，由你選！」

白虎遲疑一下：「骰子！」

吳少爺道：「好，哪兒跌倒，就在哪兒爬起來，有種！白公子，今兒以幾金開賭呢？」

白虎也不說話，從碼好的錢堆上摸過一金，擺在面前。

吳少爺哈哈大笑：「沒想到白少爺竟有賭一金的時候！好好好，一金就一金，反正今兒也是沒事，在下就陪白公子耍耍！」摸出一金，推到前面，目視白虎，「白公子，你是莊家，是押大還是押小？」

白虎掃他一眼：「小！」

吳少爺道：「在下押大！」

戚光道：「跟小！」

梁少爺道：「跟大！」

小桃紅開始搖骰子。

小桃紅開牌，小。在眾人的喝采聲中，她將吳少爺、梁少爺前面的一枚金幣分別移至白虎和戚光跟前。

白虎面呈喜色，將二金推到前面：「押兩金！」

白虎繼續押小，戚光押大，其他兩人一人跟小，一人跟大。小桃紅再搖，開盤仍然是小。白虎興奮得跳起來，將贏來的三金及自己的那個本金一併押上，共四金。白虎再贏，押八金，再贏，押十六金。

公孫衍碰了一下朱威，悄聲問道：「看見鬼沒？」

朱威點了點頭。

公孫衍：「它在哪兒？」

朱威道：「就在押注中。他們三人，總有一人押的是白公子所押的，另外兩個所押卻完全相反。如果三人串通一氣，白公子永遠是個輸家，除非他每一次都能押對！」

龐涓心中一動，迅速將眼睛閉上，豎起耳朵。

公孫衍幾乎是耳語：「那不是鬼。看到那骰子了嗎？鬼就在裡頭！不管怎麼搖，關鍵是最後一下，向上是大，向下是小。向左是大，向右是小。向前是大，向後是小。」

龐涓聽得真切，毛骨悚然，全身打了個顫，兩眼睜開，死死地盯住小桃紅及她手中的骰子。

*　*　*

白家偏院裡，綺漪聽到門響，以為是公孫衍來了，急急迎出，不想卻只看到老家宰一人。

老家宰神色沮喪，當院裡一跪，涕淚交流道：「少奶奶——」

毋須再問了。綺漪的淚水如斷線的珠子般直流下來，輕聲啜泣道：「奴家知道，再……再沒有人願……願……願意要他了！」

老家宰也是泣不成聲：「少奶奶，是……是老奴無能啊……」

綺漪哭有一時，陡地起身，拿衣袖抿了一把淚水，抬腳就朝門外走去。

老家宰大驚，追在後面：「少奶奶——少奶奶——」

大街上，綺漪腆個大肚子，跌跌撞撞地一路急走。老家宰跟在身後，一邊追著，一邊喊道：「少奶奶，您慢一點，您……您不能快呀，少奶奶——」

兩人急急慌慌，不知走有多久，遠遠看到了元亨樓的樓門，老家宰喘著氣道：「少……少奶奶，就……就是那個樓門！」

綺漪放慢步子，一步一步地挪到那個裝飾華麗的樓門前面，靠在一個拴馬樁上，手捧肚子喘了陣粗氣，這才抬起兩眼，望向門楣上的「元亨樓」三個銅字，哀怨的目光似要射透這個奪走他夫君魂魄的匾額。

二人歇有一時，老家宰攙上綺漪，正要進門，卻被門人攔住。

門人甲指著綺漪：「妳是何人？」

綺漪杏目圓睜：「閃開，讓我進去！」

門人甲道：「呵，妳到這兒還敢耍橫？我告訴妳，這個樓裡，女人不能進去！」

綺漪急了，就要硬闖，老家宰攔住她，上前說道：「這是白公子的少奶奶，求求你們，讓她進去吧！」

聽到是白公子的少奶奶，兩個門人登時愣了，你望望我，我望望你。

門人甲對老家宰道：「你是家老吧！」

老家宰點了點頭。

門人甲道：「掌櫃立有規矩，凡是外面的女人，不能走進此樓！何況少奶奶這還……」指了指綺漪的肚子，「這會沖了財氣，掌櫃最是忌諱這個！」

綺漪本就有氣，心裡又著急，聽說進去還能沖去此樓財氣，越發狠了心，死活不顧，硬是闖進門去。因是女人，又腆了個肚子，兩個門人急得直瞪眼，卻也不敢上前硬拉，只是緊緊地跟在她的後面，跺著腳道：「白奶奶，進不得，進不得啊！」

兩人跟有幾步，眼見綺漪就要走進樓裡，這才真正急了，噌噌幾步竄到前面，橫在那兒攔住去路。

早有人報進樓裡，林掌櫃急急走出，看到是白娘子，眉頭一動，黑了臉對兩個門人冷冷說道：「白娘子比不得其他女人，讓她進來吧！」

兩個門人一怔，趕忙讓了路。老家宰趕前一步，扶起綺漪，緩緩走進樓裡。

這邊賭廳裡，白虎已將贏來的三十二金全部押上，小桃紅開牌，在一片唏噓聲中將白虎連贏數盤得來的金子全部劃走。

白虎心中一揪，繼而牙關一咬，將面前的三十金全部推到前面：「押大！」

美女再搖，揭牌，小。

白虎臉色煞白，一屁股跌在椅子上。

吳少爺嘻嘻笑道：「白少爺，您還要押嗎？」

白虎的面孔漲得通紅，憋了半晌，大聲道：「押！」

吳少爺道：「押多少？」

白虎道：「我有一個偏院，能值多少？」

吳少爺將頭轉向梁少爺：「白少爺家的那個偏院，能值幾金？」

梁少爺從鼻子裡哼出一聲：「就那個小破院子，白送我也不要！」

吳少爺道：「看在白公子面上，在下願出五金！」

白虎脖子一橫：「什麼五金？少說也值二十金！」

吳少爺忙道：「好好好，白少爺發話，一個字一金，方才白少爺說出十一個字，在下再加十一金，一總十六金！再多一金，在下就不要了！」

白虎沉思有頃，咬牙道：「十六金就十六金！」

吳少爺從自己前面的那堆金子裡劃撥十六金，放在白虎面前，白虎出字畫押。

小桃紅再搖，再開牌，再將那十六金劃到別人面前。

白虎癱坐於地。

就在此時，綺漪在老家宰的攙扶下緩緩地走進廳中。看到白虎跌坐於地的樣子，綺漪什麼都明白了。她非但不傷心，反倒長出一口氣。在眾人的注視下，她慢慢地走過去，扶起癱在地上的白虎，輕聲說道：「夫君，咱……咱們回家吧，哦！」

白虎看她一眼，絕望地說：「家？什麼家？完了，完了！所有的，全都完了！」

綺漪安慰道：「夫君，你……你沒有完！你還有奴家，還有……還有奴家身子裡的小白起……走吧，哦！咱離開這兒，只要離開這兒，一切都會有的，哦！」

白虎勾下頭去，有頃，抬起頭來，臉色紫漲，自言自語：「不，我要賭，我要賭！」

白虎突然間兩眼發直，吼叫一聲：「我還要賭——」

坐在那兒一直沒有說話的戚光突然間仰天長笑：「哈——白少爺真是血性男兒！好，既然你還想賭，在下問你，現在還押什麼？」

吳少爺看一眼站在旁邊的綺漪，挖苦道：「白少爺，你不是還有這個小娘子嗎？就押她如何？」

梁少爺嘻嘻一笑，陰陽怪氣地說：「對呀，這個小娘兒們非但是個美人，這肚子裡還有現貨呢，誰要是買去，能省不少力氣！」

吳少爺、梁少爺爆出淫笑。話到這個分上，周圍的看客也都看不下去了，因而沒有一聲哄笑。

綺漪氣得臉上血色全無，身子微微晃動一下，竟是斜靠在白虎身上。

白虎將綺漪扶起來，拳頭捏得格格作響，兩眼血紅地直盯著吳少爺和梁少爺，似乎要將他們二人一口吞掉。

兩人一下子收住笑容，吳少爺面呈驚恐之狀：「白……白公子，你……你……你想怎的？」

白虎的血紅眼睛從他們身上移開，緩緩轉向懷中的娘子，然後轉向三人面前的三堆金子，最後轉向三個賭徒。

白虎的眼珠不停地在三者之間轉動，越轉越快，呼吸也越來越急促。

綺漪似乎意識到了什麼，驚恐地望著他，顫聲泣道：「夫君——」

白虎陡地起身，將她一把拉過，推到檯前，大吼一聲：「就押她！」

人群一下子騷動起來，噓聲四起，有人倒吹口哨。

吳少爺與梁少爺對視一眼，鬆下一口氣，臉上的表情也由驚懼變為興奮。

林掌櫃趕忙望向戚光，見他微微點頭，大聲喊道：「白少爺押妻，現場拍賣，底價一金，有意競購者，請舉手！」

吳少爺第一個舉手：「十金！」

梁少爺不甘示弱，舉手：「二十金！」

吳少爺再舉手：「四十金！」

戚光咳嗽一聲，慢悠悠地舉起手來：「這是買一送一，在下願出百金！」

「天哪——」綺漪慘叫一聲，兩眼一黑，昏絕於地。

老家宰急奔過來，聲淚俱下：「少奶奶——白相爺，白相爺，您睜眼看看哪，天哪——」突然扭身，怒目而視三個賭徒，吼道，「你……你們這群畜……畜生……」

老家宰說著，突然起身，一頭撞向吳少爺。說時遲，那時快，龐涓看得真切，一個箭步急衝上去，將老家宰一把抱住，拖回人堆裡。

人群一陣忙亂。觀眾裡響起唾棄聲，有人朝白虎吐唾沫。

此時此刻，白虎這才如夢初醒，長跪於地，將不省人事的綺漪抱在懷中，聲淚俱下：「綺漪！綺漪，綺……漪……娘……子……」

這邊人命關天，那邊林掌櫃仍在扯著嗓門大叫：「諸位靜一靜，靜一靜，有人已出百金，還有高過此數的嗎？沒有，好，一百金一次！一百金兩次！一百金三……」

林掌櫃手中的鑼槌正要敲下，人群中突然喊出一個冷冷的聲音：「三百金！」

眾皆大驚，循聲望去，卻是救出老家宰的龐涓。

四周一片靜寂。白虎吃驚地抬眼望他。

戚光不無震驚地盯視龐涓一陣，輕輕點頭：「好哇，有人出頭了，好哇好哇！你的三百金呢？」

龐涓走到桌前，指著戚光三人面前的三堆金子：「這不是擺在這兒嗎？」

眾人更是驚異。

梁少爺、吳少爺暴跳如雷：「哪兒來的野小子，找死啊你！」

龐涓爆出一聲長笑。

戚光沉思有頃，冷冷問道：「請問壯士怎麼稱呼？」

龐涓道：「在下姓龍，叫我龍公子就是！」

戚光眼珠一轉，探詢的目光望向林掌櫃，林掌櫃輕輕搖頭。

戚光問道：「在下請問，龍公子何方人氏，做何營生？」

龐涓道：「在下衛國人氏，至於做何營生，也要在這賭場裡說嗎？」

戚光略略一愣，哈哈笑道：「衛國富甲天下，看來龍公子想必是個玩家。說吧，你想怎麼個玩法？」

龐涓道：「剛才怎麼玩，依舊怎麼玩！」

戚光又是一陣沉思，點頭說道：「好，既然龍公子願意賞臉，在下自當奉陪。龍公子，拿出你的本金來！」

龐涓慢悠悠地從袋中摸出僅有的三金，呈品字形擺在桌子上。

眾人又是一驚。

戚光的臉色登時黑沉下去：「龍公子，你……你這是成心耍我們？」

龐涓神清氣定，微微一笑，輕輕搖頭。

戚光聲色俱厲：「那就亮出你的本金來！」

龐涓朝桌前一指：「這不是嗎？」

戚光氣結：「你——」

龐涓冷笑一聲：「怎麼，三金不是金子嗎？剛才白公子還賭一金呢！」

戚光突然爆出一陣狂笑，笑畢說道：「好好好，龍公子，既然你沒有這分誠意，在下就不奉陪了。」一起身朝林掌櫃拱手道，「林掌櫃，在下先走一步！」

吳公子、梁公子也站起來。三人正要離去，人群裡傳出公孫衍慢悠悠的聲音：「戚老爺，多少金子你方肯賭？」

戚光掃他一眼，想也未想，伸出一根手指：「不能少於這個數！」

公孫衍從朱威手中一把抓過那只黑不溜丟的箱子，朝龐涓道：「龍公子，這是你的金子！」

龐涓一怔，打開箱子，裡面果有百金，朝他點一點頭，拿出來碼在桌上，對戚光道：「戚老爺，這下總該玩了吧！」

戚光略一思忖，回身坐下來。林掌櫃看他一眼，見他點頭，遂敲鑼道：「開賭！」

龐涓突然擺手：「慢！」

眾人一怔。

龐涓望著林掌櫃：「掌櫃的，在下聽說，你們元亨樓的骰子裡有鬼，可是真的？」

林掌櫃額上冷汗直出，急道：「龍……龍公子，何……何來此話？」

聽聞此話，公孫衍也是一怔，看一眼朱威，朱威只是神色緊張地緊緊盯住擺在龐涓前面的百金。

龐涓爆出爽朗一笑：「有鬼沒鬼，查驗一下總是要的。掌櫃的，你說對嗎？」

林掌櫃將眼望向戚光，戚光點頭。林掌櫃從美女手中拿過賭具，交到龐涓手中。龐涓拿出骰子，左看右看，卻看不出有何名堂，搖搖頭道：「嗯，看來人們都是瞎說，這骰子就是骰子，哪兒有鬼？」

聽到此話，林掌櫃長出一口氣，趕忙笑道：「是是是，本樓賭的就是公正，怎會有鬼呢？」

公孫衍也是長出一口氣，朝朱威點了點頭。朱威卻似沒有看見，只在那兒閉眼祈禱：「小子，你千萬爭點氣，這是我的全部家當了！」

公孫衍用肘彎碰了碰他，笑道：「莫念咒了，要是再念，他可真要輸了！」

朱威剛要說話，聽到賭檯前面，龐涓已是朗聲說道：「既然骰子裡無鬼，在下願賭服輸！」轉向小桃紅，「請問這位美女，妳是莊家！」

小桃紅朝他甜甜一笑，發嗲道：「龐少爺，什麼莊家不莊家的，您叫我小桃紅就是。少爺有什麼吩咐，這就說吧！」

龐涓點了點頭：「按照賭場裡的規矩，通常由誰擲骰！」

小桃紅道：「誰作莊，誰擲骰。」

龐涓問道：「既然是賭家擲骰，方才為何是妳來擲呢？」

小桃紅怔了一下，急忙辯道：「方才是白少爺作莊。白少爺唯恐自己手氣不好，要奴婢替他擲骰！」

龐涓微微一笑，點了點頭：「再問莊家，是先押注後擲骰呢，還是先擲骰，後押注？」

小桃紅道：「這該由莊家來定！」

龐涓再次點頭，轉向戚光三人：「三位賭友，你們誰肯作莊？」

三人面面相覷，未及說話，龐涓就道：「既然三位賭友不肯作莊，在下只能代勞了！」

龐涓拿起骰子，對小桃紅笑道：「這位美女，本公子手氣一向甚好，就不麻煩妳了！」說完，將骰子搖了幾搖，轉向三位賭徒，「本莊家依舊是方才規矩，先押注，後擲骰，在下押一百單三金，你們誰跟？」

龐涓說完，將跟前的金子全數推上。梁少爺、吳少爺不約而同地望向戚光。眾人的目光也全都聚在戚光身上。戚光掃視一圈，只好推出一百單三金，牙關一咬：「在下跟！」

梁少爺、吳少爺見狀，相繼推出一百單三金，口中連叫：「跟！」「跟！」

龐涓微微一笑：「好！既然三位都肯賞臉，請問是押大還是押小？」

梁少爺、吳少爺再次目視戚光，戚光頭上沁出冷汗。

龐涓加重語氣，追問道：「是押大還是押小？」

戚光道：「押大！不，押小！」

梁少爺跟道：「對對對，押小！我也押小！」

吳少爺猶豫一下：「我押大，對，我押大！」

龐涓看他一眼，冷笑一聲：「吳少爺，你可要想清楚，如果在下也押小，你就是一賠三！」

吳少爺一愣，急忙改口：「我……我押小！」

龐涓道：「好，既然你們都押小，在下只好押大了！」

言畢，龐涓將骰子左搖右搖，上搖下搖，搖得眾人眼睛發花，卻在最後朝前輕輕一擺，擲於桌上。

在眾人驚異的目光中，龐涓揭盅。果然是大！眾人齊聲歡呼起來！

不待林掌櫃說話，龐涓自己動手，將各人面前的三堆金子全部劃拉過來，慢騰騰地逐一碼在自己面前。

待做完這一切，龐涓冷冷地掃一眼已經驚得呆了的三個賭徒，將整堆金子朝前一推：「三位賭兄，在下押四百一十二金，你們誰跟？」

眾人全被龐涓的氣勢震住了，場中一時鴉雀無聲。吳少爺、梁少爺目露凶光，不約而同地轉向戚光。

戚光正欲發作，一人匆匆走到他的跟前，在他耳邊低語一陣。戚光神色一緊，緩緩站起身子，嘴角擠出一笑，朝龐涓微微拱手：「龍公子膽識過人，賭術高超，在下佩服！在下願賭服輸，眼下有點小事，先行一步，改日再向龍公子討教！」

龐涓亦拱一拱手，微微一笑：「戚爺何時來了雅興，本公子何時奉陪！」

戚光也不答話，一個轉身，跟了來人匆匆離去。吳少爺、梁少爺稍愣一下，也在眾人的哄笑聲中，悻悻離去。林掌櫃、小桃紅等，趕忙收過三人跟前所剩無幾的金子，相跟著離開賭廳。

龐涓將賭檯的一大堆金子數出百金，裝入箱子，雙手呈給公孫衍：「此為仁兄百金，在下原數奉還，請仁兄點收！」

公孫衍讚道：「看不出來，龍公子處事，滴水不漏，好手段哪！」

龐涓深揖一禮：「若無仁兄點撥，在下縱有手段，也是無處施展哪！」

兩人心照不宣，都沒有將骰子裡的鬼說破，眾人自是不知道他們在說什麼。他們所知道的只是，自元亨樓開辦以來，這是單骰賭注下得最大的一次，龐涓也是在眨眼間贏取三百金的第一人，且贏的全是這賭神的錢。圍觀的人無不交口稱快，更多的是佩服和豔羨。

還過公孫衍的百金，龐涓轉過身來，拿走屬於自己的三金，將餘下的三百零九金全數推在白虎跟前：「白公子，這是你家的金子，收起來吧！」

白虎卻似沒有聽見，竟是如痴一般抱住仍在昏迷中的妻子，將臉貼在她的面頰上，喃喃說道：「娘子，娘子……」

綺漪悠悠醒來。當她睜開眼睛，看到抱著自己的仍是白虎時，淚流滿面，苦苦哀求

道：「夫君，咱……咱不賭了，咱回家吧！」

白虎泣道：「娘子，不賭了，不賭了，白虎再也不賭了！」

綺漪的臉上溢出笑意。

龐涓再次指著檯上的三百金：「白公子，拿上你的三百金，回家去吧！」

白虎驚恐地望著龐涓，將金子一把推開：「我不要金子，我不要金子，我要娘子，我只要娘子……」

龐涓點了點頭，朗聲說道：「白公子能有此心，在下甚安！拿上金子回去吧，它們原本就是你家的，你的娘子，當然也是屬於你的！」

白虎一下子怔在那兒，似乎不相信這一切竟是真的。

龐涓又道：「白公子，賭場無男人！大丈夫立於天地之間，有多少大事等你去做，怎麼可以在賭桌上渾噩一生，被人糟踐呢？」

白虎思忖片刻，抬眼看到朱威、公孫衍、老家宰都在殷切地望著他，這才相信眼前的事實，如夢初醒，忽地鬆開妻子，叩拜於地：「恩公之言，如雷驚心。恩公再生之恩，白虎萬死不足以報。恩公在下，請受白虎一拜！」

龐涓未及攔阻，白虎已是連拜三拜。拜畢，白虎猛地起身，拔出身上寶劍，竟將自己左手上的無名指擺在賭檯上，啪的一聲斬斷，誓道：「恩公在上，蒼天在上，白虎此生若是再進賭場，猶如此指！」

眾人齊聲喝采。

直到此時，綺漪方才明白是怎麼回事，趕忙叩伏於地，泣拜道：「恩公在上，也受奴家一拜！」

*　　*　　*

天色已近昏黑，但二樓密室並沒有掌燈，光線甚暗。戚光急匆匆地走進來，見陳軫已經端坐几前，遂噗通一聲跪在地上，將頭叩得山響，涕淚交流：「主公——」

陳軫長嘆一聲：「唉，這事怨不得你，起來吧！」

戚光將頭埋得更低：「主公……」

陳軫問道：「知道輸在哪兒嗎？」

戚光道：「小……小人不知！」

陳軫道：「那個龍公子身後有高人支招！」

戚光急問：「誰？」

陳軫道：「公孫衍！」

戚光驚異：「公孫衍？哪個是他？」

陳軫道：「就是那個手拿酒葫蘆、看起來像是癟三的人。我已問過了，這些日子，他天天都來觀賭，依他的智慧，你們的那點花頭，還不早就被他看穿了！」

戚光驚道：「是他！小人……」

陳軫道：「不僅是他，還有司徒大人，他也來了！」

戚光目瞪口呆。

「唉，」陳軫又出一聲長嘆，「一旦他們弄清此樓底細，事可就大了！」

戚光已是語不成句了：「主……主公，這……這可怎麼辦？」

陳軫又嘆一聲：「唉，還能怎麼辦？你也知道，這揩屁股的事，不好做呀！」

戚光連連叩首，自責道：「都怪小人無能，淨給主公惹麻煩！」

陳軫道：「現在還不是說這個的時候。姓龍這廝既狠且刁，也不是盞省油的燈。你去查一查，弄清此人底細，速來報我！」

戚光道：「小人這就去辦！」

戚光從密室裡告退出來，當即回到府上，使人召來丁三，吩咐道：「你速去追查一個姓龍的公子。此人從衛國來，看樣子像是商人！」

丁三沉思有頃，抬頭問道：「此人可是一臉絡腮鬍子？」

戚光驚道：「你怎麼知道？」

丁三道：「上午有人去過龐記，小人悄悄地隨他行至北街天順客棧，從小二口中得知那人是一個名叫龍公子的下人。小人原以為龍公子必是龐涓，追問小二，小二卻說他長著一臉絡腮鬍子。那龐涓小人見過，並沒有絡腮鬍子，小人一時猶豫，就沒有再查下去，不想果是此人！」

戚光冷笑一聲：「是他就好！」

丁三發狠道：「戚爺，小人這就領人去那天順客棧，把他拿了！」

戚光沉思有頃，在他耳邊低語一陣，丁三頻頻點頭，急急而去。

*　　*　　*

元亨樓初戰告捷，龐涓甚是得意。與眾看客走出大門之後，龐涓與朱威、公孫衍、白虎兩口子一一作別，然後就跳上車子，與孫賓回到天順客棧。

到客棧之後，龐涓問過小二，發現一切正常，那丁三再沒來過。龐涓又使孫賓喬裝出店，到西街看過，也無異常。龐涓、孫賓計議妥當，決定當晚潛回龐記，接走龐衡。

三更左右，大街上悄無一人。孫賓、龐涓換了夜行服，悄悄走到西街，四顧無人，這才推開店門，摸進龐記店中。

進門之後，龐涓仍不放心，伏在門後，眼睛朝大街上又看半晌，側耳又聽多時，確定外面無人，這才放下心來，向鋪子裡走去。

因是自家屋子，龐涓熟門熟路，這又沒了戒心，頭前逕直走去。孫賓手拿寶劍，緊隨其後。快要走到門口時，龐涓輕聲叫道：「阿大！阿大——」

裡面沒人應聲。

他們知道龐衡已經痴呆，也就沒有在意，一直走到門邊，龐涓輕輕推開房門。

房中漆黑一團。

龐涓道：「孫兄，阿大怕是睡著了。你點上火把，我背他出來！」

孫賓吹亮藏在袖中的火具，點亮火把。

亮光下，他們大吃一驚：屋子中間，口中塞了布條的龐衡正被兩個大漢扭住兩隻胳膊。丁三站在背後，一把明晃晃的刀子架在他的脖頸上。

丁三哈哈笑道：「龐公子，你這麼晚才來，讓丁某等得著急！小的們，點起火把！」

幾個火把同時燃著，房間亮如白晝。

龐涓緩緩地從腰中抽出寶劍，目光如電般射向丁三。

丁三拿掉龐衡口中的布條，被憋得面紅耳赤的龐衡急劇地咳嗽幾下，大口地喘氣。

龐涓心中一顫，驚叫：「阿大——」

丁三獰笑道：「龐公子，在下的這幾根手指只需輕輕一動，你的阿大……哈哈哈……」

龐涓急道：「你……你個畜生，放開阿大，否則，我必將你碎屍萬段！」

丁三道：「好哇，你過來碎屍萬段呀！」

龐涓執劍就要上前，卻被孫賓拉住衣角：「龐兄！」

丁三道：「龐公子，在下知道你是孝子，讓孝子眼睜睜地看著他的阿大死在他自己的手裡，該是一件有趣的事，你說是嗎？」

丁三說著，拿刀的手指將龐衡的脖子稍稍一勒，龐衡頓時憋得滿臉通紅。

龐涓急道：「你……你想怎的？」

丁三道：「不想怎的，在下只想讓你扔掉手中之劍！」

龐涓怒道：「你……你休想！」

丁三冷笑一聲：「廢話少說，我數到三，現在開始，一！」

龐涓的手開始顫抖。

丁三拉長聲音：「二……」

龐涓的手顫動得越發厲害。

丁三正要數三，孫賓急對丁三道：「好，要我們扔劍可以，你須首先放開龐師傅！」

丁三道：「龐公子，聽聽你的朋友怎麼說？咱們一事歸一事，只要你肯扔下寶劍，願意束手就擒，我這立馬放開龐師傅，絕不食言！」

孫賓轉向龐涓：「龐兄，救下令尊要緊！」

孫賓說著，率先扔下寶劍。

龐涓遲疑再三，將劍慢慢放在地上。

丁三道：「將手背到身後！」

兩人慢慢地將手背到身後。

丁三道：「綁了！」

門外立時衝進來幾人，捉牢雙手，捆個結實。

丁三朗聲長笑：「哈——龐公子，不想你果然是個孝子。好，我丁三話既出口，也不食言，這就放了你的阿大，請你收好！」

說話間，丁三順手一擰，只聽喀嚓一聲脆響，龐衡連一聲哼都沒有發出，脖子就整個斷了。丁三再將他猛地朝前一推，龐衡整個身軀整個砸在龐涓身上。

龐涓猝不及防，被他父親砸倒於地。龐涓忽地從地上爬起，跳起來吼道：「你……你個畜生……」掙扎著欲撲上去，卻被他們牢牢按住。

丁三冷笑一聲：「你罵我畜生？好，罵得好！我告訴你，姓龐的，丁三我這人，真還就是一個畜生！小的們，帶走！」

【第十三章】

死囚室雙雄結義
雲夢山四子求師

丁三拿了龐涓、孫賓二人，興沖沖地直奔陳軫府宅，將細情詳細報知戚光。戚光大喜，當下帶了丁三等，連夜叩響陳軫房門。

陳軫睡得正香，聽得門響，問清是戚光，知道有大事，趕忙披衣走到廳中。

戚光叩在地上，不無興奮地說：「主公，小人查清了，那個所謂的龍公子正是龐縫人的兒子龐涓。小人方纔已將那廝捉拿歸案，聽憑主公處置！」

「龐涓？」陳軫沉思有頃，點頭道，「嗯，早該想到是他！這龐字去掉广字頭，不就是個龍字嗎？帶他上來！」

戚光擊掌，早已候在門外的丁三等推了龐涓、孫賓進來。

陳軫看一眼戚光：「哪一個是龐涓？」

戚光未及答話，龐涓已經罵道：「陳軫，你這個卑鄙小人，魏國奸賊，龐涓恨不能生啖你肉，活剝你皮！」

陳軫斜他一眼，緩緩說道：「掌嘴！」

戚光走過去，照龐涓連連掌嘴，龐涓牙被打落，嘴角流出鮮血，黏在臉上的一套絡腮鬍子也掉落在地。龐涓強咬牙關，怒目圓睜，猛地將一口鮮血和一顆牙齒「呸」的一聲射到戚光臉上。

戚光惱羞成怒，拿袖子擦過，又要掌嘴，陳軫卻點頭讚道：「好小子，是個人物！」

龐涓張口又罵幾聲「奸賊」，陳軫道：「封口！」

丁三從龐涓身上撕下一塊布條，塞進龐涓口中。然後彎腰拾起那副假的絡腮鬍子，對著陳軫半是邀功道：「主公，就是這副鬍子，昨日竟將小人矇了！若不然的話……」

見陳軫沒有理他，而是將目光緩緩地轉向孫賓，丁三趕忙打住話頭。

與龐涓的暴跳如雷相反，孫賓只是靜靜地站在那兒，既沒有恐懼或憤怒，也看不出不安，文靜得就像平日一樣。

陳軫將他上下審視一番，緩緩說道：「觀你氣度，不似下人。能說說你是何人嗎？」

孫賓道：「衛人孫賓！」

陳軫道：「可是帝丘守丞孫將軍？」

孫賓道：「正是在下！」

孫賓一言出口，不僅是陳軫，即使龐涓也大吃一驚，不可置信地望著孫賓。

陳軫點頭道：「在下久聞孫將軍大名。陛下伐衛時，你祖父孫機赴齊求援，你父親孫操、叔父孫安平陽拒降，孫將軍你更是帝丘守丞。你們祖孫數人，倒是給上將軍添了不少麻煩哪！」轉對戚光，「還不快去，為孫將軍鬆綁！」

話音剛落，孫賓卻道：「在下謝上大夫恩惠，只是……」

陳軫道：「哦？」

孫賓道：「在下與龐公子相交甚篤，情如兄弟，是以不敢獨享自由。上大夫若是顧念在下，也須放過龐公子！」

陳軫連連點頭：「嗯，孫將軍義字當先，不愧是孫武子之後！只是孫將軍明珠暗投，跟這樣的渣子混在一起，且又甘願做他的下人，卻是不智！」轉向丁三，「帶他們下去，好生照看著！」

丁三答應一聲，命人將二人帶走。

戚光湊上來道：「主公，怎麼處置？」

陳軫道：「你且說說，該怎麼處置？」

戚光道：「依小人之見，一不做，二不休，乾脆……」做出抹脖子的動作。

陳軫思忖有頃：「還是送官吧！龐涓殺死陛下親自召見過的漁人和樵人，是欽定兇犯，前番又在宿胥口拒捕，連殺數名官兵，已是難逃一死。對於這必死之人，我們若用私刑殺之，反倒可能惹來麻煩。至於這個孫賓，上將軍在伐衛時，就曾吃過他的不少苦頭，如何處置他，還須示請上將軍才是。」

戚光略略遲疑一下：「小人遵命！」

* * *

第二日中午，白虎提了一只包裹，興沖沖地從大街上回來，剛剛走進偏院大門，就大叫道：「娘子！娘子！」

綺漪從屋中迎出：「夫君，你回來了？」

白虎將包裹舉起來：「娘子，妳看，這是何物？」

綺漪接過來，打開一看，正是她的首飾盒，激動地說：「夫君，你……你真的將它贖回來了？」

白虎道：「那掌櫃的死活不肯，我要拉他告官，他才怕了！」

綺漪走過來，拉過他的左手，凝視著他那枝已被醫生包紮過來的無名指，深情說道：「這……還疼嗎？」

白虎點了點頭。

綺漪將頭伏在他的胸前，一隻手撫著肚子，喃喃道：「夫君，小白起他……他在裡面踢奴家呢！」

望著她的甜蜜樣子，白虎笑了。他扶起綺漪，走回堂中坐下。老家宰也抱了首飾盒，走進裡間屋中，將之放回綺漪的梳妝檯上。

白虎看到老家宰走出房間，略想了想，對老家宰道：「阿叔，你從箱子裡取出十七金，這就送到吳府，交給吳家二公子，就說本公子這個小院不賣了，本公子昨日借他一十六金，今日連本帶息，還他一十七金！」

看到白虎真如換了個人，老家宰是由衷高興，樂呵呵地答應一聲，重又走進綺漪房中，打開箱子，取出十七金，匆匆走出院門。

白虎換過一身服飾，將劍掛在身上，對綺漪道：「娘子，妳好生在家待著，夫君這要出門做事去了！」

綺漪驚訝地問：「做事？奴家敢問一句，夫君欲做何事？」

白虎笑道：「娘子放心，不是去元亨樓！」

白虎說完，別過綺漪，大踏步走出院門。

白虎逕直來到刑獄，遞上牌子求見司刑。不一會兒，一名獄吏走出來，領著白虎走進刑獄的大門，逕直來到司刑府。尚未走到，司刑已經迎出。

白虎彎下腰去，深揖一禮：「白虎見過司刑大人！」

司刑回禮道：「在下見過白少爺！白少爺，請！」

兩人走進府中，分賓主坐下，司刑道：「白少爺，您今日光臨本府，可有貴幹？」

白虎多少有些尷尬，小聲說道：「司刑大人，在下……在下想試試那套獄卒服，請大人成全！」

司刑道：「白少爺，那可是套小卒服，您前番不是說了，您這輩子再也不穿它了嗎？」

白虎面色漲紅：「回稟司刑大人，那是昨日白虎，非今日白虎。今日白虎已經洗心革面，願意跟從大人，本本分分地做一名獄卒！」

司刑點了點頭，走到一邊，親手拿出一套服飾：「白少爺浪子回頭，可喜可賀！白少爺，您請試穿此服！」

白虎拿過服飾，驚異地說：「司刑大人，這……這不是在下的那套服飾！」

司刑道：「白少爺，莫管什麼衣服，先穿上試試，看合身不！」

白虎狐疑地拿起衣服，司刑走過來，協助他一一穿上，點了點頭，朝門外喊道：「來人！」

早已候在外面的兩名獄吏急走進來。

司刑指著白虎：「這是你們新上任的掌囚大人，自今日起，掌管獄中各牢，你二人可要好生侍候！」

在這獄中，掌囚的職別僅次於司刑，在朝中也算是下大夫，比一般獄卒不知高出多少。白虎始料不及，正自驚愕，兩名獄吏已經跪下，對他叩道：「下官叩見掌囚大人！」

白虎轉向司刑：「司刑大人，這……」

司刑道：「白少爺，這是司徒大人的吩咐，在下不過奉命而已！」

白虎道：「朱大人？」

司刑上下打量一番，呵呵笑道：「是的。這套衣服也是司徒大人親自拿過來的。司徒大人說，待會兒白少爺來了，如果他仍然想穿那套獄卒服飾，就可讓他試試這一套。如果合身，就讓他穿吧！白少爺，您看，這套衣服，不大不小，正合身！」

白虎似乎仍然沒有回過神來。

司刑轉對仍然跪在地上的兩個獄吏道：「你們愣個什麼？還不快點起來，陪同掌囚大人查驗各個監牢！」

兩名獄吏趕忙起身，朝白虎彎腰揖禮道：「掌囚大人，請！」

＊　＊　＊

在刑獄的最裡面是一排死囚室，囚牢的正面均是碗口粗的木柵，門也是木柵，外面掛著大鎖。每隔三十步，就有一處守值，四名獄卒分成兩班，晝夜輪值。守值時，獄卒可以隔著木柵，觀察各個囚牢裡面的動靜。

在最裡面的一間囚室裡，龐涓、孫賓各戴腳鐐靠牆坐著。

孫賓閉目打坐，似在養神。龐涓卻是大睜兩眼，久久地凝視著鎖在他兩腳上的腳鐐。腳鐐很重，是專為死囚設置的特大型青銅腳鐐，看那樣子，已是有些年頭了。

龐涓看了一會兒，頭也不抬，輕聲喊道：「孫兄！」

孫賓睜開眼睛，望著他。

龐涓指了指腳鐐：「知道這副腳鐐，有多少人戴過嗎？」

孫賓搖了搖頭。

龐涓道：「這鐐上有一行字，寫的是『晉文公十年鑄』，據此算來，少說也是三百年了。這是死囚腳鐐，凡戴它的人，長不過一年，短不過數日。平均起來，即使一年僅是二人，細算下來，也有至少六百人戴著它走向了斷頭臺！」

都到這個時候，龐涓竟有閒心細說這個，孫賓扭過頭去，再次閉目養神。

龐涓長嘆一聲：「唉，孫兄，你說，這人生在世，如果是這樣，就……就是像我們眼下這樣，被關在這大牢裡，再被人戴上這刑具，一日數一日，候著上那斷頭臺，這……他奶奶的，豈不也是窩囊？」

孫賓似乎沒有聽見，繼續閉目養神。

龐涓恨道：「昨夜硬是被鬼迷了，信了那狗日的！若是有劍在手，想那幾個潑皮，我他娘的——」

龐涓「咚」地一拳砸在地上。

繞來繞去，原是要說這樣。孫賓輕嘆一聲，緩緩說道：「唉，這事都怪在下。龐兄要責，就責在下好了！」

龐涓抬頭望向孫賓，凝視著他平靜如常的樣子，心中便如一汪攪翻了的池水。孫賓貴為將門之後，又是帝丘守丞，在列國已算封疆大員，如今卻是不明不白地跟他龐涓來蹚這池渾水，被人關進這死囚室裡，若論起來，豈不更是窩囊？人家為你才成這樣，都還沒說什麼，自己卻在這裡抱怨連連，羞也不羞。

龐涓想到這裡，臉上一陣發燙，忽地起身，冷不丁站起來，朝孫賓緩緩跪下。聽到腳鐐一陣索索響動，孫賓抬頭一看，見龐涓已是跪在地上，驚道：「龐兄，你……你這是為何？」

龐涓拜道：「孫兄在上，請受龐涓一拜！」

龐涓說著，納頭便拜。孫賓趕忙起身，扶起龐涓：「龐兄，你……你這拜的是哪一宗啊！」

龐涓長嘆一聲：「唉，龐涓身薄命賤，死不足惜，這又拖累孫兄，教我於心難安哪！」

龐涓說完，眼中淚出。

孫賓道：「龐兄此言差矣。人活一世，生也好，死也好，皆因一個緣字！孫賓有緣與龐兄結識，這又有緣共赴死難，當是人生一大快事，何來拖累之說？」

龐涓道：「孫兄高義，龐涓今日始知。龐涓家世粗鄙，為人狂妄，孫兄若是不棄，涓願與孫兄在此死牢之中結為兄弟。自今日始，你我便如手足，患難與共，生死不棄！」

孫賓道：「在下能與龐兄義結金蘭，共赴死難，於願足矣！」

龐涓環顧四周，苦笑一聲：「孫兄，這兒沒有香燭，也沒有酒肴，我們只能一切從簡了！」

孫賓道：「結義在心，不在他物。你我有天地、神靈作證，要香燭、酒肴何干？」

龐涓道：「孫兄此話，龐涓聽得舒服！來，我們這就對天地結拜！」

二人起身，相對而立，互揖一禮，對面緩緩跪下。

恰在此時，兩名獄吏領著白虎巡查至此。白虎指著這排囚室：「這是……」

獄吏甲道：「回白大人的話，這一排是死囚室！」

白虎點了點頭：「走，看看去！」

三人一同走來，逐個囚室查看。走沒幾步，白虎遠遠看到孫賓、龐涓跪在那兒，驚奇地問：「那邊兩個人，為何相對而跪？」

獄吏甲也看到了，搖頭道：「回大人的話，小人不知。」

白虎道：「走，過去看看！」

三人棄過跟前的幾個囚室，逕直走向最後一間，離十幾步遠，就已聽到龐涓正在對天起誓，誓曰：「蒼天在上，大地作證，龐涓與孫賓今日於此死囚室中義結金蘭。龐涓年幼為弟，孫賓年長為兄。倘若蒼天有眼，我兄弟二人再生有日，龐涓誓與孫兄生死相依，富貴與共。若違此誓，萬箭穿心！」

龐涓誓畢，孫賓誓道：「蒼天在上，大地作證，衛人孫賓願與龐涓結為生死兄弟，有難共當，有苦同吃。若違此誓，天雷擊頂！」

誓畢，兩人對天、地、四方各拜三拜，又相對拜過，方才起身。聽到人語聲，二人轉過身來，龐涓抬頭一看，站在木柵外面的竟是白公子，驚喜得簡直不敢相信自己的眼睛，拿手揉了幾揉，盯住他不放。

許是因為龐涓的臉上沒了那副絡腮鬍子，許是因為白虎壓根不會想到龍公子會在這兒，竟是未能認出。

白虎站了一會兒，轉身欲走，龐涓突然叫道：「白公子！」

聽到囚犯直呼他的名頭，白虎倒是吃了一驚，轉身細看龐涓：「怎麼，你認識本府？」

龐涓吃不準他是故意不認，還是將昨日之事真的忘了，因而沒再說話，只拿眼睛緊盯著他。

白虎又想一會兒，卻是想不起他，問道：「你是何人？」

聽他說出此話，龐涓呆下臉來，冷冷說道：「白公子既不認識在下，在下是何人，自不關公子之事！」

白虎被他說得莫名其妙，扭頭看著獄卒甲，手指龐涓，大聲問道：「此人是誰？」

獄吏甲道：「回大人的話，這兩個人是上大夫府上辰時才送過來的，說是緝捕歸案的在逃兇犯，左邊這個名喚龐涓，右邊那個名喚孫賓，是龐涓的同謀！上大夫特意交代，他們是朝廷欽犯，只待司徒大人報請陛下批過，即行問斬！」

白虎望著龐涓，對獄吏甲道：「你說這個名叫龐涓？」

獄吏甲道：「正是。」

白虎道：「上大夫可曾說過，此人所犯何罪？」

獄吏甲道：「回大人的話，小人查過此人卷宗，得知此人甚是頑劣！」

白虎問道：「哦，如何頑劣？」

獄卒甲道：「此人本係安邑西街人氏，其父名喚龐衡，曾是周室縫人。四個月前，此

人潛入上大夫府，因貪圖錢財，謀殺了曾經聽到鳳鳴龍吟的漁人和樵人，搶走陛下的三十金賞錢。此人攜金而逃，卻被護院羅文發現。此人兇性大發，將羅文殺死滅口，潛逃至宿胥口，又在那兒拒捕，殺死官軍多人，再次逃逸。官軍正在四下捕他，不料他又潛回安邑，深夜潛入上大夫府中，本欲再次行兇，卻被早有防範的家丁擒住。」

龐涓聽聞此言，冷笑一聲，也不辯解，只是盯住白虎，再次說道：「白公子，你是真的想不起在下了？」

龐涓越是這樣說，白虎越是覺得他面熟，悶頭又想一會兒，陡地一拍腦袋：「嗯，在下想起來了，幾個月前，你是否去過元亨樓，掀翻過那裡的賭檯？」

龐涓點頭道：「看來，白公子倒還有些記性。白公子再想想看，在元亨樓裡，還有一個名叫龍公子的，白公子可否記得？」

聽到「龍公子」三字，白虎大吃一驚，細看龐涓，終於認出他來，失聲叫道：

「恩……」

後面的「公」字未及說出，白虎猛然意識到什麼，趕忙打住，朝龐涓點了點頭，咳嗽一聲，大聲說道：「什麼龍公子、鳳公子，在下並不認識，想必是你認錯人了！」轉對獄吏甲，「既然此人如此頑劣，你們可要守得嚴些。萬一被他走掉，大家可是吃罪不起！」

白虎故意將「走掉」二字說得很重，也很慢，分明是在告訴龐涓，他已心中有數，早晚必來救他。龐涓何等樣人，心中早已明白，急忙叫道：「白公子既然記不清在下，想是我龐涓認錯人了。龐涓還請白公子轉告陳軫那個奸賊，就說我走到陰曹地府，也必來拿他！」

龐涓說完，見白虎他們三人已經走遠，陡然爆出一聲長笑。

掌囚府緊挨司刑府，是個獨門院子。白虎與兩個獄吏回到府中，使兩名獄吏盡數召來屬下吏卒，一一見過，自是免不得吩咐他們幾句，讓他們各司其職，眾人也都諾諾應過。白虎讓他們散了，轉對兩個獄吏道：「你們好好守值，在下這要去見司徒大人！」

聽到是見司徒大人，獄吏甲趕忙說道：「大人稍候片刻，下官這就喚人套車去！」

白虎驚道：「套車？什麼車？」

獄吏甲道：「是大人的專車！」

獄卒甲走出去，不一會兒，一名中年獄卒已是趕過一輛青銅軺車停在門口。獄吏甲指著趕車的獄卒道：「他是大人的車夫，大人何時出行，吩咐他一聲就是！」

白虎未及說話，那名車夫已將一只墊腳凳子放在車前，對白虎道：「掌囚大人，請！」

白虎踏上凳子，跳進車中，對車夫道：「司徒大人府！」

白虎的馬車行至司徒府，遠遠看到上大夫陳軫從府中走出，與朱威作別後乘車離去。朱威正要轉身回府，看到白虎過來，這又立住腳步，候在那兒。

白虎遠遠停下，跳下車子，疾走幾步，在朱威面前叩道：「下官白虎叩見司徒大人！」

朱威道：「掌囚大人請起！」口中說著，人已走到他跟前，將他親手拉起，上面端詳一陣，「嗯，這套衣服穿上，果然像個大夫！」

白虎道：「下官此來，是有要事相商！」

朱威道：「此地不是說話處，府裡請！」

二人走進府中，白虎再次跪下，什麼也不說，聲淚俱下。

朱威急忙將他拉起：「掌囚大人，你……你這是為何？」

白虎泣道：「司徒大人，還記得昨日之事嗎？」

「記得，記得！」朱威呵呵笑道，「不僅是記得，簡直就是歷歷在目。此番你能洗心革面，我、公孫衍和龍將軍，還有老家宰、綺漪等，心中別提多高興了，打算忙過這幾日，待陛下任用你為掌囚大夫的詔書下來，大家就一道去一趟白相墓地，將這喜事祭告白相！」

白虎急道：「下官說的不是這個！」

朱威怔道：「那……你想說什麼？」

白虎道：「您記得昨日那個龍公子嗎？」

朱威道：「當然記得。那小子是個人才，公孫衍對他讚揚有加，回來的路上向我屢次提起此人。我打算得空就去拜訪他一趟，薦他到朝中做事。哎，順便問一句，你知道這個龍公子現在何處嗎？」

白虎點了點頭，含淚道：「知道。司徒大人若要拜訪他，可到下官的死囚室去！」

朱威驚道：「死囚室？龍公子為何會在那兒？」

白虎道：「那個龍公子本是假的，他的真名姓龐名涓，就是官府幾個月來一直通緝的那個在逃欽犯！」

朱威驚得呆了，半晌，方才回過神來：「這……這是怎麼回事？」

白虎將他在死囚室中看到的及獄吏甲的話簡要陳說一遍，朱威長嘆一聲：「唉，我知道這個龐涓，那是被逼的。幾個月前，公孫鞅與那陳軫、公子卬結成一夥，想讓君上稱王，朝中只有白相和我竭力反對。陳軫聽說龐涓父親龐縫人會做王服，就請他為君上縫製，龐縫人不肯。陳軫強逼，這才將龐家弄成這樣。陳軫自以為他的這些事神不知、鬼不曉，可如何瞞過我去？」

白虎聽過，急道：「龐家既有如此冤屈，我們何不放掉龐涓？」

朱威搖頭道：「哪有這麼便當的事？龐涓殺人，都是結過案的，刑獄前去驗過，人證物證俱在。而那龐縫人被逼做衣一事，因龐縫人、羅文已死，卻是無從查起，單憑龐涓的一面之詞，根本無法洗脫！再說，此事早成定案，想翻過來也是個難！」

白虎道：「這可怎麼辦？」

朱威卻似想起什麼，抬頭又問：「方纔你說，龐涓那個同謀，是衛人孫賓？」

白虎點頭道：「是他自己說的。他在盟誓時說，衛人孫賓願與龐涓結為生死兄弟，有難共當，有苦同吃。若違此誓，天雷擊頂！」

朱威沉思有頃，自語道：「不會是帝丘守丞孫賓吧！如果是他，可就糟了！」

白虎道：「為何糟了？」

朱威道：「那個孫賓是孫武子後裔，其祖父孫機是衛國相國，我曾與他見過一面，覺得他為人正直，忠勇俱全，體恤民情，堪與白相國比肩。孫機在衛十餘年，衛國大治。若不是陛下興師征伐，衛國本是一片樂土。其父孫操是平陽守丞、叔父孫安是平陽縣尉，上將軍伐衛時在平陽屠城，二人全都以身殉國，為孫門保全了名節。不久前聽說，平陽發生瘟疫，孫相國前去探望疫民，不幸也染病仙去。如此算來，孫氏一門，只有這個孫賓了。如果真是此人，上將軍本是記仇之人，必不饒他。陛下因有河西之敗，也必將氣撒在他的身上！」

白虎道：「司徒大人，這樣看來，於公於私，於情於義，我們都得救下他們才是！」

朱威道：「這是通天大案，如何能救？再說，這個陳軫也不是好應付的。方纔他來，為的就是此案，說是陛下甚是關注，要我秉公處置。他這是在拿陛下壓我，我敢說，此時沒準他就在陛下那兒。唉，眼下看來，二人縱有天大的委屈，恐怕難逃死罪！」

白虎急了，跪下求道：「司徒大人——」

朱威沉思有頃，抬頭說道：「你看這樣如何？這件事情你只當沒有告訴我，我也壓根不知情。你可去找公孫衍，他點子多，或有辦法救他們一命！」

白虎聽了，不及告辭，起身走向門外，急急跳上車子道：「快，到公孫衍家！」

白虎見過公孫衍，將情由細說一遍，公孫衍道：「朱司徒已經答應放走他們，你還跑來找我幹什麼？」

白虎愣了：「他……他何時答應的？」

公孫衍笑道：「看你這腦筋，就不轉彎。你想想看，你是掌囚大人，犯人眼下就在你的手裡，司徒說他壓根就不知情，你也沒有告訴過他，這分明就是要你放人！」

白虎道：「可……這刑獄守備甚嚴，如何去放？」

公孫衍想了想道：「在下有個辦法，公子或可一試！」

*　　*　　*

在白虎穿上掌囚服的第三日，魏惠王的正式任命詔書也下發到刑獄。朱威宣完詔書，白虎顯得特別高興，對司刑道：「下官蒙府上蔭佑，無尺寸之功卻得此位，甚是過意不去，因而想置薄酒一席，聊表謝意！」

司刑道：「白公子不說，在下也在想著此事。在這獄中，迎來送往本是常情，吏員陞遷調動，通常均要慶祝一番。公子浪子回頭，又蒙陛下欽點，這慶祝更應隆重一些才是。這樣吧，由在下張羅，刑獄所有吏員均到元亨樓小酌一碗，公子意下如何？」

白虎道：「下官謝大人恩典。下官初來乍到，不能厚此薄彼，因而想請獄中所有同仁，尤其是下官的屬下，無論吏員獄卒，都來喝一杯，可這刑獄重地，須臾離不開人，卻是為難！」

司刑沉思有頃，抬頭說道：「這個好辦，由在下出面，將酒菜叫到獄中，大家就在這獄中熱鬧一番，慶賀、守值兩不耽擱，你看如何？」

白虎道：「如此甚好。」從袋中摸出十金，遞給司刑，「這點小錢，大人先拿去操持，何酒何菜，大人作主就是！」

司刑推道：「為您接風，如何能用您的錢？」

白虎道：「大人若不拿去，這酒下官就不喝了。」

司刑推辭不脫，只好接過十金，安排屬下分頭操辦。

這日向晚時分，掌囚府中就開始吆五喝六，杯盤狼籍。白虎本就善酒，這又心中有事，不敢真喝，能搪塞就搪塞過去。酒過三巡，白虎見司刑及眾獄吏俱已醉了，當下提過酒壺，帶了兩只酒碗，拿上一隻烤雞，逕直走到死囚室那裡。兩名守值的獄卒聽到腳步聲，迎出一看，見是白虎，趕忙叩拜於地：「小人叩見掌囚大人！」

白虎放下酒具，親手將他們扶起：「今日本府大喜，大家都在暢飲，你們兩個卻在守值，實讓本府過意不去。來來來，本府陪你們小喝幾碗！」

掌囚大人親自過來問候，這又敬酒，兩名獄卒感激涕零，跪下叩道：「小人謝大人恩典！」

白虎將烤雞撕成碎塊，說道：「來來來，咱們邊吃，邊喝，順便嘮叨一會兒！」

兩個獄卒道：「謝大人賞賜！」

白虎陪兩人各飲幾碗，說了一陣家常話，得知二人一個叫馮貴，一個叫陳淇，都是有家有室的實在人，遲疑半晌，方才狠下心來，轉過話鋒道：「這牢室裡可有動靜？」

馮貴道：「回大人的話，這兒並無動靜。」

白虎道：「這兒是獄中重地，差錯不得。本府也算是新官上任，大家這又都在那兒狂歡，本府有點放心不下，想去查看一下各個牢室，你們可否陪我走走？」

馮貴、陳淇趕忙放下酒碗和手中雞塊，拿袖擦過嘴巴，打了火把，領著白虎挨牢查看。

查至最後一間，白虎道：「馮貴，這兩人是欽犯，可得守得嚴些。你打開牢門，本府進去看看！」

馮貴打開牢門，跟著白虎走進去。龐涓、孫賓早知白虎用意，躺在地上只不作聲。

白虎盯住二人看有一會兒，抬頭問道：「這些腳鏈能打開嗎？」

馮貴指了指腰間的鑰匙：「回大人的話，死囚的腳鏈是通用的，這把鑰匙都可打開！」

白虎點點頭，走出牢門，馮貴正在鎖門，白虎突然拔劍刺死陳淇，馮貴聽到後面聲

響，回頭一看，見陳淇已經倒地，一時驚得呆了，竟是說不出話。白虎拔出寶劍，將劍尖對準馮貴的胸膛。

馮貴嚇得兩腿發顫，結巴道：「大……大人！」

白虎長嘆一聲：「唉，馮貴，待會兒見到陳淇，你就對他說，是本府對不住你們，你們的家小，自有本府養著！」

話音剛落，劍尖已經直透馮貴後心。

白虎從馮貴的腰間拔出鑰匙，推開牢門，打開龐涓、孫賓的腳鏈，又將馮貴、陳淇的屍體拖入囚室，拔出他們的佩劍，遞給龐涓、孫賓各一柄，叫龐涓、孫賓脫下二人的服飾換過，這才急道：「恩公，此地不是說話之地，快隨我走！」

龐涓想了一想，用手指蘸了地上的鮮血，在牆上飛快寫道：「殺父之仇，不共戴天；陳軫奸賊，血債血還！龐涓」

龐涓寫完，這才與孫賓一道，遠遠地跟在白虎後面，逕朝外面走去。

快要走到刑獄大門時，白虎讓二人裝作喝醉的樣子，相互攙扶了，蹒跚著走了出去。門衛早知裡面辦酒，又見二人一身獄卒打扮，已是醉成這樣，哪裡知道真假，任他們走出門去。

走出刑獄大門之後，二人在一處陰影下略候一時，就見白虎匆匆出來。龐涓喊住他，三人飛速沿著街道，奔至城牆邊。因為沒有戰事，城牆上並無兵士把守。三人選好一處較為隱蔽的地方，白虎打開隨身帶著的包裹，拿出兩道衣服，讓二人換過，又拿出一條繩索，繫在城垛上。

待做完這一切，白虎方才噗的一聲叩拜於地：「恩公在上，請受白虎一拜！」

龐涓急急拉起：「白公子快快請起！」

白虎起身。

龐涓道：「公子這是拜的哪一齣？該我龐涓叩拜公子才是！若無公子，龐涓一命休矣！」

白虎道：「恩公萬不可說出此話。沒有恩公，白虎連畜生都不如啊！」

「好了，咱們不說這些！」龐涓手指孫賓道，「白公子，這是孫兄，是我在這牢中結拜的義兄！」

白虎揖禮：「白虎見過孫兄！孫將軍大名，在下久仰了！」

孫賓回禮道：「在下見過白公子。白公子，您這樣放走我們，上面查出來，可是死罪！」

白虎道：「孫兄放心，這兒的事自由在下料理。事不宜遲，你們快走！」又從身上摸出一物塞進龐涓手中，「恩公拿上這個，趕忙下城！」

龐涓接過一看，沉甸甸的卻是一只錢袋，也不推辭，只是握牢白虎之手：「好兄弟，我們後會有期！」

說完，龐涓朝白虎深揖一禮，轉身縋下城去。孫賓拱手別過，亦急急縋下。白虎與他們揮手作別，這才轉身沒入黑暗中。

＊　＊　＊

上大夫府中，陳軫正在書房裡寫字，戚光急急進來，不及見禮，啞著嗓音道：「主公，出……出大事了！」

陳軫放下毛筆，斜他一眼：「什麼大事？」

戚光道：「龐涓他們……逃了？」

陳軫心頭一沉，睜大眼睛望著戚光：「關在死囚牢裡，如何能逃？」

戚光道：「說是昨日半夜，龐涓假作肚疼，騙來獄卒，殺死二人，用他們身上的鑰匙打開鎖鏈，穿了他們獄卒衣服，縋出城後逃走了。」

陳軫眉頭緊皺，抬頭問道：「那朱威知道此事不？」

戚光道：「回稟主公，小人探過了，朱威聽聞此事，甚是震怒，已經發出追緝告示，同時撤了司刑之職，具表奏過陛下了！」

陳軫道：「哦？」

戚光湊前一步，小聲說道：「主公，小人對此甚是起疑。大魏刑獄，壁壘重重，盤查極嚴，數十年來未曾發生過死囚越獄之事，偏是我府送去之人，僅過數日，就被他們逃了！」

陳軫道：「你的意思是……此事與朱司徒有關？」

戚光點頭道：「小人只是猜度！那……那龐涓還在牆上寫下兩行血書！」

陳軫驚異地問：「血書？寫何血書？」

戚光道：「殺父之仇，不共戴天；陳軫奸賊，血債血還！」

陳軫心頭一懍，半晌方才長嘆一聲：「唉，看來你是對的，不該將此二人送官。」臉上現出一股恨勁，「朱威這廝，看起來溫，做事卻狠，竟敢……」

戚光道：「主公說的是，龐涓準是朱威故意放走的，主公可到陛下跟前參他一本！」

陳軫沉思有頃，搖了搖頭：「參他要有證據。刑獄是他的地盤，他敢如此放人，必然早有應對之策。再說，元亨樓之事，那公孫衍想必知情。他們二人是串在一起的，我若告他，他必回頭反咬於我。元亨樓眼下聲名狼籍，陛下或有所聞，倘若藉機追查，豈不壞我大事？再說，朱威既是國戚，又手握重權，陛下對他信任有加。眼下是非常時期，何能為此小事亂了方寸？」

戚光道：「主公看得遠，小人嘆服！」

陳軫冷冷說道：「至於姓龐這廝，量他一條小小泥鰍，還能掀起多大的浪？多放些人下去，查訪得勤些，再得此人，可先斬後奏！你放出話去，無論是誰，只要拿到龐涓腦袋，本府賞金二百！」

戚光道：「小人遵命！」

龐涓、孫賓逃出安邑，不走大道，或走青紗帳，或走偏僻小路，曉宿夜行，不一日便到韓境。

*　　*　　*

二人鬆下一口氣，信步走去，行有數里，趕至一個三岔道口，不約而同地停住腳步。龐涓走到前面，看過旁邊的路標，對孫賓道：「這兩條路，一條往南，可到宜陽，另一條往北，可到上黨，孫兄，我們當去哪兒為好？」

孫賓道：「賢弟欲至何處？」

龐涓道：「在涓心中，唯有報仇雪恥四字，餘皆不存。」

孫賓沉思有頃：「賢弟心情，賓感同身受。只是眼下時機未到，賢弟若是勉力為之，必是欲速不達，大仇未報，自己反受其害！」

龐涓點頭道：「孫兄所言甚是。眼下何去何從，在下心裡真還沒個譜。孫兄可有去處？」

孫賓道：「賓此番出來，原是要去雲夢山的。」

龐涓道：「雲夢山？去那兒何幹？」

孫賓道：「不瞞賢弟，在衛之時，賓有幸得遇墨家鉅子隨巢子。賓甚是敬服鉅子，誠意拜他為師，不料鉅子力薦在下前往雲夢山學藝。據鉅子所說，雲夢山中有一得道高人，名喚鬼谷子，學識淵博，無所不知。在下深信鉅子所言，特來求拜先生為師。賓本欲經宿胥口過河，直去雲夢山中，不料先遇小偷，後遇賢弟，生出這多曲折來。」

龐涓笑道：「看來，你我兄弟二人是前生有緣，想躲也躲不去。不知孫兄求拜鬼谷先生，欲學何藝？」

孫賓道：「賓天性愚痴，除兵學之外，並無其他喜好，因而欲拜先生，求學用兵之道！」

龐涓眼睛大睜，不無興奮地說：「用兵之道？這也正是龐涓心中夙願！」

孫賓道：「賢弟既如此說，我們兄弟二人這就同往雲夢山，共拜鬼谷先生為師如何？」

龐涓道：「好！待在下學有所成，再來找那奸賊算帳！」

孫賓望向兩條路：「賢弟，這去雲夢山，該走哪一條？」

龐涓指了指朝北方向：「就這一條，走！」

二人往北走去。

* * *

雲夢山的秋天，別是一番姿色。因是初秋，樹葉尚未見黃，天氣也未見涼，既沒有秋風掃落葉般的悲涼，又不似夏天那般火熱，真正是個宜人季節。

沿著山谷一路走來的蘇秦和張儀，沐浴著習習秋風，心情也如眼前的秋情秋景一樣，四隻腳更是越走越起勁。他們轉過幾道彎，走進一條山谷，谷口處豎著一石，上面刻著

「鬼谷」二字。

二人在石頭旁肅立片刻，對石頭各揖一禮，這才抬腿走進谷中，虔誠的心情就如朝聖一樣。二人沿著一條小溪走有二里多地，果見前面現出一個草廬，草廬前面，端坐一個小孩，走近一看，果是他們在洛陽見過的那個童子，正在盤腿閉眼，煞有介事地打坐。

張儀上前一步，揖一禮道：「請問童子，此地可是鬼谷？」

童子似乎沒有聽見，依舊在那兒打坐。其實，他們剛進谷中，童子就已看到了。童子靈機一動，這個動作是專門做給二人看的。

張儀知他是在賣弄，但也沒有辦法，只好又揖一禮，提高聲音道：「請問童子，此地可是鬼谷？」

童子睜開眼睛，斜眼打量他一番，學著長者的語氣緩緩說道：「你們進來時，難道沒有看到那塊刻有大字的石頭嗎？」

張儀點頭道：「看到了！」

童子閉上眼去：「既然看到了，你還問個什麼？」

張儀一拍腦袋，對蘇秦苦笑一聲：「唉，一進這谷裡，人就整個傻了。」轉對童子，「請問童子，鬼谷先生在嗎？」

童子緩緩起身，朝草舍裡喊道：「蟬兒姐，有客人來！」

不一會兒，一身山姑打扮的玉蟬走出屋子，見是張儀、蘇秦，猛然一怔，旋即鎮定下來，款款走來。

一看到是姬雨，張儀的心就突突狂跳起來，目不轉睛地直盯著她，整個竟如呆了一般。

蘇秦亦吃一驚，小聲衝張儀吟道：「是雨公主！」

張儀仍舊愣在那兒，似乎沒有聽見。

玉蟬走到童子身邊，停住腳步。

童子見他們仍在發愣，大聲叫道：「蟬兒姐來了，有話快說！」

蘇秦拿手肘碰了一下張儀，張儀這才醒悟過來，趨前一步，打一揖道：「在下張儀見過雨公主！」

玉蟬冷冷說道：「張公子認錯人了，這兒沒有雨公主！」

張儀一愣，又打一揖：「在下張儀見過仙姑！」

玉蟬依舊冷冷說道：「這兒也沒有仙姑，小女子名叫玉蟬！」

張儀只好再打一揖：「在下張儀見過玉蟬姑娘！」

玉蟬回揖一禮：「兩位公子到此幽谷，有何貴幹？」

張儀道：「回姑娘的話，我們特來拜見鬼谷先生！」

玉蟬道：「你們有何事欲見先生？」

「這……」張儀看一眼蘇秦，蘇秦上前一步，深揖一禮，拉開腔調唱道：「在下

洛陽蘇秦，蘇秦見過姑娘！王城路遇琴師，琴師予我錦囊，錦囊約我來此，還請姑娘幫忙！」

玉蟬見他不再結巴，反而唱得有趣，加之在宮中也已發生過錦囊的事，臉色頓時晴朗起來：「請問公子錦囊何在？」

蘇秦從懷中掏出琴師所給錦囊，雙手呈上。玉蟬示意，童子上前拿過，玉蟬拆開錦囊，略看一遍，還予蘇秦道：「公子有此錦囊，想必與先生有緣。只是先生出遊未歸，玉蟬無法容留公子。請公子暫下山去，待先生歸來之日，你們再來如何？」

張儀問道：「姑娘可知先生何時歸來？」

不待玉蟬說話，童子接道：「先生出遊，向無定期，可能十天半月，可能一年半載，也可能三年五年！」

張儀、蘇秦面面相覷。

張儀道：「蘇兄，這……」

蘇秦再次長揖，唱道：「懇求蟬兒姑娘，再幫一個大忙：可否容留我等，谷中恭候先生？」

玉蟬道：「兩位公子願留谷中恭候先生，小女子並無異議。只是草廬狹小，眼下尚無多餘房舍，兩位公子何以棲身？」

張儀一聽有門，趕忙說道：「姑娘放心，這兒山美水美，處處可歇，我們絕不打擾姑娘就是！」

童子道：「白天山美水美，自是好過，可這長夜漫漫，你們哪兒蹲去？」

張儀眼睛一眨：「小兄弟，告訴你吧，到了晚上，我們就學那有巢氏，尋棵大樹爬上去，將樹枝這麼一扳，將樹葉編個窩窩，往那窩窩裡一鑽，既遮風，又擋雨！」

童子斜一眼張儀，嘻嘻笑道：「樹上倒是好地方，只是這山溝裡有花豹，特會爬樹，專喜夜間覓食。還有蟒蛇，若是黎明時分有一條悄悄爬上樹去，公子可就……」

張儀吃這一嚇，正自心驚，蘇秦唱道：「姑娘好心容留，蘇秦謝過姑娘。至於何處棲身，我們自有主張！」

玉蟬點頭道：「既然兩位公子執意留下，就請自便吧！」

玉蟬說完，扭身走回草廬。

蘇秦看看日頭，對張儀道：「賢弟，走！」

二人走到草蘆前面，放下包裹。蘇秦拉上張儀登上一處高坡，在四周查看一番，下坡走到離草廬二百步開外的一處幽靜山窩，在這裡左看右看，步量數次，似乎甚是滿意，朝張儀點了點頭：「嗯，就這兒！」

張儀不明就裡，奇怪地望著他：「蘇兄，你這是幹啥？」

蘇秦唱道：「此處適宜讀書，可以起房造屋！」

張儀驚道：「起房造屋？怎麼起房造屋？」

蘇秦唱道：「賢弟請取斧鋸，跟我進林伐樹！」

張儀走到草蘆前，向童子借斧鋸。童子拿出一把斧子，說是只有斧子，沒有鋸子。張儀看了看斧子，還算鋒利，於是別在腰間，與蘇秦走到山上，不多一時，兩人已經各扛一根碗口粗的木頭，吭哧、吭哧地走下山來。

二人埋頭幹到天黑，山窩裡已經堆起數十根木頭。是日夜間，天氣甚好，童子借給他們一人一條草席和一床薄被，他們就在外面的草地上躺下。許是太累了，二人連話也未及多說，不一會兒就入了夢鄉。

黎明時分，秋露甚大，二人感到潮乎乎的，也就早早醒來。蘇秦領著張儀又進山去，幹到天黑，又砍回來一百餘根。第三日，蘇秦找來兩把鐮刀，背回來一捆接一捆的茅草，將之攤在地上。

這樣連幹數日，兩間簡易木屋竟是被他們搭建起來。到第五日黃昏，蘇秦爬在房頂，開始鋪繕最後一捆茅草。

張儀出身於富家公子，從未幹過粗活。此番親手搭出這兩間屋子，心中自是欣喜，像個孩子似地走進這個門，再串進那個門，然後「噌噌」幾步離開草舍，走到二十步開外的地方，站在那兒，兩眼望著他們的傑作，美得合不攏口。

蘇秦環顧左右，見已澈底完工，這才爬下木梯，朝張儀揚了揚手。張儀飛跑過來，嘻嘻連聲笑著，在蘇秦肩上拍道：「行啊蘇兄，看不出來你還有這個手段！哈哈哈，要是把我張儀一個人擱在這兒，真得學那有巢氏哩！」

正在此時，遠處傳來童子的喊聲：「兩位公子，蟬兒姐叫你們吃飯嘍！」聽到玉蟬賞飯，兩人皆是一怔。張儀喜道：「蘇兄，快，二公主這是要犒賞我們哩！」

蘇秦拍拍兩手，又拍打幾下身上，抖了抖衣服上的草屑，靦腆地笑了。

*　　*　　*

在鬼谷草堂外的草地上，童子已在一張石几上放著一盆粟米粥和兩只空碗，盆中放有一杓，玉蟬坐在小凳上，拿眼望著他們：「這幾日你們定是累壞了，喝碗粥吧！」

玉蟬朝童子示了個眼色，童子趕忙拿起碗杓，將兩只大碗盛滿，雙手端給二人。張儀接過來，朝口中連扒幾下，咂咂嘴道：「好香啊！」轉向玉蟬，「是姑娘燒的？」

童子接道：「當然是蟬兒姐燒的！」

張儀有心巴結，讚道：「嘖嘖，張儀從未喝過如此醇美的香粥！」

玉蟬噗哧一笑：「張公子此話，怕是餓出來的！」

張儀扭頭朝向蘇秦：「是不是餓出來的，蘇兄你說！」

亦在喝粥的蘇秦嚥下一口，略想一下，唱道：「蘇秦誠心褒獎，碗中粥美味香！」

張儀朝玉蟬笑道：「怎麼樣，非張儀一人之見吧！」

玉蟬未及說話，童子轉向蘇秦：「蟬兒姐的粥煮得再好，也不及蘇公子唱得好！」

服。悠哉悠哉，輾轉反側……」

蘇秦這一吟，果是不見結巴。張儀連聲鼓掌道：「真是絕妙主意，蘇兄吟詠起來，哪裡像個結巴？」

蘇秦靦腆一笑，朝玉蟬、童子各揖一禮，吟道：「蘇秦謝過蟬兒姑娘！蘇秦謝過童子！」

玉蟬、童子各還一禮，童子咯咯一笑，點頭說道：「嗯，果然是吟了好，不用臨時編詞，蘇公子想說什麼，順口吟出就是！」

蘇秦朝童子也是一笑，正欲說話，卻見玉蟬已將那包藥丸遞過來，看了蘇秦、張儀一眼，話鋒一轉，緩緩說道：「蘇公子，先生留給你的錦囊何在？」

蘇秦趕忙伸入袖中，將錦囊取出，雙手呈上，吟道：「錦囊在此！」

玉蟬接過錦囊，看也不看就納入袖中，朝二人各揖一禮：「蘇公子，先生在錦囊裡答應你的話，已經兌現了。兩位公子再住下去，就是多餘！」指著盆中的稀粥，「這鍋稀粥，就算是小女子為兩位餞行！兩位公子吃飽喝足，就可下山了！」

玉蟬此話一出，蘇秦、張儀大驚失色，尤其是張儀，簡直是呆如木雞，手中的木碗也歪在一邊，尚未喝完的稀粥從傾斜的碗裡流出來，滴落在草地上，他卻渾然不覺。

童子急了，大聲叫道：「張公子，快，你的粥流到地上了！」

張儀打個驚愣，這才注意到流出來的稀粥，卻也沒去理它，只拿兩眼直勾勾地凝視玉蟬。

玉蟬道：「張公子，你這樣看著我，卻是為何？」

張儀這才回到現實中，將碗放回石几上，對玉蟬道：「蟬兒姑娘，若是此說，這碗稀粥在下就不喝了！」

童子將他的木碗拿起來，指著它笑了笑道：「張公子，你這一碗都要見底了，你說不喝，如何能行？」

張儀道：「流到地上的，仍然在地上，這喝到肚裡的，在下這去還出來就是！」

張儀說完，走到一邊，將手指伸進嗓眼裡摳了幾摳，不一會兒，將喝下去的大半碗稀粥全都嘔了出來。

玉蟬冷冷地看著他，見他嘔畢，才又說道：「張公子，這碗稀粥，只是小女子的一點心意，公子喝了，是看得起小女子，公子不願喝，小女子也無話說。」走到石几前面，拿起蘇秦放下的木碗，將碗盛滿，雙手遞給蘇秦，「蘇公子，你不會也不喝吧！」

蘇秦雙手接過，彎腰朝玉蟬鞠一躬道：「蘇秦謝過蟬兒姑娘！」

玉蟬道：「蘇公子只要喝下這碗稀粥，就算謝了！」

蘇秦二話不說，將這碗稀粥呼呼幾口，已將半碗喝下肚去。

張儀急了，趕忙辯白道：「上……上蒼作證，在……在下不是這個意思，在下不是看不起姑娘，是……是……」

玉蟬冷冷地看他一眼，打斷他道：「張公子，蘇公子，你們看起也好，看不起也好，都是該的。小女子既不會感激，也不會傷情。只是這谷中，兩位公子是不能住了，也沒有理由再住下去！小女子這就懇請你們下山去吧，否則，先生若是回來，必會責怪小女子的！」

蘇秦已看出來，玉蟬這是執意趕他們下山。此前他們已經議定進山學藝，這還沒有見到先生，就被人趕下山去，確出意料之外。蘇秦慢慢地喝著稀粥，慢慢地想著對策。待一碗稀粥喝完，蘇秦的對策似已想好，遂將空碗放回几上，朝玉蟬再鞠一躬，吟道：「蘇秦再謝姑娘的美粥！」

玉蟬道：「小女子的話，你們還沒回呢？」

蘇秦吟道：「蘇秦這就回覆姑娘！」指著藥丸，「先生留下藥丸，只說能治口吃，可這藥丸是否靈驗，在下仍是不知。再說，此藥服下，在下若有什麼不適，卻又如何是好？在下知道姑娘是仁德之人，懇請姑娘再施仁德，容我二人再在谷中逗留數日，一則觀望此藥療效，二則恭候先生。先生若是治癒在下口吃，於在下便有再生之恩，無論如何，在下也得見上先生一面，當面向他致謝才是！」

蘇秦這番話入情入理，玉蟬倒也無話可說，硬要驅趕他們，顯然已是不妥，便將兩眼望向童子。

童子嘻嘻笑道：「蟬兒姐，蘇公子既如此說，就讓他們留下來算了。反正這谷裡也沒別人，先生又沒回來，多兩個會說話的，豈不熱鬧？」

玉蟬白他一眼，轉對蘇秦道：「蘇公子既然還想再候幾日，就請自便吧，小女子回屋去了！」

玉蟬說完，扭過身去，款款走回草舍。

看到玉蟬走進屋中，張儀兩步跨到石几跟前，將盆中的稀粥盡數盛過，張開大口連喝數口，抿了抿嘴，服氣地說：「乖乖，在下服了！這個小女子，可是真能整人！」

* * *

接下來連下幾日陰雨。因有兩間木屋，蘇秦、張儀的日子甚是好過。這日午後，蘇秦拉上張儀，準備到林中採些野菇改善生活。二人背起竹簍，走出房門，正要拐上附近一條小路，童子從草舍那邊蹦蹦跳跳地過來，遠遠喊住他們。

不一會兒，童子就已走到跟前，神祕兮兮地說：「兩位公子，我這來告訴你們，先生雲遊，方才回來了！」

蘇秦、張儀互望一眼，啪的一聲扔下竹簍，趕回草舍，匆匆換過衣冠，走進鬼谷子的草廬。

聽到說話聲，玉蟬迎出來。

張儀道：「聽說先生回來了，我們特來拜見，煩請姑娘稟報先生！」

玉蟬指了指掛著的一道竹簾：「先生剛回，正在午休！」

蘇秦、張儀隔簾望去，果見先生正在簾後端坐，已經入定。

張儀、蘇秦二話不說，膝蓋一軟，對簾跪下，叩在地上恭候。

一個時辰過去了，鬼谷子紋絲不動。又一個時辰過去了，鬼谷子仍是紋絲不動。

張儀以肘碰一下蘇秦，蘇秦側臉望他。張儀低聲道：「不知怎麼的，我這心裡就跟貓抓似的，一揪一揪的！」

蘇秦吟道：「賢弟所為何事？」

張儀道：「你說，先生他……該不會仍在記恨洛陽之事，不肯容我？」

張儀話音剛落，鬼谷子張開兩臂，前後左右舒緩幾下，緩緩吟道：「蕭蕭兮谷風，幽幽兮山林。佳人兮有約，悠悠兮我心。」

張儀一驚，吐下舌頭，伏頭於地。

玉蟬聽到聲音，緩緩走進簾後，對鬼谷子說道：「山外兩位公子求見先生，已經恭候多時了！」

鬼谷子道：「哦，既有客人，就把簾子撤掉吧！」

玉蟬撤去竹簾，鬼谷子轉過身來，正對他們坐下。蘇秦、張儀對著鬼谷子連拜三拜之後，伏在地上。

鬼谷子道：「老朽雲遊多日，今日方回，本欲稍歇片刻，不想一睡竟是幾個時辰，讓客人久等了！」

恕！」

張儀碰了一下蘇秦，蘇秦吟道：「晚輩冒昧來此谷中，有擾先生寧靜，還請先生寬恕！」

鬼谷子道：「老朽想起來了，你就是洛陽的那位客官，是老朽答應你的，怎麼能說冒昧呢？老朽雲遊之前，已將配好的草藥留在谷中，童子可否交予客官？」

蘇秦再拜，吟道：「晚輩已按前輩所囑，每晚一丸，已服數日了！」

鬼谷子點了點頭：「嗯，服了就好。這些藥丸雖能軟舌，可對你來說，卻不重要！」

蘇秦急了：「前輩是說，晚輩之病，連這藥丸也不濟事了？」

鬼谷子道：「是的。你的口吃非先天所致，乃後天養成。你心氣甚高，卻無自信。對你來說，口吃並不是病，失去自信，才是真病。」

蘇秦沉思有頃，再拜於地：「晚輩謝先生指點！」

鬼谷子的目光轉向張儀：「哦，這位客官，老朽也想起來了。你這是追進山來扯我的招幡嗎？」

張儀打個驚愣，全身一顫，趕忙叩道：「晚生不敢！」

鬼谷子道：「哦，既然不是來扯招幡的，你來此地想幹什麼？」

張儀道：「這……」眼珠一轉，「晚生願賭服輸。先生神算，句句靈驗，晚生輸給先生三個響頭，特來奉還！先生在上，請受張儀三個響頭！」

張儀說完，在地上重重地連叩三頭。

鬼谷子點了點頭：「好，這三個響頭老朽已經收下，你可以走了！」

張儀急了，忙以臂肘碰了碰蘇秦，蘇秦吟道：「晚輩還有一求，乞請前輩允准！」

鬼谷子道：「哦？是求卦否？」

蘇秦吟道：「不是求卦。晚輩此來，是求先生允准一樁事情，療治口吃倒在其次！」

鬼谷子道：「欲求何事，但說無妨！」

蘇秦吟道：「晚輩是來乞請先生容留我兄弟二人在此谷中，隨侍先生左右！」

鬼谷子沉吟半晌，轉向張儀：「這位客官，你是這麼想的嗎？」

張儀趕忙拜道：「晚生不才，欲與蘇公子一道，求拜先生為師！」

鬼谷子點了點頭，緩緩說道：「好啊，你們二人有心求學，可喜可賀。時下學者如林，大家雀起，有孟軻之流治仲尼儒學，有莊周之流治老聃道學，有隨巢子之流治墨翟墨學，有公孫鞅、申不害之流宣揚法學，有惠施、公孫龍之流開名實之宗，有淳于髡、桓團之流以詭辯取勝，還有楊朱、彭蒙、田駢、慎到之輩，無不著書立說，開宗立派，列國更是學宮林立，學風聚起，老朽問你，你們緣何不去投奔他們，反而來此深山老林，求拜一個山野老朽呢？」

張儀應道：「晚生遍觀百家學問，或宣揚大道，或彰顯小技，多為矯飾之術，不堪實用！」

鬼谷子點了點頭，依然和藹地問：「為何不堪實用，客官能詳言否？」

張儀稍一沉思，侃侃言道：「老莊之學遠離塵囂，大而失用，更是提倡無為而治，而方今天下，若是無為，根本不治，是以難行；孔孟之道以仁義為本，以禮樂為準，而天下早已不仁不義，禮崩樂壞，也是難行；墨、楊之學修身有餘，治世卻是不足，是以諸侯棄之不用；刑名之學，只求以力服人，難以馳遠；名實之爭、詭辯之說，純屬矯飾做作，不堪取用；至於用兵之要、陰陽之術、商賈之道、農桑之論，凡此種種，雖說有用，卻過於褊狹，不足以救當今亂世！」

鬼谷子緩緩說道：「所以你就跑到這山溝裡來了！」

張儀應道：「正是！晚生聽聞先生有經天緯地之才，天下學問無所不知，遂與蘇秦奔波千里，趕赴此地，求拜先生為師，乞請先生准允！」

張儀說完，再拜於地。

鬼谷子呵呵笑出幾聲，緩緩說道：「張公子別是聽錯了。除去算命看相，老朽實無所知，哪來的經天緯地之才？再說，方才聽你所言，百家學問已是盡收胸中，皆有所判，老朽縱使讀過兩冊書，哪裡及你？老朽門前流淌的不過是一條小小山溪，何能容下你這條大龍？」

張儀聽聞此言，心頭大驚，連連叩頭道：「晚生失言，請先生海涵！」

鬼谷子依舊和善地說：「言為心聲，何失之有？」轉向玉蟬，「蟬兒，天色已晚，可讓這位客官在這谷中暫歇一宿，明日晨起，送他下山去吧！」

鬼谷子說完，起身而去，逕入洞中。

張儀一急，口叫「先生」，爬起來就要追入洞去，卻被玉蟬擋在前面，伸手攔住：「張公子！」

張儀又羞又急，看她一眼，悻悻地與蘇秦走出草堂。

回到草舍，張儀抱頭悶坐一時，緩緩地站起身子，一聲不響地收拾行李。蘇秦看到，扭頭就朝他的房間走去。張儀心頭一怔，趕忙跟過去，見蘇秦也在收拾行李。張儀急道：「蘇兄，你……你這是為何？」

蘇秦吟道：「跟賢弟一道下山！」

張儀趕忙將他攔住：「先生只說讓儀下山，沒說讓蘇兄下山，蘇兄自應留在谷中才是，收拾什麼行李？」

蘇秦凝視著他，緩緩說道：「賢弟不留，在下如何能留？」

張儀見蘇秦說得真切，心中感動，苦笑一聲，朝嘴巴上猛掌幾嘴，恨道：「都怪這張臭嘴，這……這……這真是活該呀我！」

蘇秦沉思一時，緩緩吟道：「賢弟稍候一時，容在下再去求求先生！」

張儀道：「只怕蘇兄求也沒用！」

蘇秦吟道：「賢弟何說此話？」

張儀嘆道：「唉，在下原以為先生是得道之人，或有雅量，誰想他竟是如此小器！顯而易見，先生必是記恨在下在洛陽的那段狂妄舊事，不肯容我！」

蘇秦看他一眼，也不回話，竟自走出草舍，來到鬼谷草堂，見過玉蟬，說明來意。玉蟬走進洞中，不一會兒，走出來對蘇秦道：「蘇公子，先生願意見你，請進！」

鬼谷草堂順山勢而建，裡面直通一個山洞的洞口，草堂、山洞連為一體。蘇秦跟在玉蟬後面，進洞之後七拐八轉，走至一處，上面掛有布簾。玉蟬候立簾外，叫道：「先生，蘇公子來了！」

鬼谷子道：「讓他進來！」

玉蟬掀開布簾，對蘇秦道：「蘇公子，請！」

蘇秦進去，叩於地上，吟道：「晚輩蘇秦叩見先生！」

鬼谷子道：「你是來替那張公子求情的吧！」

蘇秦回道：「是的。」

鬼谷子道：「說吧！」

蘇秦吟道：「蘇秦與張儀在洛陽義結金蘭，情如手足，約定同來鬼谷，求拜先生為師。今日先生不留張儀，唯留蘇秦。蘇秦若是獨留鬼谷，有違結義盟誓。蘇秦是以斗膽懇求先生一併留下張儀，乞先生恩准！」

鬼谷子道：「在這鬼谷裡面，唯有天道，沒有忠義。老朽留你，一是老朽與你有約在先，二是看你天性純樸，頗有心力，若是苦修勤煉，或可成就一個道器。如果你無法忘卻世間忠義，就同張儀一道下山去吧！」

蘇秦吟道：「懇請先生再容晚輩一言。蘇秦先天不足，資質愚鈍，才華學識遠不及張儀。蘇秦心雖有餘，力卻不足，若是留此修煉，恐怕有辱師門，是以願代張儀下山，乞請先生容留張儀踐約修學！」

鬼谷子搖了搖頭：「這修身悟道，難道是可以轉讓的嗎？」眼睛轉向玉蟬，「玉蟬，這位客官說他先天不足，資質愚鈍，似無信心在此修煉。他若想走，就讓他走吧！」

玉蟬走過來，朝蘇秦道：「蘇公子，請！」

蘇秦耷拉著腦袋，沒精打采地走回草舍。天色昏黑，張儀看不清楚蘇秦的表情，只見一個黑影遠遠走來，知是蘇秦，趕忙迎上：「蘇兄——」

蘇秦走到近前，輕輕搖了搖頭。

張儀仰天爆出一聲長笑。

蘇秦大是驚異，吟道：「賢弟——」

張儀一口氣笑過，逕回屋中，將早已打好的包袱斜掛在肩上，朝蘇秦揖一禮道：「我早料到是這個結局！哼，張儀我一生歷師無數，服誰來著？此番在這荒山僻野好歹也算尋到一個先生，我這裡虔心敬意地拜他為師，不想他卻支起琴弦，擺起譜來！蘇兄，毋須待到明日，你我就此分手，張儀這就下山去也！」

蘇秦攔住他，吟道：「賢弟，山道難走，這又黑燈瞎火的，再急也不在這一時。且待明日，在下與賢弟一道上路就是！」

張儀驚道：「怎麼，蘇兄也走？」

蘇秦吟道：「在下主意已定，方纔已經別過先生了！」

「蘇兄，」張儀大驚，急道，「這……這如何能成？方才小弟所言，不過是些氣話，蘇兄何能當真？小弟看得出來，老夫子這裡確有真貨，蘇兄能夠留下學藝，當是上天造化。張儀不是不想拜師，而是沒有這個福分！蘇兄，張儀求你了，你我兄弟一場，好歹也要聽儀一言，萬不可意氣用事，為我張儀誤去一生機遇啊！」

蘇秦黯然神傷，緩緩吟道：「賢弟毋須多言。明日雞鳴時分，你我上路就是！」

張儀見他說得真切，知道不是虛話，沉思有頃，點頭說道：「賢弟就依蘇兄！時辰不早了，你我早些歇息，晨起也好早些趕路！」

兩人各回自已草舍，悶頭睡下。蘇秦躺在榻上，卻是輾轉反側，鬧到子夜方才睡去。待他一覺醒來，天已大亮。蘇秦翻身起床，出門一看，莫說是雞鳴時分，便是辰時，也早過了。蘇秦心頭一沉，急急走至張儀門口，看到房門已是大開。

蘇秦心裡咯登一響，急進屋看，早已人去室空，只在案頭留一竹簡，上面寫道：「蘇兄厚義，儀弟心領。俗云，種瓜得瓜，儀弟有此遭遇，皆是應得。儀弟先一步下山，望蘇兄在此好好修習，成就卿相大業。張儀。」

蘇秦二話不說，趕忙背了行李，不及向先生、玉蟬辭別，沿了溪邊的小路急追出去。

＊　　＊　　＊

雲夢山中，秋霧蒸騰，雲鎖霧繞，不見天日。

龐涓、孫賓沿著山道正行之間，卻被一塊巨石擋住去路。他們走到巨石旁邊，看到一條小徑，不及細審，沿徑即走下去。走有半晌，不知不覺中，他們竟又轉了回來，再次看到這塊巨石。

龐涓走到石頭旁邊，左看右看，撓撓頭皮道：「不對呀，孫兄，我們好像又轉回來了！」

孫賓仔細審過，點頭道：「嗯，好像是剛才那塊石頭。」

兩人一時愣在那兒。有頃，龐涓眉頭一動，蹭蹭幾下爬上附近一個大樹，四下望有一時，溜下樹來，指著一個方向道：「孫兄，那面影影綽綽的好像是個人，在朝這裡趕呢，我們不妨迎上去，問問他看！」

孫賓點了點頭，兩人沿著龐涓所指的方向急步走去。

此人正是張儀。

張儀的臉上寫滿沮喪，一路悶著頭，兩條腿也似乎越走越重。張儀越走越慢，乾脆停下腳步，坐在一塊石頭上，抱頭沉思。

就在此時，前面傳來腳步聲。張儀抬頭一看，見有二人向他走來。

龐涓、孫賓走到跟前，各自彎下腰去，朝他深揖一禮。張儀冷冷地掃他們一眼，亦不站起，依舊悶下頭去。

龐涓看一眼孫賓，再揖道：「這位大哥，請問去鬼谷怎麼走？」

聽到「鬼谷」二字，張儀心中一顫，微微抬頭，細細打量二人，問道：「鬼谷？你們到鬼谷何幹？」

龐涓道：「拜訪鬼谷先生！」

張儀看了他們的裝束，點了點頭：「你們可是前來求拜鬼谷先生學藝的？」

龐涓激動地說：「正是！」

張儀道：「你們可曾與他有約？」

龐涓搖了搖頭。

張儀道：「那……你們可曾見過鬼谷先生？」

龐涓又是一番搖頭。

張儀沉思有頃，進而再問：「你們是何人？來自何地？為何求拜鬼谷先生為師？」

龐涓面色不悅，虎下臉去：「這……我們只是向你問路，你不說也就罷了，卻又問出這許多來，是何道理？」

張儀從鼻孔裡哼出一聲，站起來作勢欲去，孫賓急忙跨前一步，深深揖道：「在下孫賓見過仁兄！」

張儀看他一眼，回一禮道：「在下張儀見過孫兄！」

孫賓道：「在下從帝丘來，這位是安邑人龐涓，是在下義弟。我們兄弟二人受墨家鉅子隨巢子指點，特來雲夢山，欲拜鬼谷先生為師，不想在此迷路，還請張兄幫忙！」

聽過孫賓這番介紹，張儀心中已是全然有數，眼珠連轉幾轉，頓時有了主意，連連點頭，衝孫賓笑道：「果然是你們二位，在下在此恭候多時了！」

孫賓面呈驚異之色：「張兄這是……」

張儀道：「不瞞二位，在下奉先生之命，特在此處，迎接二位光臨鬼谷！」

龐涓瞠目結舌：「先生他……他如何知道我們會來？」

張儀長笑一聲：「先生乃得道之人，前知八百年，後知八百年，像這樣的小事，怎能不知？告訴你吧，先生不但算出你們欲來，而且算準你們必會在此迷路，因而昨晚吩咐在下，要在下今日辰時守候於此，導引你們進谷！在下乃性急之人，聽說二位仁兄前來，心中高興，竟是迎得早了。前面已有二人打此經過，在下以為是兩位學友，上前問過，卻是進山打柴的。在下正自氣惱，這又見到你們二位。在下唯恐再次錯認他人，有負先生重託，這才刻意多問幾句，不想卻遭龐兄猜忌！」

龐涓趕忙揖禮：「龐涓愚鈍，多有得罪，還望張兄海涵！」

張儀哈哈笑出兩聲：「龐兄不必客氣，進得谷來，就是自家兄弟。」伸手作出邀請狀，「二位仁兄，請吧，先生正在谷中候著你們呢！」

龐涓、孫賓二人興沖沖地跟著張儀，直往鬼谷方向走去。剛剛行至谷口，遠遠就見蘇秦背了包袱，邁開大步沿小溪走來。張儀緊走幾步，迎上蘇秦，遠遠就打招呼：「蘇兄！」

蘇秦正自悶頭疾走，聽到喊聲，猛然抬頭，見是張儀領了二人走來，不覺一愣，繼而驚喜地吟道：「賢弟，你……你回來了！」

張儀高興地說：「回來了！回來了！」轉對孫賓、龐涓，手指正在走過來的蘇秦，「這就是在下的師兄蘇秦，也必是奉過先生之命，在此恭候你們呢！」

龐涓看一眼蘇秦背上的包袱，疑惑地問：「恭候我們，還要背著包袱嗎？」

張儀一怔，馬上接道：「兩位有所不知，在下這個蘇兄，也算是個怪人，無論到哪兒，總愛背個包袱！」

龐涓笑道：「嗯，這倒是怪！看來這世上，真還是什麼人都有！」

這樣說著，蘇秦已是走到跟前。孫賓、龐涓躬身揖道：「在下見過蘇師兄！」

蘇秦回禮，吟道：「蘇秦見過兩位仁兄！」不解地轉對張儀，「賢弟，兩位是……」

張儀哈哈笑道：「果然不出先生所料，兩位仁兄正是在那個地方迷路的！」

張儀這句毫無來頭的話使蘇秦越發不解，未及發問，張儀已是手指孫賓、龐涓，呵呵笑道：「蘇兄，我來介紹一下，這位是衛人孫賓，從帝丘來；這位是魏人龐涓，從安邑來。他們二人聽從墨家鉅子指點，前來求拜先生為師，卻在前山口子處尋不到路了，圍著

那個小山包轉呀轉的，哈哈哈，要不是在下及時趕到，只怕現在，他們還在那兒兜圈圈哩！」

蘇秦越聽越糊塗，又見張儀朝他擠眉弄眼，只好揖禮道：「兩位仁兄，請！」

*　　*　　*

鬼谷草堂裡，鬼谷子正在靜修，玉蟬走進來：「先生，又有二人求師來了！」

鬼谷子眉頭微皺：「知道了。來者何人？」

玉蟬道：「一個名喚孫賓，是衛國帝丘人；另一個名喚龐涓，是魏國安邑人。」

鬼谷子道：「那個蘇秦和張儀，下山了嗎？」

玉蟬道：「張儀雞鳴下山，蘇秦睡過頭了，半個時辰前方才起來，見張儀不在，急急慌慌地追下去了。不過，他們二人方才又都折了回來。孫賓、龐涓正是他們引進谷中來的！」

鬼谷子輕嘆一聲：「唉，既然來了，就讓他們進來吧！」

玉蟬走出草堂，對候在門外的孫賓、龐涓道：「兩位公子，先生請你們進去！」

孫賓、龐涓走進草堂，叩首於地，齊道：「晚生叩見鬼谷先生！」

鬼谷子抬眼掃過二人，緩緩說道：「聽說你們是來求師的？」

因有張儀的介紹，龐涓膽子大了許多，抬頭說道：「晚生龐涓久慕先生盛名，與義兄孫賓特來鬼谷，求拜先生為師，乞請先生容留！」

鬼谷子道：「老朽向來與山外無涉，這盛名不知從何而來？」

龐涓怔了一下：「這……」拿眼望向孫賓，孫賓接道，「回稟先生，晚輩孫賓有幸得遇墨家鉅子，是鉅子推薦晚輩來的！」

鬼谷子將目光落在孫賓身上，審視一會兒，微微點頭：「嗯，老朽倒是見過這位鉅子。孫公子，你且說說，這位鉅子是如何在你面前推薦老朽的？」

孫賓道：「回稟先生，前番衛地鬧瘟，晚輩有幸遇到鉅子。晚輩素慕鉅子倡導的兼愛大道，本欲求拜鉅子為師，鉅子予以推拒。晚輩苦求，鉅子竟是推薦晚輩前來求拜先生。鉅子說，先生是得道之人，天下學問無所不知，晚輩若是求拜先生為師，或有所成。晚輩聽從鉅子之言，這才進山求拜先生！」

聽到是隨巢子薦他來的，鬼谷子已經明白原由，拿眼細審孫賓，見他慈眉善目，果是天生道器，心中悄然一動，口中卻道：「觀你相貌，正是墨派中人，鉅子卻是不肯收你為徒，你能說出其中原由嗎？」

孫賓道：「回先生的話，晚輩已知原由。晚輩天資愚笨，無所專長。墨家弟子人人皆有所長，晚輩自愧不如，亦不敢再求！」

鬼谷子點了點頭：「嗯，你能說出實話，甚是可嘉。你既來求藝，又學無所長，老朽問你，你欲求何藝呢？」

孫賓道：「回稟先生，晚輩雖無所長，卻有偏好！」

鬼谷子道：「哦，是何偏好？」
孫賓道：「兵法戰陣！」
鬼谷子點了點頭，轉過話頭：「衛國有個孫機，你可認識？」
孫賓道：「正是晚輩先祖父！」
聽到「先祖父」三字，鬼谷子心頭一怔，緩緩問道：「他何時過世的？」
孫賓道：「三個月前！」
鬼谷子「哦」了一聲，緩緩將頭轉向龐涓：「你來此處，也是求學兵法戰陣的？」
龐涓道：「是的，晚輩欲與孫兄同習兵法戰陣！」
鬼谷子點了點頭，緩緩地站起身子：「兩位學子，看來你們白走一趟了。老朽久居深山，唯知修道煉仙，不知兵法戰陣。你們二人還是早日下山，另訪名師吧。」
話音落下，鬼谷子已是邁動兩腿，朝洞中走去。
龐涓大吃一驚，偷眼望去，見鬼谷子不似在開玩笑，急道：「先生，您不是派人……」
鬼谷子已是走至洞口，扭頭對玉蟬道：「蟬兒，送客！」
玉蟬將孫賓、龐涓送出草堂，揖過禮，回身進屋，將門關了。龐涓、孫賓萬未料到有此結局，在門外怔了一時，龐涓忽地拉上孫賓，氣沖沖地朝蘇秦、張儀的草舍急步走去。

蘇秦、張儀正在門外的草地上候著，見他們走來，趕忙迎上來。

龐涓黑沉著臉，逕直走到張儀跟前，恨恨地說：「姓張的，你……你不是說，先生算準我們要來，特別派你下山迎接嗎？」

張儀已知端底，點頭道：「在下的確說過！」

龐涓從鼻孔裡哼出一聲：「姓張的，那我問你，既然如此，先生方才為何不認我們，拒收我們為徒呢？」

張儀亦爆一聲冷笑：「姓龐的，我只說過先生算準你們要來，何時說過先生定會收留你們為徒呢？」

龐涓一愣，嘴巴張了兩張，卻也無話可說，氣呼呼地將頭別向一邊。

草地上靜得出奇，唯有龐涓一聲重似一聲的出氣聲。

孫賓看一眼龐涓，緩緩起身，走到蘇秦、張儀跟前，揖禮道：「孫賓懇請蘇兄、張兄，萬望兩位在先生面前美言幾句，請他老人家收下我們！」

蘇秦輕嘆一聲，吟道：「孫兄有所不知，在下和張賢弟在此求拜多日，先生他……」

龐涓眼睛大睜：「你是說，先生也未收下你們二人為徒？」

蘇秦點了點頭。

龐涓愣怔一會兒，突然明白過來，轉向張儀哈哈大笑道：「哈哈哈……這老天，真

他娘的公平！哈哈哈……」

張儀冷笑一聲，白他一眼，反脣譏道：「有能耐，讓先生收下你去！」

龐涓冷笑一聲：「你以為不能？」

張儀朝草堂方向呶一呶嘴，皮笑肉不笑地說：「去呀，龐仁兄！」

龐涓呼的一聲轉過身去，大步就朝草堂走去。

孫賓急道：「賢弟，你要怎的？」

龐涓道：「不要怎的，在下只要請他出來，求他收留我們為徒！」

龐涓登登登朝前走有十數步，腳步忽然放緩，然後停下來，緩緩地拐了回來。

張儀譏諷道：「呵，龐仁兄，這進軍鼓聲還沒落定，怎麼就又鳴金收兵了？」

龐涓反諷道：「在下這兒衝鋒陷陣，有人卻想撿現成的，在下還沒傻到這個分上！」

張儀點了點頭：「嗯，不錯，龐仁兄知進知退，有自知之明，在下服了！」

孫賓道：「龐兄，張兄，我看咱們還是先坐下來，商議一個完全之策為好！」

四人在草地上坐下來，各想主意。

坐有一時，張儀眼睛一眨，叫道：「有了！」

三人的目光全都投射在他的臉上。

張儀道：「先生一日不收我們為徒，我們就一日不走，和他對耗！」

龐涓擊掌道：「嗯，好主意！這個鬼谷又不是他老先生一個人的，許他住，為何不許我們住？」

蘇秦急道：「不……不可！」

張儀道：「有何不可？」

蘇秦吟道：「我們是來拜師的，不是來逼師的！」

孫賓點頭道：「嗯，蘇兄之言甚是，天下諸事，不可勉強，我們還是想想別的法子！」

一陣更長的沉默。

孫賓突然間想起什麼，將手伸進袖中，在三人的驚訝目光下面，緩緩地摸出一只錦囊。

龐涓道：「孫兄，此是何物？」

孫賓將錦囊拿在手中：「在下臨行之際，鉅子將此錦囊交予在下，說是進谷之後，萬一發生意外，可拆此囊。今日之事正應鉅子之言，我們不妨拆開看看！」

四人齊圍過來。

孫賓緩緩拆開。

*　　　　*　　　　*

鬼谷子草堂裡，玉蟬正在打坐，童子急走進來，輕聲喊道：「蟬兒姐，蟬兒姐！」

玉蟬收住功，抬頭看著他：「怎麼了？」

童子手指窗外：「蟬兒姐，妳看！」

玉蟬站起身，走到窗前，隔窗望過去，見蘇秦、張儀、孫賓、龐涓四人在外面的草地上跪成一排，初秋的太陽無情地射在他們的頭上。

玉蟬冷冷說道：「他們想跪，就讓他們跪好了！」

童子點了點頭。

夜深了，草地上，蘇、張、孫、龐四人依然紋絲不動地跪在那兒。童子站在門邊，朝他們看一眼，掩上房門。不一會兒，草堂裡燈光熄滅，四周一片昏暗。

天色大亮，童子起床，伸了個懶腰，緩緩走到房門前面，拉開門閂，眼睛一看，急忙閉上。然後揉揉眼睛，再次睜開。

草地上，四子依舊跪在那兒，頭髮、額頭、衣服上沾滿了露水。

中午，太陽較昨日更加毒辣。童子想了想，端起一鍋粥和幾只空碗走到他們跟前：「諸位公子，稀飯來了，來來來，先喝一碗墊墊肚子，跪起來也有勁！」

沒有一人理他。四子只是跪在那兒，各自閉闔雙目。童子撓撓頭皮，將粥端回去，換來一盆清水，水中放了一只空碗：「諸位公子，不吃粥也行，喝口清水吧！」

依舊沒有人理他。

童子打個驚愣，將水端到蘇秦跟前，舀出一碗遞給蘇秦：「蘇公子，飯可以不吃，水總得喝呀。來，喝一口潤潤舌頭！」

蘇秦閉著眼睛，只不睬他。

童子又到張儀跟前：「張公子，要不，你喝一口？」

張儀亦不睬他。童子依次走至孫賓、龐涓身邊，沒有一人睜眼看他。童子靈機一動，將這盆水放在他們中間，走開了。

又是一個黎明。童子再次開門，四人依舊跪在那兒。童子二話不說，急急走至他們跟前，朝盆中一望，那盆清水竟是一滴不少。

童子瞪了一雙大眼，不可置信地望著他們：「呵，你們要學先生修仙哪！」

四子依舊紋絲不動。

第三個黎明，四子依然如故，不過已是面色蠟黃，咬牙強撐在那兒。

山中的天氣，說變就變。中午時分，谷中陡然狂風大作，烏雲壓頂，不一會兒，驚雷響起，大雨滂沱，四人被淋得如同落湯雞一般。

童子看著玉蟬道：「蟬兒姐，外面下雨了！」

玉蟬冷冷地望著窗外，沒有說話。童子急了，一眼瞥見牆上有件蓑衣，趕忙拿起來，推開房門，衝入雨幕。玉蟬轉身走進洞去。

鬼谷子的洞府裡，鬼谷子端坐於地，已是入定。玉蟬悄悄掀開布簾，躡手躡腳地走進來，在鬼谷子身邊緩緩跪下。

跪有一時，鬼谷子嘴角微動：「是蟬兒嗎？」

玉蟬輕聲回道：「是蟬兒。」
鬼谷子道：「妳心中有事？」
玉蟬道：「是的，先生。他們四人一直跪在草堂外面！」
鬼谷子卻似沒有聽見。
一陣沉默，玉蟬又道：「他們跪有整整三日了！」
鬼谷子依舊一動未動。
又是一陣沉默，玉蟬再道：「他們沒吃一口飯！」
鬼谷子仍無所動。
玉蟬越說越慢，聲音也越來越低：「也沒喝過一滴水！」
鬼谷子的耳朵微微顫動一下，依然沒有說話。
一陣更長的沉默。
兩滴淚珠從玉蟬的大眼中落下，聲音越發弱了：「山雨來了，先生！」
鬼谷子聽到這裡，終於長嘆一聲：「唉，這個隨巢子！」
玉蟬一怔，拿袖子拭去淚水，抬頭問道：「隨巢子？先生是說，他們這麼做，是隨巢子出的主意？」
鬼谷子道：「只有他，才能想出這種苦招！」抬頭望向玉蟬，「去吧，妳告訴他們，就說老朽讓他們起來！」

玉蟬點了點頭，起身出洞。

玉蟬急急走出洞府，站在草堂門口。草堂外面，山雨越下越猛，四人又餓又冷，渾身打顫，無不將頭抱了，蜷縮身子跪在雨地裡，模樣甚是悲壯。

全身淋得透透的童子在雨地裡拉拉這個，扯扯那個，四子竟是無一個肯動。童子急了，跺腳哭道：「各位公子，童子求你們了！」

玉蟬又看一時，這才冷冷說道：「四位公子聽著，先生說了，他讓你們起來！」

玉蟬的話音未落，四人便如四灘爛泥一般歪倒於地。

【第十四章】

四才俊違心修道
鬼谷子開山收徒

童子、玉蟬連扯帶拖，費盡九牛二虎之力才將四人弄進蘇秦、張儀搭下的草舍裡，安頓他們躺下。玉蟬熬了薑湯、米糊，童子端來餵他們喝了。

這場秋雨由大變小，淅淅瀝瀝連下三日方才休止。蘇秦四人喝過薑湯和米糊，半醒半夢之中連過數日，在雨水停歇之後，就又鮮活起來。

第四日上，四子走出草舍，吃過飯食。龐涓拉上孫賓，向童子借過工具，也如蘇秦、張儀一樣進山伐木、割草。蘇秦、張儀趕來幫忙，四人合力，不消兩日，兩間新的草舍再次豎立起來。

這日午後，新草舍落成。龐涓扯上蘇秦三人，走到數十步外的草地上，遠遠地欣賞他們的傑作，個個樂得合不攏嘴。

四人看有一時，龐涓轉向孫賓，樂呵呵地說：「呵，這新蓋的就是不一樣，要模樣有模樣，要氣勢有氣勢！」

不待孫賓說話，張儀走到龐涓跟前，朝兩間新房瞄了兩眼，「嘿嘿」連笑兩聲，接過話頭：「嗯，龐仁兄這兩間的確有模有樣。要是這東山牆不歪那麼一丁點，西房脊不高那麼一丁點，差不多就趕上我們的兩間了！」

龐涓哈哈笑道：「我說張仁兄，這孰歪孰直，孰低孰高，可不是由你說了算的！」將頭轉向蘇秦，「蘇兄，你是行家，來句公道話！」

這兩間草舍也是按照蘇秦的吩咐蓋起來的，教他如何評判？蘇秦只好嘿嘿傻笑兩聲，靦腆地低下頭去。龐涓一眼瞥見童子朝這兒走來，朝他大聲叫道：「小師弟，走快點！」

童子依舊是不急不慢地邁著步子。

龐涓耐了性子等著童子走過來，指著遠處的兩幢房子道：「小師弟，你眼力真，好好瞧瞧這兩幢房子，哪一幢更加標緻一些？」

聽到龐涓這麼說，童子遂朝一排四間房子望過去。看有一時，童子緩緩搖頭道：「要說標緻，都很標緻，不過，要教童子實說，它們全得拆掉！」

四子皆是一怔，龐涓急問：「小師弟，你憑什麼要我們拆掉？」

童子道：「中看不中用唄！」

四子面面相覷。

張儀道：「為何中看不中用？」

童子指著兩幢房子：「你們看，這朝向不適，方位不對，門戶不當，房坡過緩，這四間房子，無一處合適！」

張儀、龐涓、孫賓均將目光望向蘇秦。

蘇秦一急，結巴起來：「這……我們村……村裡都……都是這樣蓋……蓋新房的！」

童子笑道：「蘇公子，那是在你們村裡，不是在這山溝溝裡。」

龐涓再看幾間房子一眼，目光緩緩地移向童子：「小師弟，照你這麼說，這兩幢房子算是一無是處了？」

童子道：「有無是處，過個冬夏就知道了。」

蘇秦沉思一會兒，吟道：「請師弟詳解！」

龐涓道：「對，小師弟得解釋清楚。先說這朝向，為何不適？」

童子指著門前的山道：「此處西邊開闊，草舍應該坐東朝西才是，你們的房子偏是坐北朝南，出門就是一堵山。常言道，門前是山，心想不寬。」

蘇秦辯道：「房門朝南開，這是建房的規矩！」

童子笑道：「那是山外的規矩，在這山裡沒用！」

龐涓一拍腦袋道：「對對對，小師弟，說得真好！還有什麼？」

童子指著房基：「此地看起來平，卻是正對山溝，一旦下雨，雨水就會順溝而下，正好衝到這裡，被你們這房子一擋，水流不出去，就會汪在這裡。」

龐涓道：「對對對，前幾日下雨，門前這汪水昨日才乾！」

童子笑道：「這還是場小雨。要是一場大雨，嘻嘻……」

四人面面相覷。

童子見他們完全愣了，這才指著門窗道：「再說這門戶。門高戶大，夏天涼快，冬天卻是難熬。」又指了指房坡，「這山裡下雨，要嘛是急雨，要嘛是淫雨，房坡這麼緩，雨水必會滲漏。我敢說，到了雨季，你們得拿盆子接水。」

四子被童子說得傻了，無不瞪大眼睛盯著這個十來歲的孩子。

龐涓咂舌道：「乖乖，一個小不點，怎能懂得這麼多！」掃一眼張儀，語調風涼地轉向孫賓，「孫兄，咱這房子山牆不直，房脊不平，還是拆掉重搭吧！」

張儀白他一眼：「要拆就拆，嘟囔什麼？」

童子又道：「依童子之見，你們不必拆了！」

張儀道：「這又為什麼？」

童子道：「反正你們住不了幾日，這樣拆來搭去，豈不是自討苦吃？」

四子皆是一怔。

龐涓急道：「小師弟，這話從何說起？」

童子掃過四人一眼：「還有，諸位公子不要動不動就師弟長師弟短的。這師兄師弟，可不是隨便就能稱呼的！」

四子越發愣了。

龐涓急道：「小師弟，請你把話說得明白一點！先生已經答應收留我們，有我們在此，自然就是師兄，身為師兄，難道不能叫你一聲小師弟嗎？」

童子轉向龐涓，嘿嘿笑出兩聲，反問他道：「先生這麼說過嗎？」見四人均不作聲，這又說道，「哦，對了，四位公子，童子差點忘了，先生有請！」

童子說完，扭頭朝草堂方向走去。

望著童子的背影，龐涓愣怔一陣，看一眼張儀，小聲問道：「哎，張仁兄，小師弟這話，聽出意思沒？」

張儀沉思有頃，哈哈笑道：「小孩子說話，難免驚驚乍乍，看把龐兄嚇的！」轉身對著蘇秦、孫賓，「諸位仁兄，這還不走，難道要先生親自來請不成？」

蘇秦點頭吟道：「嗯，賢弟所言甚是，不能讓先生久等！」

這幾日因為幹活，大家穿的都是粗布便服。孫賓禮細，趕忙說道：「若去先生那兒，我們得換過衣服才是！」

幾人點頭稱是，趕回屋中，各自尋出最好的衣冠穿了，出門朝草堂方向走去。走沒幾步，龐涓突然放緩腳步，小聲說道：「各位仁兄，在下有句話說！」

三人停住步子，一齊望向龐涓。

龐涓道：「今日之事，在下實在放心不下。在下有個主意，可防萬一。待會兒見到先生，咱們二話不說，納頭就拜。先生必會發愣，我們趁他發愣，齊喊師父，無論他應也好，不應也好，跟著就行拜師禮！」

張儀道：「行倒是行，就是太煩雜了。依在下之見，咱們在這裡約好，進門先喊：『師父在上，請受弟子一拜！』接著就行拜師禮，簡單明瞭！」

龐涓點頭道：「好，就依張兄所言！」

蘇秦想了想道：「在下沒有拜過師，不知這拜師禮如何行法？」

張儀道：「這個容易。小禮是一叩三拜，大禮是三叩九拜！」

龐涓道：「嗯，咱就來個三叩九拜，將這生米煮成熟飯，讓先生收也得收，不收也得收！」

三人想了想，各自點頭，抬腳走向草堂。候在門外的童子見他們走來，進屋叫道：「蟬兒姐，四位公子到了！」

玉蟬走出來，揖禮道：「四位公子，先生有請！」

四人互望一眼，正了正衣襟，蘇秦打頭，張儀第二，孫賓、龐涓緊隨其後，跟著玉蟬魚貫而入。

鬼谷子端坐堂中，童子不知何時已經立於左側。玉蟬直走過去，站在鬼谷子右側。四子見了，自左至右橫成一排，一齊跪在地上，朗聲說道：「師父在上，請受弟子一拜！」

四人說完，納頭就是三叩九拜。四人四條心，拜得也不齊整，孫賓禮節最細，每叩一次，還要起身鞠躬，然後再叩第二次。其他三人均已拜完，孫賓方才開始第三叩，叩完又是三拜。

鬼谷子起初一怔，繼而微微一笑，待孫賓拜完，緩緩說道：「你們這都拜完了？」

四人面面相覷一陣，一齊轉向蘇秦。蘇秦吟道：「回先生的話，拜……拜完了！」

鬼谷子點了點頭：「拜完就好，你們還有何事？」

蘇秦道：「沒……沒事！」

鬼谷子道：「要是沒有別的事，你們可以下山了！」

四人皆是一驚。張儀急道：「師父，是您召我們來的！」

鬼谷子點了點頭：「不錯，是老朽召你們來的。老朽要你們來，就是要告訴你們這句話，你們該下山了！」

龐涓想了一下，抬頭問道：「師父，那日在雨地裡時，我們分明聽到蟬兒姑娘說，是先生您要我們起來。也就是說，先生您已答應收留我們為徒，為何這又趕我們下山？」

鬼谷子微微一笑，轉向玉蟬：「蟬兒，老朽只說讓他們起來，幾時答應過收他們為徒了？」轉對四人，責道，「你們四人跪在老朽門前，沒日沒夜，正好擋住老朽出路。老朽要你們起來，不過是想出去走走，要你們讓路而已！」

鬼谷子反口不認，四人皆是愣了。蘇秦再次頓首，緩緩叩道：「先生，我……我們四……四人已是無……無處可去，求……求求您收……收下我們吧！」

蘇秦此話一說，走投無路的龐涓竟是動了感情，叩首於地，失聲泣道：「師父，弟子求您了，弟子真的已是走投無路，望師父垂憐，收下弟子吧！」

鬼谷子道：「你們哭也好，跪也好，都是徒勞。實意告訴你們，老朽這兒，不收名利之徒，更不收爭強好勇之士，你們還是提早下山，另投名師去吧！」

孫賓心中一動，抬頭問道：「晚輩請問，先生欲收何徒？」
鬼谷子道：「老朽這兒，唯留修道煉仙之人！」
孫賓陡然說道：「晚輩不才，願意跟從先生修道煉仙，乞請先生收留！」
孫賓此言一出，眾皆驚異，齊將目光凝聚在他身上。鬼谷子的目光陡地射向孫賓：「你不是要學兵法嗎？」
孫賓道：「晚輩不學兵法了！古人云：『朝聞道，夕死可矣。』晚輩若能隨從先生感悟大道，實為此生大幸，還學兵法何為？」
鬼谷子點了點頭，轉向龐涓：「龐公子，孫賓欲隨老朽感悟大道，你呢？」
龐涓眼珠子連轉幾轉，趕忙叩道：「晚輩與孫兄是生死之交，情同手足，孫兄之心，便是晚輩之心。」
張儀趕忙叩道：「先生，晚輩也願在此修道煉仙，乞請先生收留！」
鬼谷子不動聲色，將頭扭向蘇秦：「蘇公子，三位公子都要在此修道煉仙，你怎麼不說話了？」
蘇秦道：「先生，晚……晚輩……」
鬼谷子道：「老朽知道，你心中必是捨不下榮華富貴、卿相之位，對嗎？」
蘇秦面色大窘，叩拜於地，只不作聲。
鬼谷子掃過四人一眼，輕嘆一聲：「唉！」

張儀用肘彎碰了碰蘇秦，口中叫道：「蘇兄，你……」

蘇秦仍然將頭埋在地上。

張儀急了，大聲說道：「先生，晚輩素知蘇兄，其實蘇兄早有修道之心，只是……只是他不願說出而已！」

鬼谷子看著蘇秦，輕聲問道：「蘇公子，是這樣嗎？」

張儀用肘彎狠狠頂他一下，蘇秦無奈，喃喃說道：「回……回先生的話，是……是這樣！」

鬼谷子再掃四人一眼，大聲問道：「這麼說來，你們四人，都願意留在山中，伴老朽感悟大道？」

四人一齊叩道：「我們願隨先生在此悟道！」

鬼谷子陡然爆出一聲長笑，四子正自不知所措，鬼谷子收住笑聲，緩緩說道：「真也好，假也好，你們能夠有此表示，老朽都很快慰！只是，修道尚需道器，你們四人天生不是道器，莫說生有他心，便是真心來修，也未必成器。老朽奉勸你們，還是提早下山為好，莫要在此耽擱時間，誤了各自前程！」

都已求到這個地步，鬼谷子仍是不肯，四人似是無招了，又如前番雨地中一樣，兩手抱頭，各自叩首於地。

看到他們又來這一手，童子急了，輕聲說道：「先生，以童子之見，不妨留下他們，

讓他們試一試修道的滋味。若是能修，就留下他們。若是不能，那時再讓他們下山，諒他們也無話說！」

經童子這麼一說，四人趕忙點頭求道：「先生，我們願意！」

鬼谷子看一眼玉蟬：「蟬兒，童子要留他們試試，他們也願意一試，妳看如何？」

四人均將目光望向玉蟬。玉蟬道：「先生要留便留，不留就趕他們下山，蟬兒只聽先生的！」

鬼谷子轉對四人道：「好，就依童子之言，容你們再住三個月。三個月之內，如果你們能夠證實自己是個道器，老朽就收你們為徒。如果不能，休怪老朽無情！」

四人總算吁出一口長氣，當下叩道：「謝先生收留！」

張儀道：「晚輩請問，我們如何方能證實自己是道器？」

鬼谷子指著童子：「從明日開始，你們可聽童子吩咐！」轉對童子，「童子，就依你所修，好好管帶幾位公子。他們四人能否成器，就看你的了！」

童子走前一步，叩道：「童子謹遵先生吩咐！」

鬼谷子緩緩起身，玉蟬上前一步，挽上他的胳膊走進洞去。

四子跪在那兒，目送鬼谷子、玉蟬消失在洞裡，這才起身。蘇秦朝童子揖了一禮：「蘇秦謝童子成全！」

童子還禮道：「蘇公子不必客氣！」

龐涓走過來，在童子的頭上輕拍一下，嘻嘻笑道：「小童子，今日得虧你了，走，龐大哥陪你到林子裡，為你抓兩隻小鳥去！」

童子後退一步，看他一眼，正色說道：「龐公子，從現在開始，你不可叫我童子！」

龐涓嘻嘻一笑：「咦，不叫你童子，那……該怎麼叫你？」

童子掃一眼四人：「方纔你們也都聽見了，先生要我好好管帶你們。從今日起，三個月之內，你們必須喊我師兄！師兄我呢，也盡我所能，帶你們勤奮修煉，助你們成器。如果你們自甘墮落，不願成器，師兄也就幫不上你們了！」

童子一本正經，像是一個小大人似的，四子聽了，皆是一怔。張儀圍著童子轉起圈子，目光中充滿驚愕。張儀連轉數圈，收住腳步，對童子點了點頭：「嗯，張儀服了。請問師兄，三個月之後呢？」

童子微微一笑：「三個月之內，你們聽我的。三個月之後，如果你們能夠留在谷中，大家就一道聽先生的。不過，依眼下看來，這種可能性不大。」

龐涓急問：「這又為什麼？」

童子道：「因為修道不是易事，幾位公子未必吃得消！觀你們的品性，只怕不消三個月，就都嚷嚷著要出山呢！」

龐涓冷笑一聲：「小師兄，你休說大話，莫說修道有何難處，縱使殺頭，龐涓也熬得住！」

童子點頭道：「熬得住就好！幾位公子先去歇了，明日雞鳴時分，你們可在門前候著！」

* * *

雞鳴時分，童子果然來了。四人迎上去，蘇秦揖禮道：「蘇秦見過師兄！」

童子道：「時下入秋，正是山果成熟季節。先生欲嘗山鮮，要四位公子進山摘些果子！」

龐涓看著童子道：「請問師兄，山中野果甚多，不知先生欲嘗何種山果？」

童子道：「龐公子莫急，我正要交代這個。先生欲吃之果，自非凡品。你們可沿這條小溪溯流而上，走到小溪盡頭，可看見一條山谷，在山谷盡頭，可看到一處石壁，壁上生有幾棵毛桃，這幾日想必熟了，你們可去摘些來，先生愛吃！」

「毛桃？」龐涓重複一句，抬頭問道，「請問小師兄，此桃何種模樣？」

童子從袋中摸出一桃，遞給龐涓：「就是此桃，你們可看清楚，莫要摘錯了！」

四人圍過來察看此桃，見它果是神奇，大小就如棗子一般，青中泛黃，長了一身細毛。

童子道：「既然做了你們的師兄，我就提醒幾位公子一句，那條山谷名喚野人谷，說是有野人出入，幾位公子須小心一些，免得碰上。再有，此谷住著一種猴子，名喚獼猴，最是愛吃此桃！」

童子說完，扭頭走去。

四人看看天色已是大亮，決定馬上就走。因有野人的事，龐涓、孫賓帶了寶劍，蘇秦、張儀也尋一根木棒拿在手中，如童子所囑，沿門前山溪溯流而上。

四人走有幾個時辰，山越來越大，林越來越密，那小溪曲來拐去，卻是不見盡頭。將近中午時分，四人遠遠聽到水聲，走到近前，卻是一處絕壁，小溪從壁上飛流而下，形成飛瀑。四人在飛瀑下面尋了石頭坐下，一面琢磨如何上去，一面尋思弄些吃的。

張儀抬頭看了看石壁，咂舌道：「嘖嘖嘖，這處絕壁起碼也得七、八丈高，這可如何上去？」

龐涓道：「張仁兄，回去的路順溜得很，仁兄若是灰心，這就回去呀！」

張儀鼻子裡哼出一聲，忽地站起身子：「誰先上去，還說不準呢！」起身拉過蘇秦，「蘇兄，讓他們歇著，咱找路去！」

二人沒有朝前，竟是回頭走去。龐涓看他們一眼，哈哈長笑數聲，竟是坐在那兒一動不動。孫賓道：「賢弟，咱們跟他們去吧，都是兄弟，莫要走散了。」

龐涓笑道：「有那野桃子在，散不了。孫兄只管歇著，何時歇得夠了，小弟帶你攀上這處絕壁！」

孫賓看了看石壁：「攀上去？這……」

龐涓道：「孫兄放心，在下保管孫兄走在那兩個人前面！」

孫賓只好坐下來。二人坐有一時，龐涓起身，到瀑布下面逮過幾條小魚扔到岸上，走上來摔死，拿到河邊洗過，去了腸肚、苦膽，遞給孫賓一條，笑道：「孫兄，咱們今日將就一點，也來個茹毛飲血，做一回先古之人！」

龐涓一邊說著，一邊拿起一條塞進口中。孫賓見了，因肚中的確飢餓，便也吃了。二人吃過幾條小魚，龐涓走到一處葛藤前，抽劍斬斷兩根，將之接到一處，在一端綁上石頭，瞧準崖上一棵松樹，嗖的一聲扔上去。那石頭不偏不倚，竟是繞在松樹上。龐涓放鬆葛藤，那石頭自縋下來，龐涓接過，將石頭在葛藤上一繞，打了個結，用力一拉，那葛藤竟是纏在松樹上。龐涓將繩子一端拴在腰間，攀了葛藤，嗖嗖幾下，身子已在松樹之上。龐涓收起葛藤，如法炮製，將葛藤再次扔向崖頂一株松樹。不一會兒，龐涓已經攀至崖頂，將葛藤直接拋至飛瀑下面。孫賓接過，也如龐涓一樣拴在腰間，攀了葛藤，逕至崖頂。

從斬斷葛藤到兩人全部攀上崖頂，前後僅僅用了不足兩刻鐘。孫賓不無佩服地望著龐涓：「賢弟好手段！」

龐涓道：「這點小事，如何難得住我？孫兄，走吧！」

孫賓吃一驚道：「賢弟，不等蘇秦他們了？」

龐涓笑道：「姓張的那小子，猴精一般，說不準此時已經悄悄地走在我們前面了！」

孫賓搖頭道：「不會的。要是他們趕到，必在崖頂等候我們！」

龐涓想了想道：「有了！」抽出寶劍，拿劍尖在一塊石頭上刻道：「蘇兄、張兄，我們先行一步，探路去了！」

刻完，龐涓看了一眼，對孫賓笑道：「孫兄，這下如何？」

孫賓見龐涓執意先走，只好點了點頭，跟龐涓沿小溪走去。

二人一直走到天色昏黑，連續越過數道飛瀑，小溪仍是未見盡頭。二人尋了地方熬過一夜，第二日繼續前走。

行至中午，小溪陡然不見了。二人大是驚異，詳細察看，這才弄明白小溪是從地底下冒出來的，再往前，應是一條暗河。

龐涓道：「孫兄，看來這就是小溪盡頭了。」

孫賓點頭道：「賢弟所言甚是。這水是從地底下冒出來的！」

龐涓抬眼望去，山更幽，谷更深，林更密，樹更大。龐涓觀望有頃，指著前面道：「孫兄，這裡並無其他山谷，看來我們所在這條就是野人谷！」

孫賓道：「我們候在這兒吧，蘇兄他們不定已經趕上來了！」

龐涓道：「要是他們上不來那道山崖，返回去呢？」

孫賓道：「不會的。蘇兄、張兄絕對不是等閒之輩，必能上來！」

龐涓定要逞能，堅持說道：「孫兄，我們先走一步，只在野人谷盡頭的懸崖下面等候他們，你看這樣如何？」

孫賓想了想道：「臨走之時，師兄曾說這條谷中有野人出沒，等蘇兄他們到了，人多膽壯，萬一遇到野人，也好有個應對！」

聽到「野人」二字，龐涓點頭道：「這樣也好，我們在這裡好好睡它一覺，他們若是沒有返回，想必會在天黑之前趕……」

龐涓的話未說完，遠處傳來張儀的喊聲：「前面說話的，可是龐仁兄？」

龐涓陡吃一驚，迎過去一看，果是張儀、蘇秦二人，各自拄了木棒，氣喘吁吁地急走過來。看到他們的狼狽樣子，龐涓哈哈笑道：「二位仁兄，在下與孫兄在此恭候多時了！」

張儀佩服地說：「龐仁兄果然好手段，我們緊趕慢趕，總是遲到一步！張儀服了！」

四人在這裡說笑一陣，一齊走進野人谷。

沒有了流水，此谷就是一條乾谷。他們四人一路走去，直到天黑，仍未走到盡頭，也未看見野人。他們看看天色將晚，只得尋些漿果吃了，找個安全的地方歇過一夜，第三日上午，果見兩邊山勢陡然鎖住，再無山谷，唯有一條絕壁橫在面前。

好一處絕壁！四人抬頭望去，無不倒吸一口涼氣。整個絕壁巨大無比，高約百丈，直上直下，簡直就如一堵巨大的牆壁似的。細看上去，此壁由一整塊巨石構成，只在六、七十丈高的地方現一細縫，裡面長出一棵碗口粗的松樹和幾株如爬藤般的植物。因離地面太高，他們看不清爬藤的樣子，知其必是童子所說的野桃了。

四人目瞪口呆，好長時間過去了，誰也沒有說話。

最先打破沉默的是蘇秦。朝著絕壁看有一時，他慢慢地蹲下身子，吟道：「這麼高的地方，又不是隻鷹，如何上去？」

張儀附和道：「乖乖，山中這麼多果子，先生吃什麼不好，偏要那幾根藤上的。」

倒是龐涓機敏，眼中四下亂轉，看到絕壁上面垂下來些許爬藤，星星點點，或長或短，蕩在絕壁上隨風飄動，心中一動，指著它們道：「咱們設法從別處攀到崖頂上，從上面吊上爬藤下來，或能摘到桃子！」

三人抬眼望去，那稀稀疏疏的幾根青藤細得就跟頭髮絲一般，無不搖頭嘆氣。龐涓不服氣，走到附近四處尋覓。不一會兒，龐涓驚喜地叫道：「三位仁兄，這兒有桃！」

眾人急走過去，果見一株植物上掛滿了毛茸茸的桃子。龐涓從袖中拿出來童子交給他的那顆野桃，兩相比照，竟是一模一樣。張儀抬頭望去，更是驚喜：「快看，這桃子到處都是！」

三人再望上去，天哪，足有半畝地大的地方竟是野桃的世界，累累果實掛滿枝頭。

孫賓道：「師兄交代，先生要的是絕壁上的桃子，想必這兩種桃子味道不同！」

龐涓想了一下，摘下一顆桃子放進口中，剛咬一口，感覺又澀又酸，趕忙吐了出來：「這味不對！」

三人見了，各摘一顆嘗過，全都吐了出來。龐涓急了，趕忙將童子給的那一顆咬開嘗

過，亦吐出來，轉憂為喜道：「就是這個味！」

三人也將這枚桃子分頭嘗過，再嘗樹上之桃，味道竟無區別。龐涓看著周圍的地勢哈哈笑道：「諸位仁兄，你們看，此處甚是偏靜，想必先生未曾來過，因而只知崖上有桃，不知此處也有桃。我們可將此桃摘回，就說這是崖上之桃，想必先生吃不出來！」

孫賓道：「摘回可以，但只能說是谷底之桃，不能說是崖上之桃！」

龐涓搖頭道：「先生只要崖上之桃，不曾說要谷底之桃。我們已經來到崖下，摘回的卻是谷底之桃，莫說別的，便是童子，也會取笑我們！」

張儀道：「不要說了，我們各摘一些回去，誰也不許說是谷底之桃。先生若能識別出來，在下服了。若是他識別不出，咱們誰也不去說破，心中有數就行！」

見張儀、龐涓定要這樣，孫賓、蘇秦也無話說，四人各自尋了中眼的桃子摘下，拿袋子裝了，按原路回去。

返程路熟，加上連走數日，腳力也上來了，因而不消兩日，四人已經回到鬼谷，各將一袋桃子呈給童子。童子驗過，抬頭問道：「這些可是崖上之桃？」

龐涓道：「當然。師兄如果不信，可以親口嘗一嘗！」

童子也不說話，當下收過桃子，走進草堂。四人也走得累了，回到草舍倒頭就睡。

第二日晨起，童子拿著四袋桃子走到四子草舍前面，對四人道：「先生說，這些桃子，你們四人吃吧！」

龐涓、張儀相視一眼，不約而同地問道：「先生為何不吃？」

童子掃過他們一眼，冷冷說道：「四位公子請跟我來！」

四子心中打鼓，忐忑不安地跟著童子拐進一個山坳。童子指著前面一片樹叢：「你們過去看看，就會知道先生為何不吃了！」

四人急走過去，目瞪口呆，因為橫在他們眼前的是一片更大的野桃林。龐涓趕忙摘下一顆嘗過，果然也是又澀又酸，與他們費盡辛苦摘回來的桃子毫無二致。

童子緩緩走過來，四人無話可說，各自低下頭去。童子問道：「知道為何了嗎？」

龐涓道：「師兄，我們知錯了！請師兄轉呈先生，我們這就再去野人谷，定為先生摘下崖上的桃子！」

童子射他一眼，又將目光逐個掃過眾人：「那桃子，就憑你們，是摘不下來的！」

四人的心中立即浮出那陡峭、光滑的石壁，頷首嘆服。張儀問道：「請問師兄，先生是否早就知道我們摘不下來？」

童子得意地說：「當然！」

張儀道：「先生既知，為何還要我們去摘？」

童子道：「你們摘不下來，有人卻能！」

張儀急問：「誰？」

童子道：「猴子！智者善假於物。我曾告訴你們，此谷居住一種獼猴，甚是愛吃此

桃。此桃成熟時節，獼猴往往會於凌晨時分結夥緣藤而下，跳到松樹上面，在那兒吃桃。獼猴愛鬧，往往一邊吃桃，一邊摘桃打鬧。你們若是心平氣靜，善於觀察，必能覺察此事，屆時只須候在下面，不費吹灰之力，伸手接住那些猴子扔下來的桃子，就可品嘗鮮桃了！」

此言一出，四人心服口服。

龐涓道：「請師兄轉告先生，我們這就去取桃子！」

童子道：「不必了。先生前兩日想吃，現在已經不想了。」

龐涓道：「那……先生想吃什麼？」

童子道：「先生新採一品茶葉，需用猴望尖的甘泉沖泡。先生說了，你們幾人若有願心，就去那兒，各汲甘泉之水一桶！」

四人皆是振奮。龐涓問道：「請問師兄，猴望尖在哪兒？」

童子指著不遠處一個高聳入雲的山尖道：「就是那個山尖，你們可認準了，莫要跑錯地方。在山尖西側，離尖頂數丈處有一獨松，松旁有一山泉，泉水最是甘甜。」

半個時辰之後，四人各自背了盛水的木桶離開鬼谷，望著猴望尖方向，尋路而去。

那個山尖看著不遠，走起來卻是費時。四人沿著谷底一條小徑繞來轉去，直走大半日，方才到達山腳。

四人抬頭望去，不禁倒吸一口涼氣。猴望尖就像一樁孤柱拔地而起，聳入雲際。眼前除了懸岩峭壁之外，似無一處可攀。

張儀咂咂舌頭：「乖乖，莫說是人，縱使猴子，怕也難攀上去！」

龐涓接道：「所以叫它猴望尖呢。」

四人的位置正好站在山尖西南側，抬眼望去，果然看到離山頂不遠的地方有一孤松。由於距離太遠，那株松樹附在山壁上，小得他們似乎可伸出雙手，將它一把攬起。

龐涓看了看石壁，氣呼呼道：「什麼泉水沖茶？先生分明是在故意刁難！」

張儀瞥他一眼，慢悠悠地說道：「誰要不敢上去，原程返回就是，莫要在此丟人現眼！」

龐涓冷笑一聲：「哼，是誰丟人現眼，現在說了不算！」扯一把孫賓，「孫兄，咱們探路去！」

孫賓朝張儀、蘇秦抱拳說道：「兩位仁兄，我們先行一步，若是尋到路徑，我就喊你們！」

張儀道：「不用了，孫兄！我們誰先找到路徑，吃不準呢！」

孫賓、龐涓繞著山腳一直轉到北側，竟是找不到任何可行之路。二人正自沮喪，龐涓眼睛一亮，因為前面不遠處，正好走著一個採藥人。二人急追幾步，見過禮，向他打探上山之路。採藥人瞧他們一陣，覺得他們不是壞人，這才指著前面一條不起眼的小山溝道：「順著那條小溝，可到山頂！」

龐涓想了想道：「難道沒有別的路嗎？」

採藥人搖了搖頭：「此山並無他路，即使此路，也只有我們採藥人知道。你們向在下問路，算是問對人了！」

二人再三謝過，沿山溝攀緣而上。不到兩個時辰，他們竟已攀至峰巔。站在峰巔之上，孫賓、龐涓極目遠眺，景色果是壯美。孫賓、龐涓卻是顧不上欣賞美景，趕忙定了方位，走向西側的一棵松樹旁邊，尋找童子所說的那棵孤松。他們走到松樹邊，朝下面一望，大吃一驚。此處竟是一個懸崖，下面除了萬丈深淵之外，並無任何松樹。

龐涓急了，環顧四周，急步走至西南側一處突起的巨石邊，選了個角度朝北望去，這才發現那棵孤松原來就在孫賓的腳下。那兒是個山窩，松樹深嵌於崖壁上面，站在崖頂，自是看不到它。

龐涓大喜，趕忙走到孫賓那兒，伏石傾聽，果然聽到汩汩的水聲。

龐涓興奮地說：「是泉水！孫兄，你在這兒候著，我下去汲水！」

龐涓說著，打開他在山溝那邊砍下的兩段葛藤，打了個死結接起來，將一端拴在身邊松樹的樹幹上，將另一端繫在腰上，兩手拉了葛藤，一步一步地沿著崖壁出溜下去。

不一會兒，龐涓就已落到那棵大松樹上，站穩腳跟後解下腰間葛藤，朝上叫道：「孫兄，就是這道泉了，你拉葛藤上去，把水桶放下來！」

孫賓拉上葛藤，繫上水桶，放下去。龐涓接滿一桶，大聲叫道：「孫兄，接滿了，快提！」

孫賓提上來，放下另一只桶，再提上來，再把葛藤放下。沒過多久，龐涓攀著葛藤，在孫賓的幫助下也爬上山頂。

龐涓擦把汗水，從懷中掏出兩小塊羊皮蒙在桶口，將葛條斬下一段，一撕兩半，將羊皮牢牢地縛在桶沿上。

龐涓做這一切時有條不紊，看得孫賓甚是嘆服，讚道：「賢弟真是細心之人，什麼都能想到！」

龐涓笑道：「都是不值一提的事，有啥好誇耀的！」

龐涓沿著山巔兜了一圈，朝下四望一陣，哈哈笑道：「孫兄，那兩位仁兄不知轉悠到哪兒去了，竟連影子也未見到！」

孫賓道：「方才採藥人說，除去此路，猴望尖無處可攀。我們喊上一喊，讓他們也沿此溝上來才是！」

龐涓急忙搖頭道：「姓張的不是有能耐嗎？讓他慢慢找吧！」

龐涓說完，陡然看到地上的兩根葛藤，眼珠一轉，當下走過去，將兩根葛藤盤起，逕直走到崖邊，用力甩出。

孫賓急叫：「龐兄──」

聽到葛藤翻滾而下的聲音，龐涓拍拍兩手，朝地上啐出一口：「哼，姓張的，讓你跟我爭！就算你小子有能耐上來，沒有這根葛藤，看你怎麼取水？」

半山腰中，蘇秦、張儀終於找到一處可以攀援的地方，沿著絕壁一點點地向上攀爬。不料山勢越攀越陡，莫說是大樹，便是可以借助的灌木也越來越少。蘇秦、張儀手足並用，眼睛四處尋找可以落腳的地方。

張儀望了望日頭：「蘇兄，這都後半晌了，只怕攀不到山頂，天就黑了！」

蘇秦猛地抬頭望去，激動地說：「看，是那棵松樹！」

張儀也望上去，果然是他們在谷底望到的那棵孤松。松樹顯得大多了，懸在他們頭頂幾十丈處。

兩人信心大增，繼續朝上攀去。

兩人僅攀數丈，就被一塊絕壁擋住去路。絕壁高約數丈，莫說樹木，連一根小草也未長出。

張儀環顧左右，竟無一處可以落腳，嘆道：「唉，蘇兄，我們這下可算走到絕處了！」

蘇秦左看右看，眉頭皺成一個疙瘩。二人正自惶惑，忽聽頭頂噗的一響，一物從天而降，在他們頭頂的石崖上略彈一彈，掠過近旁一棵松樹的樹梢，竟自滾下山去。

張儀看得清楚，急道：「是條葛藤！想是龐涓那廝到山頂了！」

蘇秦點了點頭。

張儀急了，眼珠四下裡亂轉，猛地指著左側的石壁道：「蘇兄，快看！」

蘇秦望過去，果見一道細細的水流正沿石壁涓涓而下。因為流得太緩，竟連一絲水聲也沒有。張儀挪過去，掬一口喝過，咂咂嘴道：「甘泉哪，蘇兄！來，你也嘗一口！」

蘇秦也掬一口，點頭道：「此水甚甜，是甘泉！」

張儀眉頭一動，突然從背上取下木桶，放到泉水處。蘇秦一下子明白了張儀的意思，搖頭道：「這……這如何能成？」

張儀指著泉水：「有何不成？蘇兄你看，眼下我們就在那棵松樹的正下方，此水必是從那道甘泉裡直接淌下來的。山是一座山，石是一塊石，泉是一道泉，無非是上下差這幾十丈，縱使先生是個神仙，想也辨不出來！」

蘇秦道：「可這兒畢竟不是山頂！前面桃子的事已讓先生失望，此番萬不可造次！」

張儀道：「蘇兄不必呆板，先生欲喝甘泉水，我們這裡汲的正是甘泉水。再說，我們這不是被逼上絕路了嗎？前無去路，退回去也是遲了。回去若是兩手空空，別的不說，單是龐涓那廝，還不得由著他取笑？」

蘇秦仍然搖頭。張儀急道：「蘇兄不必固執，此番不比前番，先生想必識不出來！」

蘇秦道：「賢弟為何如此肯定？」

張儀道：「那絕壁上的野桃，先生不嘗就知是假的。那絕壁無人上去，而我們偏又摘

回四大袋子，猴子哪能扔下這麼多？此番卻是不同，龐涓那廝已在山頂，說明人可攀到山頂。能到山頂，這水自然可以汲到。既然可以汲到，先生就須親口品嘗才能辨出真假。同一道水，上下就差這麼一點，先生真能品嘗出來，張儀我就……真正服了！」

蘇秦聽他說得有理，思忖有頃，真也沒有別的辦法，只好點了點頭。兩人汲滿兩桶，各自背上，小心翼翼地按原路返回。走至谷底時，天色已近黃昏。二人正在急步趕路，張儀忽地停住腳步。

蘇秦道：「賢弟，這天馬上就黑了，我們得快走才是！」

張儀道：「還得等一等那個姓龐的！」

蘇秦愣怔一下，不相信張儀能夠說出此話，詫異地望著他：「為什麼？」

張儀點點頭：「封住那廝的臭嘴，免得他回去聒噪！」

二人候有一時，果然看到龐涓、孫賓大步流星地沿著山谷急走過來。

張儀迎上前去：「孫兄，龐兄，總算候到你們了！」

龐涓驚道：「候到我們？」

張儀道：「是啊。這麼晚還未見到兩位，蘇兄擔心你們有個三長兩短的，定要在此等候，不然的話，這陣我們怕是要到鬼谷了！」

孫賓忙朝蘇秦、張儀打一揖道：「孫賓謝過兩位仁兄！」

龐涓急不可待地走到蘇秦、張儀跟前，朝他們的水桶各看一眼，吃一驚道：「你們……汲到水了？」

張儀道：「當然汲到了！怎麼，你們這麼晚下來，難道還沒汲到？」

龐涓大睜兩眼，問道：「這可是甘泉之水？」

張儀笑道：「當然是甘泉之水！怎麼，你們汲的不是甘泉之水？」

龐涓無論如何也不相信，撓著頭皮道：「怪了，你們沒有走到山頂，是如何汲到的？」

張儀呵呵笑道：「嗨，龐兄是說這個！說來也是奇巧。在下和蘇兄望著那棵孤松，攀呀爬呀。眼看就要攀到那顆松樹下面，卻被一塊絕壁擋住去路。我們四顧無路，正自絕望，忽見一條葛藤從天而降。想是我們的誠意感動上蒼了，那葛藤啪的一聲竟是掛在絕壁上，一端牢牢地卡進石縫，另一端不偏不倚，剛好吊在我們頭頂。我們兄弟二人大喜，攀了籐條就上去了。你說巧吧，龐仁兄？」

龐涓目瞪口呆，好半天，方才笑道：「是巧了。」

* * *

四人回到鬼谷，已是人定時分。童子聽到聲響，迎出來，讓他們將水放進草堂，到草地上吃飯。

依舊是玉蟬燒的粟米糊。四人各喝數碗，回到草舍，在溪水中沖過身上汗臭，回到榻上倒頭就睡。許是太累的緣故，四人一覺睡去，醒來時已是日出東山，童子早已候在門外的草地上了。

蘇秦第一個走出草舍，見到童子，趕忙揖禮：「師兄早！」

童子還過一禮，對蘇秦道：「蘇公子，待他們起來，你們都到草堂裡去，我有話說！」

言訖，童子轉身，逕去草堂。

蘇秦走進張儀房中，見張儀也已起床。蘇秦將童子之言說過，不安地說：「不會是水的事吧？」

張儀心中打鼓，沉思有頃，對蘇秦道：「你沒露什麼話吧？」

蘇秦搖頭。

張儀道：「沒露就好。我們死認是甘泉裡的水，看他如何去說！」

蘇秦、張儀叫上孫賓、龐涓，四人整過衣冠，下到溪裡洗過臉，逕直走到草堂裡。童子已經盤腿端坐於鬼谷子的位置，面前依次擺放四桶泉水。玉蟬坐在草堂的另一邊，手捧一冊竹簡，正在聚精會神地閱讀。

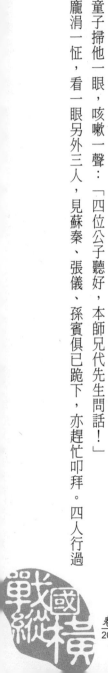

看到那四只水桶，四人已知端底。龐涓打回來的是真泉水，底氣甚足，竟自走上前去，揖一禮道：「龐涓見過師兄！」

童子掃他一眼，咳嗽一聲：「四位公子聽好，本師兄代先生問話！」

龐涓一怔，看一眼另外三人，見蘇秦、張儀、孫賓俱已跪下，亦趕忙叩拜。四人行過參拜先生的三拜大禮，童子學了鬼谷子的語氣：「起來吧！」

四人謝過，起身候於一側。

童子指著僅有五成滿的兩只水桶道：「這兩桶是何人汲回來的？」

張儀、蘇秦心頭俱是一震。張儀擔心蘇秦實話實說，搶先答道：「回師兄的話，是在下和蘇兄汲回來的！」

童子責道：「我代先生問話，何來師兄？」

張儀趕忙改口：「回先生的話，是張儀和蘇秦汲回來的！」

童子再問：「你二人所汲，可是甘泉之水？」

張儀毫不遲疑：「回稟先生，正是甘泉之水！」

童子將頭轉向蘇秦：「蘇公子，你說呢？」

蘇秦略略遲疑一下，抬眼望一眼張儀，見他直使眼色，只好囁嚅道：「是甘泉之水，先生……」

童子學了鬼谷子的樣子，輕嘆一聲，緩緩說道：「你二人一口咬定是甘泉之水，可老朽喝起來，卻像是山腰裡的瀑水。是老朽口感不對呢，還是你們所言不實？」

先生連半山腰裡的瀑水都能品嘗出來，蘇秦、張儀大驚失色，相視一眼，叩拜於地。

蘇秦道：「先生，蘇秦知錯！蘇秦所汲，正是山腰裡的瀑水！」

童子掃一眼張儀：「張公子，蘇秦所汲是山腰裡的瀑水，你的呢？」

張儀連拜三拜：「張儀知錯了！懇請先生再給我們一次機會，今日必為先生打回甘泉之水！」

童子點了點頭：「此水雖為飛瀑，卻也源出於山頂甘泉。念你們並非成心欺瞞，又能知錯，也就是了。你們四人聽著！」

孫賓、龐涓趕忙也跪下來。

童子學了鬼谷子的聲音：「修道重在修心，不在機巧。你們四人若要留在山中，就須真心向道，認真體悟，莫存半點機心！這汲回來的水，便是你們的機心，你們這就拿回去，一日喝一碗，細細品味！」

龐涓看到他和孫賓的兩只水桶上，連蒙著的羊皮也沒有拆，感到冤了，急忙辯道：「先生，孫兄和我可是真心汲水，並無半點機心，先生為何不喝？」

童子道：「龐涓，你既然說出來，老朽這就告訴你。你二人所汲，雖說直接來自甘泉，桶沿上卻是蒙了羊皮，沾了膻味，喝起來遠不如那山腰裡的瀑水！」

龐涓聽了，目瞪口呆，啞口無言。

童子見他們俱是傻了，噗哧一笑：「好了，好了，先生的話問完了，你們起來吧！」

四人面面相覷一陣，各自再拜謝過，方才起身。

童子望了望仍在一邊讀書的玉蟬，輕聲問道：「蟬兒姐，下面該說什麼？」

玉蟬白他一眼：「沒話說，就不說！」

童子趕忙點頭，轉對四人：「四位公子，先生問過了，師兄我也沒有再多的話，你們各人提上各人的水桶，先回草舍去。待會兒聽我吩咐！」

四人各自提了水桶，回到草舍。龐涓走至自己房門前面，正要提桶進屋，見張儀也在門前放下水桶，一時心血來潮，將水桶放下，衝張儀連連搖頭，咂咂嘴道：「嘖嘖嘖，真是好手段呀，這偷梁換柱之術，竟然用在先生頭上！不瞞仁兄，昨兒在下一宵沒睡，一直在忖思仁兄的泉水。在下想不通，這天上掉籐條，偏就卡在石頭縫裡，且不偏不倚，偏又懸在仁兄頭頂，難道這天底下真有這樣的巧事？嘖嘖嘖，若不是先生功力高深，竟是辨出這山腰之泉的水味，在下真就被人矇了！」

張儀哈哈大笑數聲，回敬道：「偷梁換柱不算手段，畫蛇添足，才見本事！」

龐涓一怔，掃一眼桶上的羊皮，臉上一紅，急走過去解開藤條，將那羊皮撕下，走到一邊的樹林裡，用力扔了。張儀倚在門上，見他做完這一切，這才不慌不忙地走過去，將那塊羊皮又撿回來，逕直走到龐涓的桶前，皮笑肉不笑地說：「龐仁兄，方才先生怎麼說？先生說，這水就是我們的機心，要我們一日一碗，細細品味。你將這羊皮扔掉，就等於將機心扔掉了。你扔掉了機心，這水喝起來不就沒味了嗎？先生若是知曉龐仁兄喝的是沒味之水，這……」

龐涓又是一怔，嘴巴張了幾張，竟是無話好說。

張儀見龐涓閉嘴，更是來勁了，圍著龐涓的水桶連轉幾圈，點頭讚道：「嘖嘖嘖，仁兄這桶水不僅臚味足，且是滿滿當當，一滴不少哇，這要一日一碗，嘖嘖嘖，少說也能喝上半月！」看了看自己的半桶水，搖頭嘆道，「唉，可惜呀可惜，在下只這半桶水，頂多喝它十日八日，也就沒了。」

張儀的風涼話出口成章，又自成理，龐涓氣得直瞪兩眼，卻也拿他毫無辦法，狠狠地掃他一眼，提了自己的那只水桶走進屋去，「砰」的一聲將房門關得山響。

張儀衝著他的房門哈哈大笑數聲，正要提上自己的水桶進屋，見童子不知何時已經站在身邊。

張儀趕忙揖禮：「張儀見過師兄！」

童子道：「這幾日下來，感覺如何？」

張儀滿不在乎，順口說道：「回師兄的話，不過是些筋骨之勞，皮肉之苦，張儀受得了！」

童子眉頭微皺：「我不是問你這個！我是問你，可有感悟？」

張儀趕忙賠上笑臉：「有有有，在下甚有感悟！」

童子正色道：「說吧！」

張儀斜睨童子一眼：「就是師兄剛才說的，凡事不可再生機心。在下決心聽從師兄所言，每日喝水一碗，去除機心！」

童子掃他一眼，冷笑道：「若是這樣去除機心，恐怕你得守在猴望尖上，將那眼山泉喝乾！」

張儀怔了一下，嘆服地說：「師兄年紀雖小，卻是什麼都懂，在下服了！請問師兄，今日先生還要吃喝什麼？在下這幾日將腿腳練得結實了，任它什麼山，只要師兄一聲令下，在下這就動身！」

童子冷冷地看他一眼：「你喊大家出來，我這就說。」

張儀正要叫喊，屋中三人已是聽到童子聲音，各走出來，齊向童子揖禮。童子回過禮，嘻嘻笑道：「幾位公子，這幾日滋味如何？」

龐涓見他一反往常，馬上換了臉，親熱地走上來，咧開嘴正要套下近乎，童子卻是後退一步。龐涓臉上一時掛不住，僵在那兒。

童子收了笑，盯著龐涓直呼其名道：「龐公子，本師兄問你，這幾日滋味如何？」

龐涓見了臺階，亦正色道：「回師兄的話，這幾日修道，龐涓受益匪淺！」

童子道：「請問龐公子所受何益？」

龐涓想了想道：「龐涓本不知什麼是修道，這幾日開始明白，這道原是此等修法！」

童子冷笑一聲：「龐公子說出此話，可知仍是懵懂無知，連修道之門都沒找到呢。」

龐涓驚道：「請問師兄，何為修道？」

童子道：「本師兄此來，就是要你們知道何為修道。諸位公子請隨我來！」

童子說完，頭前走去。四人面面相覷一陣，跟在後面，沿著谷中一條山道走去。山

道七拐八轉，通向一片林子。童子領他們逕至林中，在一棵大樹下面盤腿坐了，對四人道：「你們這就像我這樣坐著，從現在開始，一直坐到晚上人定時分！」

張儀尋了地方，率先盤腿坐下，口中說道：「這個容易。前時我們在草堂外面連跪三日，都熬過來了！」

童子看到龐涓、蘇秦、孫賓也都盤腿坐了，方才說道：「連跪三日容易，這樣坐著卻是難熬！」說著起身，將四人的坐姿逐個糾正一遍，接著說道，「你們可聽清楚了，要像釘子一樣扎在這兒，眼半睜半閉，腰不可打彎，頭不可低垂，口不許說話，全身紋絲不動，縱使泰山壓頂，也如平常！」

龐涓道：「師兄放心，即使利刃架在脖子上，龐涓也不擅動分毫！」

童子望著張儀三人道：「龐公子說了，即使利刃加身，也不擅動分毫，你們三人能做到否？」

三人齊道：「師兄放心，我們保證紋絲不動！」

童子道：「打坐跟汲水、摘桃大不一樣，紋絲不動說起來容易，做起來卻難；你們有此表示，師兄我相信你們，只請你們記住一句，欺人容易，欺心卻難。」

童子說完，四人各自端坐，閉目，再無話說。是的，欺人容易，欺心卻難。在這兒打坐，動與不動，只有他們自己知道，也只能依靠他們自己的修為。

童子將他們的坐相驗看一番，糾正了蘇秦的坐姿，點頭說道：「好，就照眼下這個樣子，忘掉一切。什麼忠孝愛恨，什麼恩怨情憂，什麼美酒佳肴，什麼功名富貴，什麼朋友仇敵，所有人世間的事，都須忘掉。什麼也不想，什麼也沒有，你們的心裡只有一片空白，空得要像這山谷一樣，要像這天空一樣！總而言之，你們要忘掉自己是在打坐，只有忘掉，才能坐下去！」

四人面面相覷。

童子掃他們一眼：「萬一忘不掉，師兄告訴你們幾個祕訣，一是聽秋聲，二是聽心跳，三是聽呼吸，再笨一點，那就數數，傾聽樹上掉下來的葉子，掉一片，數一個！」

童子說完，自去盤腿坐了。

果如童子所說，這一日甚是難熬。前半晌四人憋了一股氣，尚能堅持。待到後半晌，張儀感覺腰上癢癢，甚是想撓，又強自忍住。那癢癢竟是極惡之物，張儀越想越癢，越癢越想，被它折磨得齜牙咧嘴，面孔猙獰。張儀斜睨另外幾人，見他們仍是端坐於地，只好咬牙忍了。

龐涓則是另一番景象。這是一片樺樹林，因是秋天，樺樹葉子開始飄零，一片葉子落在龐涓的脖頸上，且又剛好卡進領口裡，微風吹來，葉片索索抖動，在他的後脖頸上又刮又蹭，惹得他心火上攻，幾次欲伸手拂它，見眾人各自端坐，也是強自忍了。

幾人一直坐到人定時分，童子睜開眼睛，輕聲說道：「諸位公子，可以收功了！」

四人聽畢，正欲站起，卻是兩腿麻木，根本動不了。童子道：「你們可先躺在地上，

兩腿伸直，過一會兒就好了！」

童子說完，朝後躺去。四人學了童子的樣子，朝後躺在地上，將兩腿伸直，不一會兒，氣血下行，兩腿一陣麻木，竟如針扎一般。

童子卻如無事人似的，緩緩地站起身子，望著他們各自齜牙咧嘴的樣子，嘻嘻笑道：「滋味如何？」

龐涓兩手撫在腿上，強自忍著痠困道：「回……回師兄的話，今兒我……我可真的是一動未動！」

童子點頭讚道：「龐公子果有心力，那片樹葉卡進公子的脖頸裡，公子竟是硬撐過去了！」

龐涓驚道：「這件事情，師兄如何知道？」

童子卻不理他，轉向張儀道：「還有張公子，你身上有地方發癢，是不是？你強忍住沒撓，也算有點定力！」

張儀驚得呆了，望著童子嘖嘖讚道：「連在下身上癢癢師兄也知道，張儀服了！」

童子搖頭嘆道：「唉，比起先生來，師兄我就差得遠了。若是先生在此，莫說你們身上癢癢，便是心中所想，他也必是一清二楚！」

聞聽此話，四人俱是驚愕，各自愣在那兒。張儀驚道：「天哪，這不是傳說中的他心通之術嗎？」

童子掃他一眼：「什麼他心通？這是道境！多少人想跟先生修道，先生都不理睬。此番容留你們四人，且讓師兄我來磨練你們成器，這可是破天荒的。你們若不好好習練，錯過這趟機緣，將來連這後悔藥也沒得吃的！」

張儀一翻身爬起，朝童子揖一禮道：「師兄教訓的是！我等一定緊跟師兄好好習練，爭取成器，為師兄爭氣！」

童子道：「就你嘴滑！不是為師兄我爭氣，是為你們自己爭氣！今日這一關，你們算是勉強過了，明日更有好受的！」

自此之後，童子帶著他們四人日日都要走進林中，換著花樣打坐，一日僅吃一頓飽飯。兩個多月下來，四人壯實的身子俱瘦一圈，遠望上去，竟也真有一種仙風道骨的樣子。至於打坐的功夫，四人俱也磨練出來，雖說未能做到心靜如鏡，卻也能如石頭一般端坐一日，紋絲不動。

這日晨起，童子再領他們走進林中。四人一如往常，進林之後二話不說，各自走至平日自己打坐的地方，正襟危坐，各入冥思。

童子卻沒有坐下，而是斜靠在一棵樹幹上，看他們一會兒，緩緩說道：「諸位公子！」

聽到聲音，四人各自睜眼，驚異地望著童子。

童子道：「你們習練打坐兩個多月了，感覺如何？」

冷不丁遭此一問，四人俱是怔了。龐涓略想一想，張口說道：「回師兄的話，在下已能做到全身紋絲不動！」

童子點了點頭：「這一點，師兄我能瞧得出來！不過，這只是走完了第一步。今日你們如果仍能做到紋絲不動，師兄我就祝賀你們！」

童子說完，從袋中摸出一只小瓶。四人一看，卻是蜂蜜。童子倒在手中，分別抹在四人的腳脖、手脖、脖頸和耳後。

四人皆是一驚。時值深秋，正是螻蟻、蜜蜂等小動物覓食、收藏的最後季節，有了這些蜂蜜在此，後果可想而知。

張儀臉色變了，驚道：「師兄，這……螻蟻來了，還不將我們活活吞了！」

童子也朝自己身上抹了，端坐於地，將瓶子放在草地中央，微微笑道：「四位公子放心，螻蟻只食蜂蜜，並不吃人！」

龐涓道：「那……要是大黃蜂來了，豈不慘了？」

童子又是一笑：「龐公子，我記得有人說過，即使利刃加脖，也不會擅動分毫。一隻小小的野蜂，公子這就怕了？」

龐涓脖子一硬：「何人怕了？在下不過說說而已！」

童子道：「諸位公子，只要你們心平如鏡，紋絲不動，莫說是大黃蜂，便是那巨蟒來了，師兄也保證你們毫髮無傷！」

四人見童子也是一身蜂蜜，不再說話，各自坐定，靜候小動物的光臨。

這一日偏巧天氣暖和，清晨倒也無事，到太陽出來，陽光照進林子時，小動物們開始忙碌起來，先是幾隻螞蟻爬來，繼而是無數隻螞蟻，兵分數路，有條不紊地一個接一個攀上他們的軀體。縱使他們已有心理準備，但那滋味，真如受刑一般。又過一時，果有野蜂飛來，飛來飛去的嗡嗡聲馬上又使他們忘掉了身上的螞蟻，全身心地應對這種體型更大的傢伙。

待太陽落山、小動物們紛紛撤退之時，他們終於出了一口長氣。這一日，好歹算是熬下來了！

童子第一個起來，朝四人嘻嘻笑道：「本師兄祝賀你們，今日這一關，算是過了！」

龐涓忽一下爬起，將手伸進衣服裡，不一會兒，從裡面摸出一隻螞蟻，狠狠一掐，將其掐成粉碎，恨恨地說：「你娘的，真還在這兒安家了！」

張儀噗哧笑道：「什麼安家了？只怕是龐公子身上曲裡拐彎的地方太多，這只螞蟻心眼卻直，走得迷路了！」

眾人聽得直樂，龐涓亦笑道：「張仁兄，你這張利嘴，在下佩服！順便問一句，中午那隻大黃蜂飛來時，你聽到那飛來飛去的嗡嗡聲，心裡是怎個想的？」

張儀想也未想，應聲回道：「祈禱！」

龐涓一愣：「祈禱？你祈禱什麼？」

張儀道：「在下的禱詞是：『令人敬畏的大黃蜂啊，你要想落下，這就落到對面那人的身上吧，那傢伙肌肉壯健，皮膚厚實，你這桿槍扎下去，定會有種成就感哪！』」

經張儀繪聲繪色地這麼一說，眾人笑得前仰後合，童子「咯咯咯」地笑個不住，竟是一下子岔了氣，一邊笑，一邊按住腰「哎喲」起來。龐涓一邊笑著，一邊急步上前，在他背上輕輕捶打幾下，見他感覺好些，這才攔腰抱在懷裡，背在肩上道：「師兄莫要見怪，師弟今兒開心，背你回去！」

* * *

黃昏時分，鬼谷草堂裡，玉蟬手拿銀針，在一根絲瓜上一下接一下地刺著。鬼谷子走出洞來，站在一邊看她刺有一時，點頭道：「蟬兒，來！」

玉蟬走過來。鬼谷子在几前坐下，裸出左胳膊放在几上，微微笑道：「照這兒扎！」

玉蟬握針的手微微顫動：「先生，我……」

鬼谷子道：「從上往下，先扎雲門穴！」

玉蟬的手顫得越發厲害：「我……」

鬼谷子微笑地望著她，鼓勵道：「蟬兒，道造化萬物，最奇的卻是造化生命，生命中最奇的莫過於人，知人者又莫過於醫。妳自行選擇由醫入道，可見妳甚有慧心。醫道不在念書，而在感悟。這些日子來妳熟讀《內經》，但《內經》只能教會妳修醫之方，要想真正領會醫道，尚須切身體悟。只在那根絲瓜上下針，妳是永遠無法體悟的。」

玉蟬仍是猶豫不決，鬼谷子道：「妳放心，老朽這副老皮囊，扎不爛！」

玉蟬閉上眼睛，穩了一會兒心神，重新睜開眼睛，輕聲說道：「先生，蟬兒……蟬兒真要紮了！」

鬼谷子道：「下針吧，就把老朽的胳膊當成那根絲瓜！」

玉蟬找準雲門穴，見先生點頭，咬了咬牙，閉眼猛扎下去。先生讚道：「嗯，扎得不錯，再往裡稍稍拈一拈，對，就這樣拈，稍向左偏一下，對，就是這兒，好，蟬兒，這就找對穴位了！」

玉蟬關切地問：「先生，疼嗎？」

鬼谷子笑道：「妳扎得正是地方，怎會疼呢？」看了看天色，「童子他們，也該回來了吧！」

玉蟬道：「先生，今日這一關，他們……過得去嗎？」

鬼谷子點了點頭。

玉蟬又道：「您讓童子這麼折騰他們，能行嗎？」

鬼谷子道：「行與不行，還要看明日那一關。四人若是能過，倒是可教！」

玉蟬思忖有頃：「先生，蟬兒有一事不明！」

鬼谷子道：「說吧！」

玉蟬道：「這四個人，沒有一個是來修道的，先生卻在這兒硬逼他們修道，這不是緣

木求魚嗎？」

鬼谷子嘆道：「唉，他們來此是否修道，老朽豈能看不出來？只是……這些日子來，老朽前思後想，覺得隨巢子所言，也不是全錯。」

玉蟬道：「隨巢子先生說什麼了？」

鬼谷子道：「他說的是：『人生苦樂雖為自然，戰亂殺戮卻是人禍。既為人禍，當有人治。』眼下世道昏亂，民不聊生，這種局面與大道相左，自當早一日結束才是！」

玉蟬大睜兩眼：「先生，難道您想讓這四人去治理世間紛亂？」

鬼谷子道：「這就要看他們能否成器了！」

玉蟬道：「要滿三個月了，先生看出他們能夠成器嗎？」

鬼谷子道：「當然看得出來。他們都是璞玉，稍加琢磨即可成器。至於能成多大的器，這個得靠他們自己。」

玉蟬道：「先生是說，成器大小取決於自身，那……取決於什麼呢？」

鬼谷子道：「取決於對道的感悟。悟得多，可成大器，悟得少，可成小器。一點不悟，就不是器！」

玉蟬道：「要是全悟呢？」

鬼谷子道：「就是不器！」

玉蟬道：「何為不器？」

鬼谷子道：「不器就是徹道之人，古稱聖人，可洞悉萬物奧祕，通曉天地玄機！」

玉蟬道：「這麼說來，先生當是不器之人了。」

鬼谷子搖了搖頭，輕嘆一聲：「唉，老朽苦求一生，欲成不器。可時至今日，仍未如願。老朽時日無多，本欲全心投入，可這世間之事，竟是撕脫不開！」

玉蟬恍然悟道：「怪道先生執意不收他們為徒，原意如此！」

鬼谷子道：「既是緣分，就是天道，老朽想躲，也是躲不開的！」

玉蟬沉思有頃，抬頭又問：「先生，蟬兒有一點不明白，這世間多是爭勇鬥狠之人，充滿機心，您讓他們四人體悟大道，難道這大道能夠應對世間奸人？」

鬼谷子點頭道：「是的。常言說，一正壓百邪，講的就是邪不勝正。機心之人多為名利之徒，無不鼠目寸光，不足以成大事。成大事者，除機心之外，尚須培育道心！」

玉蟬道：「先生的意思是，這四人機心已有，所缺的只是道心。您讓他們在這裡日日修煉，就是要他們感悟大道，培育道心！」

鬼谷子再次點頭：「是的，機心是術，若無道心統御，術越高，行越偏，到頭來不僅難成大器，只怕想保自身，也是難得。世上多少人沉迷於此，非但禍及自身，而且殃及他人。」

正說話間，童子又蹦又跳地從外面回來，看到玉蟬，高興地叫道：「蟬兒姐，我的那幾個師弟，都過關了！」

玉蟬道：「看你高興成啥樣子了，先生早就知道了！」

童子這才看到鬼谷子也在，趕忙走過去，蹭到先生跟前：「先生，下面該過什麼關？」

鬼谷子道：「領他們到猴望尖去，具體怎麼做，你安排就是！」

童子道：「童子明白！」

第二日晨起，童子依例來到四人舍前，蘇秦四人已是候在那兒。見童子背了一個包裹過來，張儀笑嘻嘻地迎上來，見過禮後，指著包裹問道：「師兄，你這包裡不會全是蜂蜜吧？」

童子搖了搖頭。

張儀當下顯出失望的表情：「為何不帶了？昨日那滋味，初時受不了，到後來，竟是習慣了。再後來，與那些螞蟻廝混得熟了，牠們嚷嚷著走時，在下真還難捨難分呢！」

眾人皆笑起來。

童子止住笑，對張儀道：「張公子，今日師兄帶你們去一處地方，保準夠勁！」

龐涓急問：「是何地方？」

童子道：「猴望尖！」

聽到猴望尖三字，張儀趕忙走進屋中，拿出水桶頭前走去。童子望著他的背影，笑道：「張公子，你這是幹啥？」

張儀道：「不瞞師兄，在下早就盼著這一日呢。前番未能上到尖頂，讓那姓龐的得了先，這口氣一直憋著。今兒在下定要第一個攀到尖頂，將這口氣出了！」

龐涓正要接話，童子道：「將桶放下，多帶幾件衣服。三月期限已到，今日這一關你們若是過不去，明日只好下山了！」

四人一聽，俱是一怔，各自回到舍中，如童子一樣包上棉衣，逕投猴望尖而去。

童子領著四人沿著那條不起眼的山溝一直攀至尖頂。看童子熟門熟路的樣子，猴望尖顯然是他常來常往之處。

時至深秋，山頂寒風凌厲，冷氣刺骨。五人攀至尖頂後不到一刻，登山時產生的那點熱能已然不見，趕忙打開包裹，穿上棉衣。

張儀問道：「請問師兄，今日是否在此打坐？」

童子點了點頭。

張儀二話不說，趕忙尋了避風之處，先坐下來。猴望尖山勢雖高，尖頂卻是只有幾間房舍見方，龐涓環視一圈，真還只有張儀坐的地方最是舒適，既背風，又安全，趕忙說道：「張仁兄，這處地方，應當讓給師兄才是，你這倒好，師兄還沒動呢，你卻先坐下了！」

張儀一個鯉魚打挺站起來：「龐仁兄，你要想坐，在下讓給你就是，何必扯在師兄身上？」

童子道：「此處是凡俗之人坐的，師兄一意修道，如何能坐？」

張儀忙道：「聽師兄這麼一說，此處倒是適合龐仁兄！」轉對龐涓，「仁兄請坐！」

張儀反被動為主動，反將龐涓氣得一愣一愣的，正欲發作，童子說道：「時辰不早了，今日是最後一關，諸位公子若能一如往常地穩坐下去，童子這就如實稟報先生，你們是走是留，但憑先生決斷！」

童子這麼一說，四人俱是斂神屏息。

龐涓道：「師兄，這就坐吧！」口中說著，身子已是主動走到一個迎風之處，盤腿坐下。

童子道：「龐公子請起！」

龐涓一怔：「不是在此打坐嗎？」

童子道：「此處亦非修道之人所坐之處！」

眾人俱是一驚，龐涓站起來，疑惑地望著童子：「請問師兄，您讓我們在何處打坐？」

童子道：「請跟我來！」

童子說完，逕直走到西北側的懸崖邊上，站在龐涓拴葛藤的那棵松樹下面，指著懸崖的邊沿說道：「就坐這兒！」

四人無不失色，面面相覷。龐涓、孫賓曾經到過此處，知道這裡的險峻。這是一塊下面懸空的岩石，遠望上去，就如仙人伸出一隻巨手一般，站在崖頂，即使長在下面幾丈處的那棵獨松也絲毫不見，其險可想而知。

張儀小心翼翼地走到童子所站的地方，用手抓住松枝，探頭朝下一看，趕忙縮回，誇張地叫道：「天哪，一眼望不到底，這要摔下去，縱使一塊石頭，只怕也會碎成幾塊。你們誰想坐誰坐，在下患有恐高症，不坐了，不坐了！」

龐涓靈機一動：「有了，在下去弄幾根葛藤來，一頭繫在腰上，另一頭拴住樹身，萬一摔下去，也好有個補救！」

張儀讚道：「嗯，這倒是個主意！龐仁兄，在下與你砍葛藤去！」

童子冷冷地看他們一眼，轉對蘇秦和孫賓道：「你們二人也要拴葛藤嗎？」

孫賓道：「孫賓但聽師兄吩咐！」

童子點了點頭，目視蘇秦：「蘇公子，你為何不說話？」

蘇秦的身子卻已動了，只見他一步一步地挪到崖邊，在離懸崖邊沿約一步遠的地方盤腿坐下，閉目吟道：「師兄，這樣行嗎？」

童子點了點頭，對孫賓道：「孫公子，也去坐了！」

孫賓走到蘇秦身邊，盤腿坐下。不待童子說話，龐涓也趕過去，緊挨孫賓坐下。張儀一見，趕忙走到蘇秦身邊，挨他坐下。

童子道：「張公子，你不是有恐高症嗎？」

張儀道：「回師兄的話，那是小時候的事！」

童子笑道：「你長得倒是滿快的。」轉對龐涓，「龐公子，你不拴葛藤了？」

龐涓道：「回師兄的話，張公子說他有恐高症，我是擔心他摔下去，這才要去砍葛藤的！」

張儀急了，大聲叫道：「姓龐的，是你膽小要拴，何必扯在本公子頭上？」

龐涓正欲回敬，童子道：「就你們這點肚腸，如何能成大器？」

童子這麼一說，龐涓忙將滑到嘴邊的話收回，四人也都斂神屏息，正襟端坐。

童子道：「諸位公子，睜大眼睛，朝崖邊各挪半步！」

眾人一驚，各自睜開眼睛，膽戰心驚地往前挪了半步，趕忙閉眼端坐。

候有一刻，童子又道：「諸位公子，再挪半步！」

四人面面相覷，半晌，蘇秦大了膽子，朝崖邊又挪半步。三人見狀，也都橫了心，咬牙挪到崖邊。童子滿意地點了點頭：「嗯，不錯，再往前挪一小點就成了！」

眾人卻是不動。

龐涓急道：「師兄，這……這已挪到崖邊了，再挪一星點，就……就要掉下去了！」

童子道：「諸位公子，請看我的！」

童子說完，逕自走到崖邊，在邊沿盤腿坐下，盤起的兩腿懸出崖外，遠遠望去，似乎坐在空中一樣。童子坐牢之後，微微閉眼，緩緩說道：「照我的樣子，微微閉眼，忘掉眼前的懸崖，想像自己依舊與往日一樣坐在樹林子裡。只有心穩，身才會穩。心有多穩，身亦有多穩，心若穩如泰山，你們坐在這兒，即使狂風驟雨，也搖撼你們不得！」

這些全是鬼谷子領著童子來此打坐時說過的話，童子一字不落，全說出來，四人聽得心服口服，再無話說，俱學童子的樣子，將腿懸在空中，迎風坐了。

說也奇怪，四人真就豁出去了，反倒不覺害怕，在懸崖邊沿整整端坐兩個時辰。

童子斜眼觀望四人，見他們各自面無懼色，甚是坦然，知道已入定境，將懸崖忘了。童子長出一口氣，起身說道：「諸位公子，請起身吧！」

四人這才想起是在懸崖邊上打坐，絲毫不敢大意，各自一點點地後移，一直挪到安全之處，方才翻身爬起。

張儀嗔道：「在下剛剛入定，正欲坐到天黑，師兄為何就讓起來了？」

童子看了看日頭：「想必先生眼下已在堂中等候你們，難道要讓先生久等嗎？」

三個月來，先生一直避而不見，四人差不多已將先生忘了，聽到童子提起，俱是詫異。

「先生等我們？」張儀走前一步，大睜兩眼，「師兄，你是說，先生他……他老人家要召見我們？」

童子點了點頭。

四人面面相覷，龐涓忐忑不安，問道：「師兄，先生他……他不會再趕我們下山吧？」

童子道：「今日晨起，先生說了，如果你們能在此地連坐兩個時辰而面不改色，就算過關，可以回去行拜師禮。眼下兩個時辰已過，師兄我……恭賀你們了！」

聽聞此言，四人驚喜交集，愣怔片刻，方才相信這是真的，竟是熱淚盈眶，激動萬分。突然，孫賓走前一步，在童子面前撲通跪下，連拜三拜，真誠地說：「師兄在上，孫賓謝過您了！」

蘇秦、張儀、龐涓見了，也都憶起三個月來童子的辛苦，無不跪下，各朝童子連拜三拜。童子一時沒有反應過來，竟是愣了。待他明白是怎麼回事，亦忙跪下，抹了一把淚水：「諸位大哥，你們如此重禮，教童子如何敢當？諸位要拜，就趕回去拜先生吧！」

＊　＊　＊

午後未時，鬼谷草堂裡氣氛莊嚴。草堂的兩扇木門半掩著，蘇秦、張儀、龐涓、孫賓、玉蟬五人，並成一排，跪候於草堂門外。童子站在門口，一臉嚴肅。

在草堂的正廳裡，牆上懸掛一張巨大的陰陽八卦圖，几案上並列擺放著先軒轅帝、周文公、老聃、先師關尹子四個牌位。鬼谷子親手燃起三炷香，插於牌位前的青銅香鼎裡，跪下叩道：「弟子王栩叩拜先聖、先師，懇請先聖、先師垂聽弟子告白之言！」

言訖，鬼谷子連拜三拜，閉目禱告：「先聖、先師曾言，生死、興亡、福禍、苦樂，凡此種種，皆為自然之道，非人力所能強制也，弟子深以為然。弟子數十年如一日守於鬼谷，視亂世於不見，觀紛爭於世外，日日修身養性，時刻體味天道無常、世道變幻，期望進入自覺自悟之境。然而，樹欲靜而風不止。天下紛爭日甚，百姓苦難日重，更有老友隨巢子屢屢進山論辯，苦勸弟子。弟子深知，人算不如天算，收留四人當是貪念。但天地日月可鑑，弟子拳拳之心別無他求，只為早一日結束列國紛爭，使世界清平，使蒼生安居樂業！弟子此舉，若是不明不智，不自量力，乞請先聖見諒！蟬兒姑娘質純性潔，聰慧敏銳，與童子一樣是天生道器，弟子也留於此，今日一併收徒！」

鬼谷子禱畢，再拜三拜，緩緩地起身，在牌位前的席位上坐下，朝童子說道：「讓他們進來吧！」

童子清脆的聲音叫道：「諸位公子、玉蟬，先生有請！」

玉蟬在前，蘇秦、張儀、孫賓、龐涓跟在身後，魚貫而入。童子走過去，候立於鬼谷子左側。

五人走至鬼谷子前面，叩拜於地，齊道：「弟子叩見先生！」

鬼谷子輕輕咳嗽一聲，緩緩說道：「玉蟬、蘇秦、張儀、孫賓、龐涓，老朽問你們，願意跟從老朽，在此谷中參悟大道嗎？」

五人俱拜道：「弟子願拜先生為師，跟從先生參悟大道！」

鬼谷子點頭道：「你們五人有心修道，經數月驗證，也是道器，老朽秉承天意，正式

收下你們五人，與童子一道為老朽弟子，今日即行師禮！」

五人再拜道：「弟子叩謝先生大恩！」

鬼谷子道：「你們六人既為同門弟子，可依入山順序，排定次序。童子入山最久，當為師兄，玉蟬次之，可為師姐，再後是蘇秦、張儀、孫賓、龐涓！」

五人拜道：「弟子謹遵師命！」

鬼谷子轉向童子：「童子，參禮吧！」

童子清脆的聲音響起：「師妹，諸位師弟，師禮開始，一拜天道！」

鬼谷子緩緩起身，轉過來對了陰陽八卦圖跪下，三叩九拜。童子、玉蟬及蘇秦四人亦跟著先生，行三叩九拜大禮。

童子接著唱道：「二拜先聖、先師！」

鬼谷子與眾弟子再次叩拜几案上的四個牌位。

拜完牌位，道童唱道：「三拜恩師！」

鬼谷子起身，正襟端坐於牌位前面。玉蟬五人叩拜於鬼谷子面前，行三叩九拜大禮，禮畢，齊聲誓道：「先聖、先師在上，我等五人願投鬼谷先生門下，拜先生為師。自今日始，拋棄一切雜念，隨先生在谷中修身養性，一意向道。若有背棄，天地不容！」

鬼谷子道：「先聖、先師在上，自今日始，山人王栩聽從天命，收留玉蟬、蘇秦、張儀、孫賓、龐涓五人為弟子，敦促他們修身悟道，各成正果！」

言訖，鬼谷子看了諸人一眼，點點頭道：「諸位弟子，既已行過禮了，你們就起來吧！」

五人謝過，當下起身，改跪姿為坐姿，學了鬼谷子的樣子盤腿坐下。

鬼谷子看他們一眼，微微笑道：「你們既來參悟大道，老朽就問一句，什麼是道？」

五人面面相覷，誰也不肯先說。

鬼谷子的目光轉向玉蟬：「蟬兒，妳可知道？」

玉蟬道：「回先生的話，先聖老聃有言：『有物混成，先天地生。寂兮寥兮，獨立而不改，周行而不殆，可以為天地母。吾不知其名，強字之曰道，強為之名曰大。』先生所說之道，可是此否？」

鬼谷子道：「這是先聖所言，老朽想問的是，妳可知道？」

玉蟬搖了搖頭。

鬼谷子再次轉向蘇秦四人：「你們四人，可有知道的？」

張儀道：「回先生的話，道是混沌！」

鬼谷子微微一笑：「還有嗎？」

張儀道：「道是陰陽！」

鬼谷子又是一笑：「還有嗎？」

張儀嘴巴張了幾張，又合上了。

龐涓眼睛一眨，接道：「道是恍惚，是若有若無！」
鬼谷子道：「還有嗎？」
龐涓答不上來了。
鬼谷子道：「蘇秦，你知道否？」
蘇秦囁嚅道：「弟……弟子不知！」
鬼谷子的眼睛望向孫賓：「孫賓，你可知道？」
孫賓沉思有頃，搖了搖頭：「回先生的話，弟子不知！」
鬼谷子道：「你們五人為悟道而來，卻有三人不知什麼是道，兩人妄稱知道，卻也只是表皮，且拾人牙慧，非體悟所得！」
鬼谷子一番話說完，張儀、龐涓俱自僵了臉，垂下頭去。
玉蟬抬頭問道：「弟子愚笨，請先生開示！」
鬼谷子道：「道乃天地玄機，萬物終極之源，先聖稱之為無。」
張儀問道：「請問先生，道既是無，弟子又從何處感悟它呢？」
鬼谷子道：「問得好！道雖是無，卻能生有。萬物皆由道生，此所謂先聖所言之『道生一，一生二，二生三，三生萬物』之理。」
龐涓問道：「請問先生，道既然是無，我們何處尋找它呢？如果尋找不到，又如何感悟它呢？」

鬼谷子點了點頭：「嗯，問得好！宋人東郭子遇到莊子，東郭子說：『請問先生，道在哪兒？』莊子說：『道無處不在。』東郭子定要莊子說個實處，莊子指著一群螻蟻說：『道在這兒。』東郭子驚訝地說：『道怎會如此卑微呢？』莊子指著旁邊的雜草說：『也在這兒。』東郭子正在驚異，莊子指著旁邊的瓦礫道：『這兒也是。』東郭子難以置信，極力抗辯說：『先生怎麼越說越過分了呢？』不待他的話音落地，莊子就又指著旁邊的一堆糞便說：『看，道在這兒！』」

玉蟬道：「先生是說，萬物皆由道生，道亦在萬物之中。萬物無處不在，道亦無處不在，我們若要悟道，就要從感悟萬物開始！」

鬼谷子道：「好蟬兒，說得好！世間萬物皆由道生。既為道生，內即有道，因而萬事萬物之理，亦為道之理。所謂悟道，就是修煉一雙慧眼，經由此事之理，見出此道之理，再由此道之理，見出彼道之理，層層上推，終至見道。修煉越深，慧眼越銳，穿透力越強，距道亦越近。」

龐涓恍然有悟，興奮地說：「先生，弟子知道了！」

龐涓這麼快就已「知道」，眾人皆是一驚，詫異的目光紛紛射向龐涓。

鬼谷子的眼睛轉向龐涓，微微一笑，緩緩說道：「悟道可有四重境界，初為聞道，次為知道，再為見道，終為得道。春秋魯人仲尼聞道，但不知其所以然，於是不辭勞苦，趕赴洛陽，問道於先聖老聃。先聖論道三日，仲尼由此知道，大悟人世之理，遂立儒家之言。由此可見，『知道』二字，甚了不起！」

鬼谷子雖無一字責怪，龐涓卻是臉上發燙，急急垂下頭去。

孫賓問道：「請問先生，世間萬物繁紛複雜，弟子當從何處開始感悟？」

鬼谷子點了點頭：「嗯，問得好！依老朽的體悟，你們可從最樂於去做的事情開始。只有樂意去做，才能悟得深刻。說到這兒，今日倒是不錯的機緣，你們可以各述己志，選定最喜愛的入道之門，為師也好因材施教，推助你們早日悟道。蟬兒，妳先說吧！」

玉蟬道：「回先生的話，弟子甚愛醫學，願意由醫入道，求先生成全！」

鬼谷子點了點頭：「甚好！蘇秦，你欲由何入道？」

蘇秦似乎從未想過這個問題，一下子怔了，沉默半晌，方才吟道：「弟……弟子不知，請先生指點！」

鬼谷子道：「你偏愛什麼？」

蘇秦越發遲疑：「弟……弟子……」

鬼谷子見蘇秦支吾不出，換個方式問道：「你可有願望？」

蘇秦又憋一時，終於吟道：「弟子口拙，若能做到口若懸河，於願足矣！」

鬼谷子點了點頭：「嗯，這也是願，你可習口舌之學，由口舌之學入道！」

蘇秦吟道：「弟子遵命！」

鬼谷子的眼睛望向張儀。不待先生發問，張儀即道：「請問先生，何為口舌之學？」

鬼谷子道：「口舌之學就是開口閉口的學問！」
張儀眼睛大睜，急切問道：「開口閉口也有學問？」
鬼谷子道：「當然。」
張儀沉思有頃：「先生，弟子最喜說話，願從蘇兄，由口舌之學入道！」
鬼谷子點了點頭，轉向孫賓：「孫賓，你欲由何入道？」
孫賓道：「兵學可否？」
鬼谷子道：「兵學亦是學，當然可以。」
龐涓大喜，亦忙說道：「先生，弟子亦從孫兄，由兵學入道！」
鬼谷子點了點頭，朗聲說道：「好，你們各抒己志，選定入道之門，老朽心中已是有數。天下學問各有偏倚，學到極處，俱與道通，此所謂殊途同歸。也就是說，學問為術，萬術同歸於道。醫學、兵學、口舌之學，內中既有機巧之術，也有統御之道。術為道御，亦為道用。換句話說，術是利器，道是根本。若是只學其中之術，不悟其中之道，終將禍及自身。」
龐涓聽得愣了，不解地問：「先生是說，這兵學裡也有術、道之分？」
鬼谷子道：「當然。任何學問都有術道之分。就兵學而言，用兵之術在於戰勝，用兵之道在於息爭。故善用兵者，並不好戰，用兵之道，在不戰而屈人之兵，在化干戈為玉帛，以四兩撥千斤。」

心。」

鬼谷子道：「口為心之門戶，心為神之門戶，若能做到善言，就能直通心神，做到服

張儀又問：「如何做到服心？」

鬼谷子道：「口舌之學中也有術有道。口舌之術在於制人，口舌之道在於服心！」

張儀聽得愣了，趕忙問道：「請問先生，口舌之學呢？」

張儀道：「先生是說，只要能說會道，就能服心？」

鬼谷子搖了搖頭：「非也，能說會道不為善言！」

張儀道：「何為善言？」

鬼谷子道：「善言者，言則口若懸河，旁徵博引，可使人想所不欲想，行所不欲行；不言則神定如山，勢若引弓之矢，可使人心神不安，如墜五里雲霧中。此所謂不言即言，無聲勝有聲。」

蘇秦吟道：「弟子明白了，所謂善言，就是知曉何時言，何時不言！」

鬼谷子道：「正是。」

張儀道：「如何方能做到何時言，何時不言呢？」

鬼谷子道：「悟道。唯有悟道，才能控制口舌，做到何時言，何時不言！」

張儀驚嘆一聲：「乖乖，這口舌裡面，竟有這麼大的學問，張儀服了！」

聽到張儀再次說出他的名句，眾人皆笑起來。

師徒幾人有問有答，又談一時，鬼谷子道：「時辰不早了，你們各去歇息。老朽洞中有一書庫，尚有少許存書，皆為先聖、先賢悟道體驗，自明日始，你們可去自行選讀，慢慢參悟。」

五人俱道：「弟子遵命！」

無數次的失望絕望，三個月的艱難煎熬，四人繞來轉去，陡然間竟是苦盡甘來，不僅成了鬼谷子的正式學徒，且又各遂心願，整個過程就像是在做夢一樣。

從草堂裡出來之後，儘管各自喜出望外，四人卻是一反常態，一路無話，逕直走向他們的草舍。連龐涓、張儀也是各自勾了頭，不像往常那樣遇到好事就喜形於色。他們的耳邊充滿了鬼谷子的聲音，也都在各自嚼咬鬼谷子說出的每一個字。回到草舍，四人各進各的屋子。約過一時，張儀走進蘇秦的屋子，見蘇秦悶聲不響地躺在榻上，略頓一頓，尋了地方坐下。

蘇秦沒有理他，似乎依然在想事。張儀忍不住了，咳嗽一聲：「蘇兄——」

蘇秦扭頭望著他。

張儀嘆道：「唉，今日之事，張儀真正服了！」

蘇秦以為他要說出什麼驚人之語，聽到又是這句話，就又扭過頭去。

張儀走到榻上，扳過蘇秦：「我說蘇兄，你聽見沒？」

蘇秦道：「聽到了。」

張儀不無嘆服地說：「你說，先生這人有多深？」

蘇秦從榻上坐起來，抬頭望著他。

張儀又是嘆服地連嘖幾聲：「嘖嘖嘖，在下方才總算想明白了，先生他……嘴上趕我們下山，其實在心裡早就收下了，他這麼做，是在故意折騰我們。如今想來，這折騰，其實就是在教訓我們，好使我們成器。」

蘇秦沉思有頃，點了點頭。

張儀道：「值了！張儀此生，竟能拜到這樣的先生，值了！」

【第十五章】

爭上風張龐鬥法
示道心玉蟬寬衣

從這日開始，蘇秦、張儀、孫賓、龐涓在鬼谷裡開始了正式的「修道」生活，將一日時間切成若干段，或練拳，或打坐，或讀書，或習琴，或對弈，或採集，或為炊，具體做什麼，依舊由大師兄童子安排，以陰陽之道調養生息，日出即起，日落而息，甚是規律。

鬼谷洞深不可測，裡面七繞八拐，如同迷宮。迷宮裡有許多小洞府，被鬼谷子派了不同用場，其中有三洞是鬼谷子、玉蟬、童子的修煉及安歇之處，各距十餘步，洞門上均有布簾。再往裡走，離玉蟬的洞穴約二十步遠處，有一個幾丈見方的大洞，擺放了鬼谷子的諸多藏書。

拜師過後，鬼谷子在洞口特別安了一個柴扉。柴扉雖未上鎖，卻無疑將這裡隔為禁區。這且不說，鬼谷子接著吩咐，藏書洞交由玉蟬經管，無論何人，即使童子，也不能隨便出入。

玉蟬真也管起事來，上任當日即定下規矩，每日晨起借書，每次許借一冊，且日落前必須歸還。即使選書，玉蟬也限定在一刻之內。

洞中藏書甚是豐富，沿洞壁擺了許多木架，木架上放置了各式各樣的竹簡。若是將它們裝進牛車，只怕十車八車也拉不完。要想讀完它們，莫說是三年五年，縱使十年二十年，只怕也是難事。因而，四人特別看重每日晨起的一刻鐘選書時間，都想在這一刻鐘內尋出特別適合自己的書，甚或寶書。

只有在此時，蘇秦、張儀、孫賓、龐涓四人的分別才顯現出來。蘇秦沒有讀過多少書，那模樣就如一個走進寶庫的窮人，望著琳琅滿目的各式珠寶，一下子暈了頭，隨便哪一本都是好書。張儀卻是東挑西揀，似乎哪一本都不十分中意。龐涓一頭扎進書堆裡，只選有關兵法戰陣的竹簡，尋到一本即如獲至寶，揣進懷中就走。孫賓讀書則另有選擇，所選大多與兵或道有關。

對張儀而言，借書、還書的這一刻鐘另有一層意義，那就是接近玉蟬。每逢此時，玉蟬總是盡職地站在門口，與他們見禮，看他們或選書或還書。只要這一刻鐘過去，無論是誰待在洞裡，她就二話不說，虎起臉來將他趕走。

張儀總是第一個進來，最後一個出去，且多數情況下是被玉蟬趕出去的。然而，莫說趕了，哪怕玉蟬罵他幾句，張儀也會感到全身舒泰，幹什麼都有勁。

時間過得甚快，四人每日借書，讀書，還書，秋去冬來春又至，不知不覺，已是半年有餘。

這日晚間，又是還書時分，張儀第一個趕回草堂，如往常一樣興沖沖地正要進洞，眼前卻是忽地一亮，因為他發現一身白衣的玉蟬正襟危坐於草堂裡。再仔細一看，一身褐裝的鬼谷子也在這兒端坐，鬼谷子的另一邊站著童子。

幾個月來，鬼谷子依舊如前面一樣深居簡出，今日突然出來，張儀倒是吃了一驚，趕忙跪下叩道：「弟子張儀叩見先生！」

鬼谷子道：「坐吧。」

張儀再拜起身，眼睛一瞄，瞧到玉蟬身邊有個空地，本想走過去挨她坐下，又怕她一時發作，讓他在先生面前下不來臺。猶豫一時，張儀走到離玉蟬不遠的地方盤腿坐了。不一會兒，蘇秦、孫賓跟著回來，分別見過禮，選了位置坐下。

龐涓回來時，眼前只有兩個空位，一個在玉蟬和張儀之間，另一個在蘇秦和孫賓之間。龐涓想也未想，逕直走到玉蟬身邊，緊挨她盤腿坐了。龐涓塊頭較大，這個地方又窄，從張儀這邊望過去，龐涓的左腿幾乎就是壓在玉蟬的右腿上。張儀看在眼裡，後悔已是遲了，恨恨地白他一眼，屁股朝蘇秦身邊挪了挪，為龐涓騰出地方。龐涓見狀，朝他微微一笑，亦挪了挪，正襟坐定。

鬼谷子掃他們一眼，微微笑道：「能讓老朽看看你們所讀何書嗎？」

四人相顧一眼，各將手中竹簡擺在前面。

鬼谷子掃一眼張儀：「張儀，你所讀何書？」

張儀答道：「回先生的話，弟子今日所讀，是一篇叫《說劍》的！」

鬼谷子點了點頭：「嗯，你倒是會選書。這一冊是一年前老友列禦寇造訪老朽時留下來的，說是宋人莊子新近所著。你能說說有何感悟嗎？」

張儀受到肯定，神采飛揚，侃侃說道：「弟子以為，莊子所言之三劍，是三種治世之方。天子之劍，講求順應天道，諸侯之劍講求順應世道，庶人之劍講求以力服人。」

鬼谷子點了點頭：「嗯，你能悟到此處，甚是難得。如果要你選擇，你欲持何劍治世？」

張儀道：「弟子當選諸侯之劍！」

鬼谷子道：「哦，為何不選天子之劍？」

張儀道：「天子之劍講求天道，天道無非是順應自然，不可力為，此為無為而治。無為而治適用於三聖時代，不適用於當今亂世！」

鬼谷子道：「諸侯之劍為何適用於當今亂世？」

張儀道：「此劍上應天道，下順四時，中和人民，若掌握之，可興王業！」

鬼谷子點頭道：「嗯，的確不錯。周武王拿的就是此劍！」將頭扭向龐涓，「龐涓，你所讀何書？」

龐涓見綵頭已被張儀奪去，正自著急，聽到鬼谷子發問，趕忙說道：「回先生的話，弟子所讀，乃是呂公望的《六韜》！」

鬼谷子亦點頭道：「你欲以兵法入道，此書不可不讀。你且說說，《六韜》之中，你最偏重於哪一韜？」

龐涓道：「每一韜都很精采，不過，弟子更偏重於後面四韜，就是《龍韜》、《虎韜》、《豹韜》和《犬韜》！」

鬼谷子點了點頭：「嗯，前面二韜呢？」

龐涓想了一會兒，應道：「《文韜》講究治國之術，與弟子所學有所偏差。《武韜》所講甚好，但仍然沒有後面四韜精采。」

鬼谷子道：「能說說原因嗎？」

龐涓道：「弟子可以從中悟出如何去戰及如何戰勝！」

鬼谷子沉思有頃：「嗯，所言不錯，這四韜的確是教戰之術。老朽問你，如果你是一國主將，有鄰國來攻，你如何戰勝？」

龐涓略想一下：「回先生的話，沒有這種可能！」

鬼谷子驚道：「哦，此是為何？」

龐涓道：「如果弟子是一國主將，只會進攻他國，斷不會被他國所攻！」

聽他言語如此托大，眾人皆吃一驚，張儀噗哧笑道：「對對對，有龐將軍在，誰敢送死？」

龐涓卻不睬他，只是坐得更為端正，以此表明自己所說並非戲言。

鬼谷子道：「好，就算是征伐他國，你將如何戰勝？」

龐涓道：「兵強將猛；三軍齊心；出其不意。」

鬼谷子道：「好，假定你已三者俱備，麾下大軍也已圍定他國都城，你正欲一鼓而下之，突然接到國君的班師之命，此時，你該如何？」

龐涓道：「這……將在外，君命有所不受！」

鬼谷子道：「好。你不受君命，可君上不依不饒，連發詔書十二道，你還敢不受君命嗎？」

龐涓道：「這……國君為何定要班師？」

鬼谷子搖頭道：「老朽不知，你該去問國君才是！」

龐涓想了一會兒：「弟子明白了。」

鬼谷子笑道：「哦，你明白何事？」

龐涓道：「弟子捨本求末了，這就細讀前面二韜！」

鬼谷子點了點頭，轉向孫賓：「孫賓，你所讀何書？」

孫賓靦腆地笑了，將面前的竹簡雙手捧起。鬼谷子接過一看，是《管子》，點頭道：「嗯，你從兵法入道，《管子》值得一讀。管子相齊桓公時，不以兵革之利九合諸侯，威震天下，可謂是『不戰而屈人之兵』的典範！」

孫賓問道：「先生，先祖也對弟子屢次提起『不戰而屈人之兵』，弟子甚想知道它典出何處？」

鬼谷子道：「就典出於你的先祖孫武子。孫武子曰：『百戰百勝，非善之善也。不戰而屈人之兵，善之善者也。』」

龐涓驚問：「百戰百勝亦為不善，孫武子當真了得！請問先生，既然此言是典出，必有此書了！」

鬼谷子點頭道：「是的，孫武子的確著過一書，名喚《孫子》，又稱《孫子兵法》，主要講述用兵之道。」

龐涓道：「先生，既有此書，能否借弟子一閱？」

鬼谷子搖了搖頭。

龐涓急問：「為什麼？」

鬼谷子道：「孫武子寫完此書，將之呈送吳王闔閭，闔閭視為國寶，鎖於姑蘇臺，從不示人。後來，越王句踐破吳，焚燒姑蘇臺，《孫子》一書也就化為灰燼了。」

龐涓道：「這個句踐真是可惡！」略想一下，眼睛直望鬼谷子，「只是……弟子仍有一惑！」

鬼谷子道：「說吧。」

龐涓道：「《孫子》既已化為灰燼，先生為何竟能脫口而出？」

鬼谷子掃他一眼：「老朽不過拾人牙慧而已。」將頭轉向蘇秦，「蘇秦，你所讀何書？」

眾人談論時，蘇秦一直是勾著頭坐在那兒。見鬼谷子發問，蘇秦之頭非但沒有抬起來，反而垂得更低了。

鬼谷子又問一句：「老朽能看一看你的書嗎？」

蘇秦沒有抬頭，半晌方才囁嚅一句：「弟……弟子……」

張儀急了，從他前面拿起竹簡，掃了一眼，雙手捧給鬼谷子：「蘇兄讀的是先聖的《道德》五千言，請先生驗看！」

鬼谷子接過書，卻沒有去看，而是放在一邊，微笑著望向蘇秦：「蘇秦，老朽問你，讀先聖此書，可有感悟？」

蘇秦依舊垂著頭，結巴道：「弟……弟子沒……沒有感……感悟！」

鬼谷子沉思有頃，點了點頭，緩緩說道：「甚好。先聖曰：『萬物生於有，有生於無。』亦即無中生有。你說沒有，也就是有了。你的感悟既不願說，老朽也就不勉強了。」轉向眾人，「你們讀這一日書，想也累了，這就散去吧。」

眾人再次拜過，各將竹簡在地上擺正，起身離去。

他們走後，玉蟬將地上的竹簡收在一處，抱回來就要去藏書洞，鬼谷子道：「蟬兒！」

玉蟬放下竹簡，在鬼谷子跟前坐下。

鬼谷子道：「蟬兒，蘇秦近來都在忙活何事？」

玉蟬道：「回先生的話，幾個月來，蘇秦好似變了一個人，行為孤僻，極少說話，也很少與人合群，即使與張儀之間，也不如從前親密，見我更是能躲則躲。唯見童子，感覺似乎好一些。」

鬼谷子點頭道：「此為心障！」

玉蟬睜大眼睛，驚異地問：「怎麼會是心障？」

鬼谷子道：「孫賓為名門之後，張儀為貴胄之後，龐涓雖不富貴，卻也在安邑城中長大，且衣食無虞，也算半個富家公子，妳就不必說了。你們五人之中，唯有蘇秦出身卑微，教他如何抬起頭來。」

玉蟬道：「蘇秦出身賤微，這一點他早清楚，可……」

下面的話不言而喻，玉蟬也就打住話頭。

鬼谷子道：「身賤人輕尚在其次，緊要的是，你們四人進谷之前已有雄厚根基，六藝俱通，而蘇秦卻是缺少家學，根基幾乎是零。這且不說，蘇秦口吃嘴笨，卻習口舌之術，更是感覺前路艱難。」

玉蟬道：「可拜師之前，蘇秦似乎不是這樣！」

鬼谷子點了點頭：「是的，拜師之前，蘇秦唯有張儀可比，尚有信心。拜師之後，可比之人陡然增多，蘇秦自慚形穢，心上就如壓了一塊巨石。譬如說他的口吃吧，半年前他就服完了草藥，照說應當痊癒才是，可你看，他方才先是拒不發言，後來逼得緊了，竟然又是出語結巴！」

玉蟬思忖有頃，抬頭問道：「先生，可有辦法除其心障？」

鬼谷子道：「他障易除，心障卻是難除。」

玉蟬道：「這……我們總不能看著他一直這樣吧！」

鬼谷子道：「蘇秦的心障在於無自信。人無自信，他人焉能使其信哉！」

玉蟬點了點頭：「蟬兒明白了。」

玉蟬將四人的竹簡抱回洞裡，走出草堂。天色已經昏黑，玉蟬一時也無睡意，遂朝溪邊走去。

已是暮春時節，春草萋萋，春花爛漫。玉蟬一路嗅著花香，正在信步走動，隱隱聽到有人說話。玉蟬趕忙住腳，打眼望去，遠遠看到溪邊巨石上有兩個人形。也是出於好奇，玉蟬近前幾步，隱於一棵樹後。不一會兒，說話聲再次傳來，玉蟬仔細一聽，竟是張儀。

蘇秦兩手抱頭，悶坐在石頭上。張儀跳下巨石，在細碎的鵝卵石灘上圍著那塊巨石不停地兜著圈子。

張儀兜了一會兒，停住腳步，長嘆一聲：「唉，蘇兄，你教我如何說呢？你教我說什麼呢？你我相識、相知，也不是三日五日了，你的心裡是如何想的，我能不知？你心裡有悟，為何不說？」

蘇秦依舊是兩手抱頭，一聲不響。

張儀又兜一會兒圈子，住腳說道：「蘇兄，不是吹的，就依你的感悟，隨便說上幾句，保準賽過龐涓那廝！瞧他那樣子，算是什麼東西？他的感悟，狗屁不是！先生早已說過，用兵之道在息爭，用兵之術在戰勝，他卻充耳不聞，竟在先生面前大談方術，不談大道，這不是找罵嗎？先生真是好脾氣，若是我張儀，今日定要痛痛快快地損他一頓！」

蘇秦仍舊一言不發。

說到龐涓，張儀似乎越說越上勁：「嗯，就是這點見識，竟然也想表現！你知這廝為何急於表現嗎？他是想討好師姐！哼，一個街頭小混混，真還以為自己是個人物呢？瞧瞧他那副德性，早晚見到師姐，一雙賊眼滴溜溜亂轉，嘴巴就跟抹過蜜似的。師姐是誰？是冰清玉潔的大周公主！他是誰？是癩蛤蟆一隻！可天下就有怪事，這癩蛤蟆偏就想吃天鵝肉，什麼玩意兒？蘇兄，你評評看，孫賓身邊，地方那麼大，他卻偏不去坐，硬要擠到我跟師姐中間，那隻臭腳丫子差一點壓在師姐的玉腿上，氣得我是……」

張儀打住話頭，恨恨地在鵝卵石灘上重又兜起圈子來。玉蟬聽他將話題扯在自己身上，臉上頓覺一熱，又見張儀如此計較，強忍住沒有笑出來。

張儀兜了一會兒，抬頭見到蘇秦依舊垂著腦袋，似是急了，走上石頭，將他的頭猛地扳起來道：「我說蘇兄，你抬起頭來好嗎？從前的那個你哪兒去了？記得那夜我們一道眺望星空嗎？你選的是一顆不亮的星，你說，有一天，你的這顆星會亮起來的！你聽聽，這是何等氣勢！可眼下，瞧瞧你自己，總是勾著頭，總是躲到一邊。如果是這樣，你的這顆星，只怕這輩子也甭想亮起來！我告訴你，蘇兄，從明兒起，你走路要這樣——」一手扳頭，一手頂住後背，「抬頭，挺胸，就像這樣！看到龐涓、孫賓，就像看到兩根木頭一樣！你聽見了嗎？」

蘇秦卻如一段木頭一樣。

張儀似也洩了氣，放開蘇秦的頭，跺腳說道：「悶吧，悶吧，悶成死豬吧你！」

張儀跳下巨石，揚長而去。

好一陣，蘇秦終於抬起頭來，呆呆地望著張儀漸去漸遠的背影，望有一時，重新將頭垂下，靜靜地坐在石頭上。

不遠處的樹影中，玉蟬在那兒又站一會兒，一雙大眼忽閃幾下，轉身離去。

* * *

第二日，太陽又從東方升起。四子絡繹來到藏書洞，開始了新一天的選讀。

不知怎麼地，這一日玉蟬竟是沒來，開柴扉的是童子。四人走進洞中，直奔自己早已看中的書。龐涓找到《六韜》，張儀昨晚受到肯定，將莊子的另一卷書抱進懷中，孫賓找到一冊《禮》，拿在手裡。蘇秦在一大堆竹簡跟前停住腳步，沉思有頃，找了條繩子，將其全部捆紮起來，正要扛上肩去，眼睛突然一亮，趕忙放下，走到一邊，拿起那本這些日子來他幾乎天天要看的《道德》五千言，一下子遲疑起來，似乎在權衡該選哪一本。

龐涓拿著書走過來，見他一下子占住這麼多書，驚道：「蘇兄，你選了什麼好書？」

蘇秦側身擋住，口中囁嚅道：「沒……沒選什麼！」

龐涓見蘇秦躲躲閃閃，越發好奇，硬擠過去，強行扳過竹簡，細細一看，呵呵笑道：「我說蘇兄，我道是什麼寶書，又是《道德》五千言！咦，這堆竹簡不是《詩》嗎？不瞞蘇兄，這些東西是在下十歲之前就已熟記於心的！」

蘇秦大窘，面色漲紅，勾下頭去。

張儀聽得真切，緩緩地走過來，挑戰似地望著龐涓：「在下方才好像聽到有人在這裡顯擺，在下耳背，沒聽清楚，有人在十歲之前將什麼東西熟記於心了？」

龐涓斜他一眼，哈哈笑道：「有人沒聽清楚，在下就再說一遍。在下兩歲識字，四歲知禮，六歲通《詩》，八歲誦讀《道德》，十二歲讀書破萬卷！」

張儀冷冷一笑：「在下還以為有人出生之前就會讀書呢，原來技止此耳！在下一歲識字，三歲知禮，六歲通樂，九歲讀書破萬卷，十二歲時，在下已粗通六……」

張儀的「藝」字尚未落下，舌頭卻是僵在那兒。龐涓扭頭一看，玉蟬不知何時竟已站在門口，趕忙背過身去。

玉蟬冷冷地說：「張公子，說呀，你粗通六什麼來著？」

張儀面色大窘，支吾道：「師……師姐，我……我……」

玉蟬的目光逼視張儀，鼻孔裡哼出一聲：「張公子不是一向伶牙俐齒的嗎，今兒怎麼結巴了呢？是不是『粗通六藝』呀？『粗通』一詞也太謙讓了吧，應該是精通才是！」

張儀漲紅了臉，恨不得尋一個地縫鑽進去。

玉蟬將臉轉向孫賓：「聽說孫公子是天下名將孫武子之後，六歲知書達禮，十二歲精通六藝，二十二歲被封為帝丘守丞，率領衛國三軍以弱抗強，以微弱之勢固守帝丘二十餘

日，使五萬魏國武卒望而卻步，可孫公子卻說自己並不知兵，這才痛下決心，歷盡艱辛前來鬼谷。孫公子，蟬兒說得對否？」

孫賓深揖一禮：「師姐所言甚是。孫賓從血中得知，孫賓並不知兵！」

玉蟬從孫賓手中拿過一冊書：「張公子，龐公子，你們請看，孫公子選的是《禮》，只怕是你們在娘胎裡就已熟記於心的了！」

藏書洞裡鴉雀無聲。龐涓、張儀羞得滿臉通紅，低頭不語。蘇秦更是一副惴惴不安的樣子。

玉蟬略頓一下，將目光轉向龐涓：「龐公子，你怎麼背過臉去了？方才蟬兒聽到，龐公子是六歲通《詩》，八歲誦讀《道德》，十二歲讀書破萬卷。龐公子既已讀書破萬卷，蟬兒問你：『自見者不明，自是者不彰，自伐者無功，自矜者不長。』此語出自何典？」

龐涓哪裡還敢說出一字？

玉蟬道：「龐公子，怎麼不說話呢？龐公子既然不肯說，蟬兒這就告訴你，此語典出於先聖的《道德》五千言，也就是蘇公子手中這一本！蘇公子，你且說說，這部五千言，你讀過多少遍了？」

蘇秦依舊低垂了頭：「我……我……」

玉蟬道：「好吧，蘇公子既不肯說，蟬兒一併代勞。就蟬兒親眼所見，一個月來，蘇公子每日必選此書。依蘇公子才智，此書內容必也早已爛熟於心。對一部書爛熟於心仍在誦讀之人，蟬兒真正佩服！」

玉蟬的話音剛落，身後傳出一個沉沉的聲音：「說得好哇！」

眾人一愣，見鬼谷子也已站在門口，趕忙揖禮：「弟子見過先生！」

玉蟬見是先生，趕忙讓到一側。

鬼谷子走到洞口，朝玉蟬微微一笑：「蟬兒，說得好哇！」轉對四人，「你們回去，好好想想蟬兒的話。山不在高，在仙；水不在深，在龍；讀書不在多，在精，在領悟。先聖老聃之《道德》五千言，老朽一生不知讀過千遍萬遍，迄今仍未完全澈悟。認識幾個字，讀過幾本書，有什麼好誇耀的？自見者不明，自伐者無功，人生在世，豈可自作聰明？」

四人再度揖禮：「弟子謹記先生教訓！」

鬼谷子道：「去吧！」

四人各拿書本走出。

蘇秦走有幾步，回望玉蟬，見玉蟬也在目送他。兩人對視，玉蟬的目光中充滿期望與鼓勵。蘇秦朝她深鞠一躬，快步離去。

玉蟬轉過身來，見鬼谷子正在笑咪咪地望著她，臉色一紅，緩緩說道：「先生，蟬兒只想幫幫蘇公子，去其心障！」

鬼谷子道：「蟬兒，妳幫的並不是蘇秦一人哪！」

玉蟬驚異地望著鬼谷子：「我……」

鬼谷子道：「其實，妳也在幫龐涓和張儀。這兩個人，心障並不在蘇秦之下！」

玉蟬驚異道：「他們也有心障？」

鬼谷子點了點頭：「目中無人，自吹自擂，不求甚解，好高騖遠，爭風吃醋，自作聰明，凡此種種，不為心障，當為何物呢？」

玉蟬頓有領悟：「先生是說，蘇秦的心障在於自卑，龐、張二人的心障在於自負。」

鬼谷子道：「常言道，人無完人。此話是說，凡人皆有心障，或表現為此，或表現為彼。修道之本，就在於去除心障。去除心障，在於自覺，自覺之至，在於覺他。自覺不易，覺他也就更難了。蟬兒，妳能幫助他們，既是在自覺，又是在覺他，這就是修道之路啊！」

玉蟬將頭輕輕地靠在鬼谷子的肩上：「先生——」

* * *

蘇秦最終拿出來的仍然是《道德》五千言。然而，今日他顯得神清氣爽，走路時挺著胸，昂著頭，大步如飛，逕直來到溪邊，坐在那塊他日日必坐的大石頭上。

是的，他們是人，他蘇秦也是人。他們富且貴，但那都是過去的事，在這鬼谷裡，他們是一樣的，都是從頭開始。

是的，先生說，山不在高，在仙。讀書不在多，在感悟。他之所以日日要讀這本書，就是因為書中有些東西他無法悟出。他原來以為自己很笨，可先生說，即使他自己也未澈悟。先生都沒有澈悟的道理，他蘇秦……

蘇秦笑了。蘇秦的臉上第一次浮出了自信的表情。

蘇秦面對溪水，攤開竹簡，飽吸一口氣，朗聲讀道：「道可道，非恆道。名可名，非恆名。無名，天地之始；有名，萬物之母。故常無欲，以觀其妙；常有欲，以觀其徼。此兩者同出而異名，同謂之玄。玄之又玄，眾妙之門……」

蘇秦正自讀去，突然間大感驚奇：口吃沒了！

蘇秦有點不太相信自己的耳朵，再次誦讀：「道可道，非恆道。名可名，非恆名。無名，天地之始；有名，萬物之母。故常無欲，以觀其妙；常有欲，以觀其徼。此兩者同出而異名，同謂之玄。玄之又玄，眾妙之門……」

蘇秦趕忙拋開竹簡，急步走到溪邊，看到溪水中有一根羽毛，出口說道：「山上有樹，樹上有鳥，鳥長羽毛。春日暖暖，春風習習。羽毛掉落，隨風而去。飄入溪水，溪水流啊流，羽毛漂啊漂，溪水繞著高山流，羽毛隨著溪水漂！」

蘇秦陡然停住，又過一時，再對溪水道：「水流清清，水下有石，石是鵝卵石，水中有小魚，魚兒游得快，岸上草青青……」

蘇秦想到什麼，就說什麼，在這兒隨便說去，要快即快，要慢即慢，竟是沒有一絲一

毫的口吃！

蘇秦驚喜萬分，當下跪在地上，衝溪水泣道：「天哪，我蘇秦不口吃了！我蘇秦再也不口吃了！」

突然，蘇秦猛地站起，一個轉身，飛也似地朝林中跑去，一直跑到一棵大樹下面。張儀要學有巢氏，喜歡待在樹上，這棵大樹就是張儀平素讀書的地方。蘇秦在樹下連叫幾聲，竟無一點動靜。

蘇秦抬頭朝樹上望去，竟是枝繁葉茂，看不真切。蘇秦自語道：「賢弟哪兒去了？莫不是睡去了，我且上去看看！」

蘇秦爬到樹上，見張儀果然躺在一個大枝椏上，整個面孔被攤開的竹簡蓋了個嚴實。

蘇秦推推張儀，叫道：「賢弟！」

張儀卻是一動不動。

蘇秦心頭一震，伸手正欲移開蓋在他臉上的竹簡，張儀卻忽然說道：「別動！」

蘇秦叫道：「賢弟，你這是怎麼了？」

張儀道：「不怎麼？」

蘇秦驚異地問：「那……賢弟為何蓋住臉呢？」

「臉？」張儀兩手摀牢竹簡，「哪兒還有臉？在下的臉今兒全都丟光了！在下這是無臉見人哪！」

突然，張儀似乎發現了什麼，呼一聲爬起，兩手猛然捉住蘇秦的胳膊，兩眼大睜著望向他，似乎他是一個怪物。

蘇秦急道：「賢弟，你……你要怎的？」

張儀長吸一口氣，驚異地說：「咦，乍一聽，你不結巴了！」

蘇秦道：「是啊，在下不結巴了！在下此來就是告知賢弟，在下不結巴了！」

張儀似乎仍不相信：「你是怎麼不結巴的？」

蘇秦搖了搖頭：「在下也不知道。好像是突然之間，在下就不結巴了，真的，在下不結巴了，哈哈哈哈，我蘇秦從今往後，再也不結巴了！」

張儀興奮地說道：「好哇，蘇兄你不結巴了，好哇，好哇，不結巴好哇！哈哈哈哈……在下祝賀你了！」

蘇秦道：「雲開日出，我蘇秦終於見到青天了！」

張儀的臉色卻又一下子陰沉下來，長嘆一聲：「唉……」

蘇秦問道：「賢弟為何嘆氣？」

張儀又嘆幾聲：「蘇兄見到青天，在下卻是遇上了暴風驟雨！蟬兒……蟬兒她……完了，在下算是完了！蟬兒她……唉，你說蘇兄，我怎麼就會鬼迷心竅，一下子跟龐涓那廝較上勁了呢？」

不待蘇秦說話，張儀突然咬牙切齒地說：「都是這個王八羔子害的！要不是在這鬼谷

裡，在下非要狠狠地揍他一頓不可！」

蘇秦噗哧一笑：「我說賢弟，你真要和龐涓打架，誰揍誰可就不一定嘍！」

張儀冷笑一聲：「蘇兄，我們誰揍誰，你看著就是！」

*　　　　*　　　　*

將近中午時分，玉蟬燒好午飯，拿手指理了理頭髮，緩緩走到草堂外面。看到草地上有一隻蝴蝶正在那兒翩翩起舞，甚是可愛，玉蟬童心泛起，追牠而去。追有一時，蝴蝶飛到蘇秦四人的草舍旁邊，落在一朵山花上。玉蟬正要走過去，突然嗅到一股怪味，自語道：「什麼怪味，臭死了！」

玉蟬開始查找怪味的來源，驚異地發現，原來怪味是從四人的房間裡散發出來的。

玉蟬走進邊上的一間，正是蘇秦的，裡面亂七八糟，鞋子、衣服不知多久沒有洗過，全都堆在一個角落裡。

玉蟬驚道：「天哪，這樣的屋子，怎能住人呢？」

玉蟬捏著鼻子將蘇秦的一堆髒衣服抱到外面，打開窗子，在裡面收拾起來。收拾完蘇秦的屋子，玉蟬又走進其他三人的房間，逐個收拾一遍，然後將他們的衣服裝進一只籃子，朝小溪邊走去。

沒過多久，蘇秦手捧竹簡，一邊看書，一邊走回房間。蘇秦推開房門，看到裡面乾淨整潔，以為走錯房間了，趕忙退出來。走到外面仔細再看，相信自己沒有弄錯，這才又走進去。
蘇秦在屋中愣有一時，搔頭自問：「咦，我的衣服呢？」
蘇秦開始四下裡尋找。正在此時，孫賓、張儀、龐涓也從外面回來。
孫賓道：「蘇兄，你像是在找什麼東西？」
蘇秦道：「我的衣服不知哪兒去了？還有，你們看，這像是我的房間嗎？」
幾個人一看，紛紛稱奇。
張儀道：「嘖嘖嘖，莫不是仙女下凡了，蘇兄真是豔福不淺哪！」
蘇秦道：「瞧瞧你們自己的房間，是不是也有仙女？」
幾人分頭跑回自己的房間，不一會兒，張儀、龐涓、孫賓等也都撓著頭皮出來。
張儀道：「奇怪，這是誰幹的呢？」
孫賓猛地一拍腦門：「會不會是師姐……」
蘇秦急道：「對，是師姐！定是她拿到河邊洗去了！」
張儀一聽，大驚失色：「師姐？糟糕——」
蘇秦道：「怎麼了，賢弟？」
張儀囁嚅道：「在下……那個……那個……在下……」
龐涓眼珠一轉，大笑道：「哈哈哈，昨兒晚上，仁兄怕是駿馬奔騰了吧！」
張儀被龐涓一語說中，臉色漲紅，狠狠地瞪他一眼，飛也似地朝河邊奔去。

孫賓道：「我們也去吧。我們的髒衣服，怎能讓師姐洗呢？」

張儀飛步趕到河邊，果然看到玉蟬正在光著腳丫，挽著褲腿，在河水裡浣洗他們的衣服。大部分已經洗好，另有一些泡在水裡。

張儀急叫：「師姐，我的衣服呢？」

玉蟬見是張儀，嫣然一笑：「張公子，快來幫忙！」

張儀幾個大步跳到河水裡，將泡在水中的一堆衣服一陣亂翻，一邊找著，一邊問道：「我的衣服哪兒去了？」

玉蟬手一指道：「你看那裡面有嗎？」

張儀抬眼一看，果見自己的內衣已經洗好，被堆放在河邊的石頭上，因沒有擰水，正在朝下面滴水。張儀一時愣了，站在那兒不知所措。

玉蟬笑道：「張公子，發什麼愣？叫你幫忙呢！」

張儀知道她必定什麼都看到了，勾頭不敢說話。

玉蟬道：「張公子，叫你幫忙，聽見沒？」

張儀似乎剛醒過來：「哦，幫忙？幫……幫什麼？」

玉蟬道：「擰水呀！把那堆衣服擰乾，晾到草地上去。這可是力氣活！」

張儀急道：「擰擰擰！我這就擰！」

張儀拿過衣服，正要擰水，孫賓三個也已趕到岸邊。

孫賓望著石頭上的一大堆衣服：「師姐，您看這，我們的衣服，怎能讓您洗呢？」

玉蟬笑道：「你們大男人真是，一個賽似一個，屋子裡亂七八糟，又臭又髒，衣服也是，似乎幾個月沒有洗似的！你們倘若以此治理國家，黎民百姓還能有個活頭？」

龐涓看了看張儀，對玉蟬笑道：「師姐，您說我們的衣服髒得一個賽似一個，終歸是有個比較吧。師姐評評看，這堆衣服裡，哪一件最髒？」

張儀臉色紫紅，怒目射向龐涓：「姓龐的，你……你小子……」

龐涓哪肯罷休：「師姐，瞧張仁兄衣冠楚楚這樣子，他的衣服難道也有這麼髒？」

張儀將拳頭握得格格直響，咬牙切齒道：「姓龐的，你……你不要欺人太甚！」

龐涓陰笑一聲：「張仁兄，不要激動，不要激動嘛，在下這不是說個平話嗎？」

玉蟬奇怪地望著他們二人：「龐涓，你們在打什麼啞謎？要是沒事的話，幫我把衣服漂淨，將水擰乾，晾到那邊的繩子上。天氣開始熱起來，你們的衣服最好是一日一洗，不能脫下來扔到地上，不然的話，會發霉的！」

龐涓笑道：「好好好，師姐，妳坐下來歇一會兒，這點小活兒，龐涓一人……包了！」

玉蟬道：「這還像個男人的樣。累死我了，真得歇一會兒。」

玉蟬正要上岸，猛然發現鬼谷子、童子遠遠地站在四人的身後，輕聲叫道：「先生！」

眾人扭頭，見是鬼谷子，趕忙俯身叩道：「弟子叩見先生！」

鬼谷子沒有理睬，只是陰沉著臉站在那兒。童子咳嗽一聲，冷冷問道：「四位師弟，這些可是你們的衣服？」

四人垂頭不語。

童子道：「師兄問你們話呢？」

蘇秦抬頭道：「回師兄的話，是我們的衣服！」

童子道：「房子髒了，可掃；衣服髒了，可洗；這內中要是髒了，誰也沒有辦法！你們拿上衣服，都跟我來！」

童子說完，頭前走去。四人各自抱了衣服，跟在後面，五個人排成一長溜兒，走向遠處的草坪。

看到他們走遠，鬼谷子輕嘆一聲，走到石邊坐下，對玉蟬道：「蟬兒，來，坐到老朽身邊。」

玉蟬坐過來，將頭靠在鬼谷子膝頭上：「先生！」

鬼谷子慈愛地撫摸著玉蟬的頭髮：「蟬兒！妳看，這溪裡流著的是什麼？」

玉蟬道：「是水。」

鬼谷子道：「可知水否？」

玉蟬道：「先聖曰：『上善若水。』」

鬼谷子點了點頭：「不錯。蟬兒可知上善為何若水嗎？」

玉蟬道：「水利萬物，而不與萬物爭。」

鬼谷子搖頭：「非也。水利萬物，也與萬物爭。」

玉蟬驚異地問：「先生，水也有爭？」

「是的。」鬼谷子手指大山，「妳看這山，堅強如是，高峻如是，巍巍然不可一世。再看這水，淙淙而來，潺潺而去。可妳再看，它竟然將這大山劈開一條裂隙，將磐石磨成卵石。先聖曰：『天下莫柔弱於水，而攻堅強者莫之能勝。』如果水與萬物不爭，如何能攻克堅強呢？」

玉蟬道：「如此說來，天下萬物，無不爭！」

鬼谷子道：「無不爭，亦無爭。」

玉蟬不解地問：「既無不爭，怎又無爭呢？」

鬼谷子道：「這就是道之理。」

玉蟬道：「請先生詳解！」

鬼谷子道：「萬物互為依存，相生相剋。相生即不爭，相剋即爭。這就是道。道藏於萬事萬物之中，無見，亦無不見。」

玉蟬道：「先生是說，水中有道。」

鬼谷子道：「正是。妳看，水與道多麼相近！道以善為行，道善萬物。水以利為行，

水利萬物。道以弱制強，無不化；水以柔克剛，無不勝。」

玉蟬道：「水中之道，可是先聖所說的『居善地，心善淵，與善仁，言善信，政善治，事善能，動善時』？」

鬼谷子點了點頭：「先聖所言，表面上看是水之七德，往實上說，指的卻是人之七品，妳可細細領悟！」

玉蟬道：「謝先生指點！」

鬼谷子道：「要說謝呀，老朽真該謝妳蟬兒才是！」

玉蟬驚訝地問：「謝我？」

鬼谷子道：「現在看來，若是沒有蟬兒，只怕這幾塊璞玉，難以成器呢！」

玉蟬道：「先生言重了。蟬兒一個女孩家，縱想幫助先生研磨他們，只怕也是心有餘而力不足啊。」

鬼谷子道：「蟬兒有所不知，璞玉為至剛之物，就如這山，蟬兒妳呢，則如這條小溪。」

玉蟬嗔道：「原來先生收留蟬兒，是來幫您琢磨玉器的。」

鬼谷子搖了搖頭：「非也。妳看這條小溪，它從大山腹地流出，一路上披荊斬棘，逢山開山，遇石劈石，沒有什麼能夠阻擋住它，也沒有什麼使它流連忘返。它有困境，但它在困境中學到的是智慧。它有迷戀，但它永遠不會迷失自己。妳看，它從不蠻沖蠻幹，從不停滯不前，而是日復一日地向前流去，流啊，流啊，直到流出高山，流入大海。」

玉蟬望著小溪，緩緩點頭：「蟬兒懂了，這條小溪所走的，其實就是修道之路！」

鬼谷子道：「是的，蟬兒，只有在到達大海的那一天，它才會猛然發現，它的所有努力都是值得的！」

* * *

轉眼又是兩月，時令已入初夏，天氣漸熱起來。蘇秦四人依舊是天天借書，還書，還書。

這日晨起，又是還書時間。藏書洞雖說仍歸玉蟬兼管，但已成為名義上的，因為在借書還書時間，她已很少監看，全憑四人的自覺。

孫賓將昨日所看之書放回書架，又在書架上翻找一陣，拿起一本，轉身走出。龐涓見孫賓走遠，趕忙過來，拿起孫賓所還之書，細細看過，然後揣上自己選中的，走出門去。

看到這一幕，張儀眼珠子滴溜溜一轉，當下有了主意，在書架上左翻右找，終於在一個塵封的角落裡抖出一卷竹簡，抖去塵土，粗粗一翻，喜道：「嗯，就是它了！」

張儀拿了這冊竹簡，逕至走到孫賓常愛讀書的一個斷崖下面。孫賓正在埋頭攻讀，張儀走到跟前，竟是沒有聽到腳步聲。

張儀道：「孫兄好興致也！」

孫賓抬頭一看，趕忙起身揖禮：「在下見過張兄！」

張儀還過禮，在孫賓身邊蹲下。

孫賓道：「張兄必是讀得累了，出來走走？」

張儀笑道：「在下生就讀書的賤命，讀上十日十夜也不會累！在下此來，是專程尋孫兄您的！」

孫賓驚道：「尋我？」

張儀道：「在下在一個旮旯裡找到一冊好書，粗翻一下，是寫先聖的，感覺特好。在下知道孫兄最是崇拜先聖，特來薦予你看！」

張儀說著，拿出這冊竹簡，遞給孫賓。孫賓一看，竟是《老子鄰氏傳》，果然喜道：「此書甚好，在下謝過張兄了！」

張儀笑道：「不過，在下尚有一請，也望孫兄答應！」

孫賓道：「只要孫賓做得到，張兄但說無妨！」

張儀道：「龐涓那廝屢與在下過不去，孫兄在閱讀此書時，萬不可使龐涓知曉。這樣的好書，他不配看！」

孫賓沉思有頃：「這……在下如何方能瞞過他呢？」

張儀想了一下：「孫兄可另擇一個僻靜之地，細細閱讀。晚飯之前，在下自來尋孫兄取書，你看如何？」

孫賓道：「這倒不難，日落之前，你可到東山雄雞嶺半腰上的那棵巨松下尋我。」

張儀道：「就這麼定了！」

龐涓正在一棵樹下閱讀，突然聽到說話的聲音。龐涓一看，是張儀與蘇秦打前面走過。張儀道：「蘇兄，你見到孫賓了嗎？」

蘇秦道：「方纔我見他拿了兩本書，往東山去了。怎麼，你要找他？」

張儀道：「是的，在下有點小事，想找他一下。你啥時候見到他的？」

蘇秦道：「就是剛才。他提著兩捆書，好像很重，但走得甚快，我本想打個招呼，剛要說話，他竟沒影了。」

張儀道：「倒是奇了，他平時都是在那塊斷崖下面讀書的，今兒怎麼換地方了呢？」

兩人說著話，漸漸遠去。

龐涓猛然打一激靈，自語道：「不對呀，晨時我明明見他只拿一冊書，怎麼會是兩冊呢？再說，他為何要換地方？難道是防我一手？也或是他得到寶書，不肯示人？不行，我得去弄個明白。」

龐涓放下手中竹簡，朝東山急趕過去。

果然！在雄雞嶺半山腰的一棵巨松下面，孫賓捧著一冊竹簡，讀得聚精會神。另外一冊被他放在地上。龐涓移近幾步，本想看個清楚，可又擔心走得太近被他發現。

龐涓眉頭一皺，計上心來：「嗯，我且大大方方地走過去，看他藏也不藏。如果藏

了，定是有鬼。如果不藏，就是我多心了！」

龐涓想定，退後數十步，然後打著口哨重又沿山道走上來，一副遊山玩水的樣子。

遠遠聽到龐涓的口哨聲，孫賓猛吃一驚。想到張儀的囑託，孫賓忙將《老子鄰氏傳》收拾起來，藏於一個樹叢裡，然後拿起地上的竹簡，裝模作樣地閱讀起來。

龐涓走到樹下，裝作吃驚的樣子：「孫兄，你怎麼會在這兒？」

孫賓支吾道：「哦，我……是啊，一個地方讀得倦了，就想換個地方。這兒僻靜，看書倒是不錯。看賢弟的樣子，今兒有閒心哩。」

龐涓道：「讀得倦了，想到這山上走走，不想在這裡遇到孫兄。看孫兄著迷的樣子，定是讀到什麼寶書了？」

孫賓將書遞給龐涓：「是《六韜》，師弟早就讀過的。」

龐涓接過來一看，果然是《六韜》，心下暗道：「明明是兩冊書，這突然就成一冊了。孫賓哪孫賓，我還以為你實誠呢，原來卻是真人不露相！好好好，算我龐某看走眼了！」

龐涓想到這裡，將書還給孫賓，哈哈笑道：「孫兄慢讀，在下不打擾了！」

孫賓道：「賢弟慢好！」

龐涓哼著曲，朝山上走去。

一邊的樹叢裡，張儀將這一幕看在眼裡，嘿然一笑，急步下山，走到溪邊，對蘇秦道：「蘇兄，龐涓那廝果然去了！」

蘇秦道：「我說賢弟，你讓在下說這說那，這又在此又驚又乍，究竟在搞什麼鬼？」

張儀在他耳邊細語一陣，蘇秦道：「這麼說來，龐涓真是有心之人！」

張儀道：「豈止有心？還是黑心！蘇兄，在下方才想了一個整治他的方子，蘇兄只要點頭，保證讓姓龐的那廝記次教訓！」

蘇秦道：「賢弟要想整他，就去整他好了，為何定要在下點頭？」

張儀道：「因為這事得蘇兄出馬！」

蘇秦驚道：「我出馬？」

張儀道：「是的。在下跟那廝是冤家，無論說出什麼，他必是不信。蘇兄就不同了，只要從你口中說出，這廝必聽！」

蘇秦道：「你要害人，卻拿在下當槍使，天上竟有這等事？」

張儀道：「蘇兄誤會在下了。在下不是害他，是幫他！再說，這也是在幫孫兄！」

蘇秦似乎沒弄明白：「幫他？幫孫兄？」

張儀道：「蘇兄想想看，在這鬼谷裡，如果龐涓要防一人，會是誰呢？」

蘇秦笑道：「當然是你張儀。你們二人針尖對麥芒，誰也不讓誰！」

張儀連連搖頭：「錯了，錯了，蘇兄，看人萬不能只看表相！」

蘇秦道：「你是說，他要防的是孫兄？」

張儀點頭道：「是的。你想想看，在這鬼谷裡，師姐修的是醫道，又是女兒身，與龐涓根本不是同道中人，可以忽略不計。你我所學是口舌之術，與那廝風馬牛不相及。唯有孫賓與他志趣相投，且又師出同門，彼此知根知柢。若是同事一主，就有主次之分。若是各事其主，就是對手，不是你死，就是我活。你說，龐涓那廝能不防一手嗎？」

蘇秦沉思一時：「賢弟如此說來，倒也在理。」

張儀道：「孫兄是實誠之人，龐涓若有此心，孫兄必無提防，也必吃虧。我們若是聽憑龐涓此心膨脹下去，豈不是既害了龐涓，也害了孫兄？」

蘇秦細想一陣，抬頭道：「嗯，賢弟有何良策？」

張儀在蘇秦耳邊如此這般，耳語一番，蘇秦笑道：「這……未免損了點！」

張儀咧嘴樂道：「嘿嘿嘿，全當耍子唄！一天到晚悶在這谷裡，還不把人憋死？」

*　　　*　　　*

孫賓的反常舉動使龐涓大惑不解。這日午後，龐涓根本無心看書，悶了頭坐在樹下。依他的了解，孫賓不該是這個樣子。可前日之事，卻是他親眼所見。常言道，人心隔肚皮，孫賓少言寡語，縱有心事，也很少吐露。細想起來，對於孫賓，他還真的沒有了解多少。即使他這名門之後，也是被陳軫審問出來的。看來，這個孫賓確是極有城府之人，日後他得更為小心才是。

龐涓正自思慮，蘇秦提了個竹籃走來，看到龐涓，遠遠叫道：「龐兄！」

龐涓回過神來，見是蘇秦，趕忙起身揖道：「在下見過蘇兄！」瞧一眼他的竹籃，「蘇兄這是……」

蘇秦道：「方才見到師姐，她說許久沒吃香菇了。昨兒落雨，今日必有鮮菇，在下這就想去採一些回來！」

聽到是玉蟬要吃香菇，龐涓趕忙說道：「哦，師姐總能跟我想到一塊。昨日剛一落雨，在下就想今日去採鮮菇。誰想今日雜事一來，竟將這檔子事忘了。走，在下陪蘇兄一道採去！」

蘇秦笑道：「這敢情好，在下正在擔心採到毒菇呢。師姐愛吃樺樹上的菇，咱們到東山採去。」

二人說說笑笑地沿山道走向雄雞嶺。正行之間，蘇秦道：「嘿，昨晚有件奇事，不知龐兄聽到否？」

龐涓道：「哦，是何奇事？」

蘇秦笑道：「昨晚在下許是肚皮著涼了，天將明時，肚疼難忍，這就跳下榻去，走進林中出恭。出恭回來，正要開門進屋，突然聽到有人說話。」

「有人說話？」龐涓驚道，「這半夜三更的，何人說話？」

蘇秦道：「在下覺得奇怪，仔細一聽，卻是孫兄！」

聽到是孫賓，龐涓兩眼大睜：「是孫兄！他說什麼來著？」

蘇秦道：「也是在下好奇心起，側耳細聽。哈哈哈，原來孫兄在說夢話！」

龐涓點了點頭：「這個時辰，是有夢話。孫兄說什麼來著？」

蘇秦道：「初時聽不真切，後來聽到孫兄在喊：『李將軍，你帶三千人左行三百步，排成一字長蛇形，張將軍，你帶三千人右行三百步，亦排成一字長蛇形！』」

龐涓奇道：「就這些？」

蘇秦道：「哪能呢？孫兄這個夢很長，又喊又叫的，一會兒調這個，一會兒撥那個，調來撥去，在下被他搞暈了。再說，那陣特睏，在下哪有閒心聽夢話？只是眼下想起此事，覺得有趣，這才說給龐兄聽。唉，在這鬼谷裡，若論讀書上心，真還數到孫兄，連夢裡也是如此用功！」

龐涓停住步子，若有所思：「照蘇兄所說，孫兄怕是在擺陣法。常言道，日有所思，夜有所夢，莫不是孫兄讀到什麼陣法了？」

蘇秦道：「龐兄這一說，在下想起來了，孫兄提到什麼太公八陣！」

龐涓驚道：「太公八陣？你可聽清楚？」

蘇秦道：「清清楚楚！」

龐涓的眉頭擰成一個疙瘩，自語道：「太公八陣？這倒真是新鮮東西！」

蘇秦指著前面的一片樺樹林道：「龐兄，林子到了，咱們進去吧。」

龐涓「嗯」了一聲，跟著蘇秦走進林子，四處尋找蘑菇。正尋之間，蘇秦突然喊道：

「龐兄，快看，這是何物？」

龐涓急忙過來，果然看到林中的空地上有一幅圖案。龐涓橫看豎看，卻看不出任何名堂。

蘇秦道：「好像是個蟲子在爬。定是張儀這小子吃飽了脹的，來這林中作神弄鬼！龐兄，甭管它了，咱們採菇去！」

龐涓卻是一動不動，凝神望著圖案：「蘇兄，你先去採，在下看看這是個什麼玩意兒？」

蘇秦走後，龐涓自語道：「看來，這就是太公陣法了。前日孫賓神祕兮兮地躲到這片林中讀書，昨晚又說夢話，此圖必是太公陣法。想必是他搞不明白，畫在地上慢慢參悟的。哼，這個孫賓，在大樹下面偷讀，卻在這林子裡畫圖，真夠鬼的！我且回去找塊木板，拿好筆墨，將此圖描摹下來，細細參悟！」

然而，待龐涓拿到木板與筆墨趕至林中時，圖案卻是不見了。

龐涓一下子怔在那兒，半晌，似乎明白過來，嘆道：「孫賓哪孫賓，你倒是夠陰的！」

晚飯時，眾人各盛一碗，蹲在草坪上邊吃邊說笑。龐涓卻是沒有胃口，端了一碗，走到一邊，將碗放下，閉目思索。

孫賓走過來，關切地問：「師弟，怎麼不吃呢？」

龐涓道：「吃不下！」

孫賓急切地問：「莫不是病了？」

龐涓想了想，決定再試一試孫賓，抬頭問道：「孫兄，你可聽說太公陣法的事？」

孫賓想了許久，搖頭道：「在下只聽先生說起過太公兵法，不曾聽說太公陣法。賢弟怎麼問起這事來了？」

龐涓哈哈笑道：「既然孫兄不知，就當在下沒問就是！」

言畢，龐涓端起飯碗，扭頭走去。

孫賓怔了一下，衝著他的背影叫道：「師弟，你……你這是怎麼了？」

龐涓卻是頭也不回。

這天晚上，萬籟俱靜。龐涓輾轉反側，一直挨到下半夜，這才起身，推開門，走到外面，將耳朵貼近孫賓的窗口。

孫賓卻在呼呼大睡。

龐涓聽有許久，氣惱地說：「說呀，你這個人精，怎麼不說夢話了呢？」

晨起選書，孫賓拿了一冊朝外面走去。龐涓遠遠地跟在後面，看到孫賓逕直走向那個斷崖，坐在一塊石頭上將書攤開。

龐涓道：「哼，這廝裝得真像！我倒要看看，你能撐到幾時？」

時至中午，又至下午，再至太陽落山，孫賓卻是一直坐在那兒，並無任何異常。

龐涓苦守一日，卻是一頭霧水，自言自語道：「怎麼回事呢？為何他的一點馬腳也未見露出？難道此人有所覺察了？一定是的。昨晚不該問他太公兵法之事！是我打草驚蛇了！」

第二日，龐涓繼續跟蹤孫賓，見他再次走到斷崖下面，便知得不到什麼。龐涓心頭一動，扭頭走向東山，繼續在雄雞嶺半腰上的那片林子裡搜尋。

果然，沒找多久，他就在林中尋到了另一幅圖案，不遠處，則是由石子、樹枝擺設出來的一個變化版。

龐涓喜道：「原來如此，差一點被我誤了大事！」

龐涓抖擻精神，全神貫注地鑽研起兩個圖案，卻是越看越不明白，自語道：「怎麼回事呢？難道不是兵陣？對，絕對不是兵陣！可……可它是什麼呢？太公八陣，難道這是其中的局部或局部的變化？待我再尋尋看！」

龐涓到林中又尋一時，卻是一無所獲，只好回到原來的兩個圖案前，琢磨來琢磨去，直到太陽落山，仍未參出要領。

龐涓陡地一拍腦門：「待我問過先生，不就一目瞭然了嗎？」

龐涓遂將兩圖描了個大樣，帶回谷中。

吃過晚飯，眾人在一起閒聊。張儀躺在自製的竹椅上，拿出他剛用竹片、羽毛做成的羽扇搧風。

龐涓道：「張兄，你的扇子不錯，能看看否？」

張儀隨手遞給他。龐涓端詳一陣，笑道：「這上面不是烏鴉毛嗎？」

張儀一把搶過扇子，笑道：「你這張烏鴉嘴，只能說出烏鴉毛來！告訴你吧，我這扇子上的，是鳳羽！」

玉蟬笑道：「哦，是鳳羽，我來看看！」

玉蟬看了一會兒，笑道：「什麼鳳羽？是雁翎！」

眾人皆是大笑起來。恰在此時，鬼谷子搖著羽扇，緩緩走了過來。

眾人趕忙起身，揖禮道：「弟子見過先生！」

鬼谷子還過禮，笑著問道：「你們方才在笑什麼呢？」

龐涓道：「回先生的話，大家在笑張儀，他拿了雁翎來充鳳羽！」

鬼谷子笑了笑：「雁翎、鳳羽都是羽毛，在道來說，並無區別！」

張儀聽得此話，將扇子搖得嘩嘩直響，哈哈笑道：「先生的話，你們都聽清楚了嗎？」

鬼谷子又道：「在物來說，卻是天上地下！」

張儀失了聲，眾人卻是大笑起來。笑有一時，龐涓問道：「先生，弟子有惑！」

鬼谷子道：「請講！」

龐涓道：「何為『太公八陣』？」

鬼谷子思索有頃：「老朽只聽說過『太公兵法』，未曾聽說還有『太公八陣』！」

龐涓疑惑起來，拿出他在林中臨摹來的圖案：「先生可曾見過此圖？」

鬼谷子認真看過，沉思半晌，搖了搖頭：「此圖何來？」

龐涓道：「是在東山的樺樹林裡發現的，弟子疑與『太公八陣』有關，請先生定奪！」

鬼谷子道：「此圖大是怪異，根本不是兵陣！再說，據老朽所知，天下不曾有過什麼『太公八陣』！」

龐涓驚道：「這……」

張儀湊上前來：「什麼寶貝，我來看看！」

張儀看過，大聲叫道：「嘿，這不是一隻仰八叉子的王八嗎？還在孵蛋呢！」

玉蟬、孫賓、童子等一齊圍攏過來。

玉蟬道：「還甭說，倒是像呢！」

孫賓笑道：「嗯，是有點像，想是龐師弟拿來讓大夥開心的！」

張儀哈哈笑道：「我說龐兄，你這一天到晚神祕兮兮的，在下還以為悟出什麼寶貝陣法了呢，原來弄出一隻孵蛋的王八！」

龐涓忙拿過去，仔細一看，果然像是一隻顛倒過來且正在孵蛋的王八，當下羞得面紅耳赤。也是在這陡然之間，龐涓明白自己中了圈套，將眼睛射向張儀，咬牙吼道：「王八蛋，走著瞧！」

說完，龐涓又將目光轉向蘇秦，盯他一眼：「你——哼！」

龐涓氣沖沖地甩手走開。

蘇秦怔了一下，急追幾步：「龐兄！龐兄！你聽我解釋！」

龐涓卻是頭也沒回，朝小溪邊揚長而去。眾人衝他說笑一陣，也各散去。

在回草堂的路上，玉蟬挽著鬼谷子的手，慢慢地走著。

鬼谷子的腳步越來越慢，漸漸停下來，對玉蟬道：「蟬兒，妳知道龐涓為何生氣嗎？」

玉蟬道：「想是張儀捉弄他了。」

鬼谷子思忖有頃：「張儀為何捉弄他？」

玉蟬道：「自進谷之後，他們兩個就跟冤家似的。先生，這事重要嗎？」

鬼谷子點了點頭，緩緩說道：「蟬兒。四人不會在此永遠修道。出山之後，他們如果只去做個尋常百姓，倒也無關緊要。如果出將入相，事就大了，他們在谷中的任何言行，我們都不可等閒視之！」

玉蟬點頭：「蟬兒明白了。聽說魏相白圭在視察鴻溝大堤時，見蟻穴而封之，先生在這兒也是封蟻穴呢。」

鬼谷子道：「是的，今日差之毫釐，明日失之千里！有些事，看小不小。另有些事，看大不大。」

玉蟬思忖有頃：「先生，如何方知它們是大是小呢？」

「觀其理。人不同於動物之處，在其偽。偽即隱其真心。人心叵測，指的就是此偽。然而，無論其如何施偽，總會露出端倪。」

「先生，如何方能看出這些端倪呢？」

「一是觀其眼睛，二是察其言行。眼為心之窗，言為心之聲，行為心之從。」

玉蟬點頭道：「即使觀出其理，又如何評判其是害是利，是大是小呢？」

「察其是否順應道之理！」

「何為道之理？」

「道之理即和諧，即順應，即萬物共生，即爭與不爭。萬事萬物，順道者昌，逆道者亡！」

玉蟬的眼睛撲閃幾下，現出靈光：「先生是要蟬兒弄明白龐涓生氣的原因，從中悟出道之理！」

鬼谷子微微一笑：「不只是悟出道之理，還要導引這幾人順應道之理。」

玉蟬點了點頭，抬眼問道：「先生，依你看來，龐涓為何這麼生氣？」

鬼谷子道：「這件事情，妳可去問蘇秦！」

「蘇秦？」玉蟬驚訝道，「不會吧。鬼谷之中，若論樸實、謙恭，莫過於蘇秦，他怎

會捉弄人呢？再說，蘇秦一向自視輕賤，不可能去開龐涓的玩笑！」

鬼谷子沒有回答，只是笑了笑，抬腿又朝草堂走去。

*　　　*　　　*

山上雄雞嶺雖然沒有猴望尖險峻高大，但在這鬼谷周圍，卻是最高的山峰，因遠看像隻打鳴的雄雞，遂得此名。雄雞嶺東側、南側均為百丈懸崖，西側、北側卻坡度平緩，林木茂盛。

玉蟬沿著山路一直走向山頂，邊走邊四下裡搜尋，自語道：「張儀說是他一大早就朝這兒來了，人呢？」

話音剛落，忽聽懸崖那邊傳來說話聲。

玉蟬大奇，停住步子，側耳細聽，卻是兩人在對話，其中一人正是蘇秦：

蘇　秦：小民蘇秦叩見上大夫！

上大夫：蘇秦？你祖居何方？師從何人？

蘇　秦：小民祖居洛陽，師從鬼谷先生！

上大夫：鬼谷先生？本大夫未聽說過。觀你衣著，哪兒像個士子，分明是布衣之人！

蘇　秦：是的，小民為布衣之士，師從鬼谷先生，飽讀詩書，胸有治國安邦之術。

上大夫：哈——治國安邦？哈——

那人笑畢，聲音戛然而止。

玉蟬驚道：「上大夫，這鬼谷裡如何冒出一個上大夫呢？」

玉蟬正在納悶，對話聲又傳過來：

蘇　秦：洛陽名士蘇秦叩見相國！

相　國：洛陽名士蘇秦，老朽未聽說過！你師從何人，豈敢妄稱名士？

蘇　秦：蘇秦師從雲夢山的鬼谷先生！

相　國：噢，原來閣下是鬼谷先生的高徒，失敬，失敬！聽說鬼谷先生有高足四人，個個身懷絕藝，文能治國，武能安邦，可有此事？

蘇　秦：正是。師弟孫賓，乃孫武子之後，與師弟龐涓同學兵法，二人均可統率千軍萬馬，戰必勝，攻必克。師弟張儀素有三寸不爛之舌美譽，其才……

聲音又是戛然而止。

玉蟬似乎是突然明白過來，急步走上前去，果然看到只有蘇秦一人，正自聚精會神地端坐於地，在自問自答。

玉蟬款款走到蘇秦跟前，噗哧笑道：「蘇公子，你演得真像，方才竟將蟬兒唬住了，

我還以為這鬼谷裡真的來了什麼上大夫或相國呢！」

猛然看到玉蟬，蘇秦先吃一驚，不無尷尬地說：「師姐，您……您全聽見了？」

玉蟬半開玩笑地說：「蘇公子那麼大聲音，蟬兒走至山腰，就已聽到了。」

蘇秦臉上發窘，更顯尷尬。

玉蟬在他前面盤腿坐下，緩緩說道：「方才蘇兄叩見的淨是上大夫、相國之流，為何不去直接面君呢？」

蘇秦低垂了頭，半晌方道：「師姐見笑了。蘇秦智不如人，不敢有此奢望！」

玉蟬又是噗哧一笑：「什麼智不如人？能進鬼谷的人，哪一個是傻瓜？蘇公子此言，只怕不是心裡話吧！」

蘇秦道：「是心裡話。說真的，在下無論從哪一方面，都趕不上龐兄、孫兄，更不用說師弟張儀了。在下此生，若是能夠見到上大夫或是相國，有個晉身，於願足矣！」

玉蟬聽得出來，這遠不是蘇秦的心裡話，慢慢地斂起笑容，望著蘇秦：「難道蘇公子進山修道，為的只是圖個晉身？」

蘇秦猶豫有頃：「也不完全是。」

玉蟬道：「蟬兒願聞公子高志！」

蘇秦略頓一下，笑道：「蘇秦若是說出來，只怕師姐譏笑。」

玉蟬微微一笑：「人各有志，蟬兒有何資格譏笑蘇公子呢？」

蘇秦兩眼望著遠處綿綿不絕的峰巒，述其志道：「蘇秦此生，定在四十歲前建功立業，封城拜相，聞達於諸侯，留名於後世！」

玉蟬道：「還有嗎？」

蘇秦道：「蘇秦別無他求！」

玉蟬沉思有頃：「蘇公子果然是壯志凌雲！不過，蟬兒尚有一惑，請蘇公子解之。」

蘇秦道：「師姐請講！」

玉蟬的兩眼直盯著蘇秦：「方才蘇公子述志，蟬兒只聽出了『功名富貴』四字。蟬兒請問，對蘇公子來說，功名富貴真有那麼重要嗎？」

蘇秦低下頭去，沉默半晌，抬起頭來：「師姐，您挨過餓嗎？」

玉蟬搖了搖頭。

蘇秦目視遠方：「您種過田嗎？」

玉蟬搖了搖頭。

蘇秦將目光收回，情緒略顯激動地望著玉蟬：「您知道身無分文地走在王城大街上的滋味嗎？您受過富貴人家投過來的鄙夷目光嗎？您感受過胯下之辱嗎？」

玉蟬的一雙大眼驚訝地望著情緒越來越激動的蘇秦，連連搖頭。

蘇秦的目光再次望向遠方，似乎回到多年前的軒里：「記得那年七月，我們兄弟三個就和阿大站在田頭，看著眼前一片連一片的禾苗。那是我們的汗水，是我們一年來的所有

盼望。無情的日頭火辣辣地射下來，射在已經枯黃的禾苗上，將一片片葉子晒成一條條又細又長的卷。枯黃的禾苗下面，是一條接一條的裂縫。裂縫越來越寬，越來越深，就像深淵，一條接一條，橫在我們的心上。我們父子四人的心碎了。我們跪在地上，祈求上蒼降雨，哪怕只降一滴也好。我們一天又一天地跪著，求啊，求啊。有一天，雨來了。雨終於來了。雨下啊，下啊，下了一天又一天，下了一天又一天，下了一天又一天……」

蘇秦越說越慢，漸成哽咽。玉蟬被蘇秦的激情澈底感動了，汪洋一片的雨水似已化為她眼中的淚花。

蘇秦停下來，半晌，彷彿是在自言自語：「一切都沒了，所有的汗水，所有的盼望，全沒了。留給我們的只有泥濘，滿地的泥濘，沒完沒了的泥濘，深一腳淺一腳的泥濘……」

接著又是一陣沉默。

蘇秦的眼中流出淚水：「次年就是荒春，我和弟弟蘇代來到王城。大街上到處都是好吃的，有饅頭，有包子，還有油條，一排接一排，一堆挨一堆。我和弟弟逐個攤位看下去，口水都嚥乾了。那一年我十二歲，是第一次進王城，也是第一次看到數不清的達官貴人。他們穿的衣服真好，他們從那些攤位前面經過，對那滿眼好吃的竟然是不屑一顧。師姐，也許就是從那一日開始，我才知道什麼叫富貴。我暗中發誓，我要離開軒里，離開那片土地，我一定要得到那個名叫富貴的東西！」

蘇秦的語調裡充滿了嚮往和堅定，玉蟬貼切地感受到了一種從未有過的震撼。她低下頭去，陷入沉思。

好一會兒，玉蟬終於抬起頭來，平靜地望著蘇秦：「蟬兒終於明白了，蘇公子之所以發憤用功，為的只是尋求富貴！」

蘇秦垂下頭去。

玉蟬提高聲音，兩眼直視蘇秦：「是的，蟬兒沒有挨過餓，蟬兒沒有踩過沒完沒了的泥濘。蘇公子所經歷過的一切，蟬兒一樣也沒有經歷過。然而，唯有功名富貴，蟬兒見得多了，多得讓我噁心！」

一陣更長的沉默。

蘇秦抬頭，尷尬地笑了笑：「師姐，您到這裡，恐怕不是專來與在下談這事的吧！」

玉蟬也換過話頭，微微笑道：「是啊，蘇公子談起富貴，蟬兒聽得入迷了，差一點誤了正事。這幾日天氣晴朗，星月燦爛，蟬兒甚想開個篝火宴會，與天地同樂。」

蘇秦道：「師姐，此事稟過先生沒？」

玉蟬點了點頭：「嗯，先生說，明日人定時分，地母呑月，此乃上天奇相，不可不賞。再說，明日也是……」

玉蟬打住話頭。

蘇秦道：「師姐，有話直說！」

玉蟬抬起頭來：「明日晚間也是蟬兒的十六歲誕辰，蟬兒想……想與先生、童子及幾位公子共度此時！」

蘇秦趕忙揖道：「師姐二八芳華，在下祝賀了！師姐放心，在下這就回去告訴幾位師弟，保證明日晚上師姐過得開心就是！」

玉蟬道：「有勞蘇公子了。說起幾位公子，蟬兒順便問一句，昨日那個王八陣是怎麼回事，搞得神祕兮兮的。」

蘇秦如此這般講述一遍。

玉蟬噗哧笑道：「怪道龐公子生氣，原是吃了那麼多苦頭！張公子也是，虧他想出這樣的餿主意！」

蘇秦道：「在下覺得張儀所說不無道理，這才去開龐兒的玩笑，不想他竟是那麼當真。待有機會，在下跟他解釋清楚就是。」

玉蟬輕輕搖頭：「算了吧，依龐公子的性情，這事只怕是越解釋越黑。」

蘇秦沉思有頃：「好吧，在下就聽師姐的！」

*　　*　　*

「什麼？」張儀一下子彈起，「明日是師姐的十六歲生日？乖乖，這下還不熱鬧一番？」

蘇秦道：「在下也是這麼想。師姐想辦一場篝火宴會，咱們合計合計。」

張儀略想一下：「這樣吧，你準備山果，我準備食品。酒，對，這事離不開美酒，聽師兄說，先生洞裡有陳年老酒，是先生親自釀的，讓童子弄一罈來。還有什麼？嗯，乾柴。篝火離不開乾柴，劈柴這事讓龐涓做，不能讓他吃白食！」

二人正在合議，孫賓、龐涓走過來。

龐涓叫道：「吃什麼白食？」

蘇秦笑道：「龐兄，孫兄，你們來得正好。先生說，明日晚上地母吞月，是難得的天象。偏巧明日也是師姐的十六歲華誕，我們合計一下，開它一個篝火宴會，一邊賞月，一邊賀喜師姐，你們意下如何？」

龐涓道：「好，給師姐過生日，要龐涓幹什麼都成！張兄，剛才你叫龐涓做什麼來著？」

張儀道：「劈柴！」

龐涓呵呵一笑：「劈柴就劈柴！」

幾人又議一番，分頭準備去了。

第二日張儀、蘇秦、孫賓、童子諸人經過一日忙活，搞到整整兩大籃子食物，有小魚、野兔、山雞、瓜果、乾果、野菜等。下半晌，張儀站在草坪上，望著擺在石几上的兩籃子食物，一邊拿扇子搧風，一邊滿意地審視著自己的成就。

張儀審視一會兒，眉頭漸皺起來，自語道：「嗯，好像還缺點什麼，是的，一定缺少

點什麼！」

陡然，張儀一拍腦袋：「對，這日子不同尋常，萬不可錯過，我得精心為她準備一件大禮才是！」

張儀將扇子放在石几上，苦思送何禮物。

有頃，張儀一拍腦門：「有了！」

張儀二話不說，拔腿就朝山上走去。

張儀前腳剛走，龐涓就扛了一大捆乾柴回來，朝草地上一放，看到旁邊有只水桶，拿過水瓢舀一瓢出來，咕咕喝上一氣，咂了幾下，這才走到石几前，望著兩大籃子食品，滿意地點了點頭：「嗯，這廝倒也真能折騰，整得夠豐盛了。」

龐涓看到石几上的扇子，伸手拿過來，連搧幾下，自語道：「嗯，這廝的手藝，倒也不錯！」

龐涓歇了一會兒，看看日頭，見時辰尚早，回到房間，拿了幾件乾淨的衣服，逕朝溪邊走去，走幾步，將那扇子搧一下，好像它是一個玩具。

龐涓走到溪邊，正要解衣下水，陡地停下，自忖道：「天色尚早，這兒離草堂太近，萬一被師姐瞧見，卻是不雅。乾脆到那水潭裡去，洗個痛快。」

龐涓走上河岸，朝樹林深處走去。

水潭在小溪上游約二里多的地方。龐涓走到時，日頭尚未落山，天色依然亮堂。龐涓拐下小路，正要走下水潭，陡然聽到水中有人。龐涓打眼一看，不禁大吃一驚。水中不是別人，竟是全身赤裸的師姐玉蟬！

龐涓的熱血一下子沸騰起來，身子本能地一縮，隱於後面的樹叢中，緊緊地閉上眼睛。

玉蟬卻無一絲察覺，仍在水中一邊悠然地洗搓，一邊哼著小曲。今日是她十六歲生日，也是一年來她最為開心的一日。

龐涓兩眼緊閉，一顆心狂跳不止。龐涓知道再看一眼的後果，忙在心頭念叨：「龐涓，考驗你的時刻這就到了！龐涓，如果你想成為英雄，如果你想幹成大事，你就萬不能睜開眼睛，萬不能偷看蟬兒！她是你的師姐！師姐！師姐！」

龐涓在心裡一遍又一遍地念叨著。玉蟬絕美的胴體在龐涓的心眼裡忽隱忽現，飄來蕩去。龐涓雙眼緊閉，呼吸急促，全身抖動，牙關緊咬，全力抵禦著近在咫尺的誘惑！終於，龐涓開始鬆弛下來，身體不再抖動，牙關不再緊咬，眼睛不再緊閉，呼吸也漸趨平緩。

龐涓長長地吁出一口氣。是的，他戰勝了自己。他後退幾步，轉身離開。走有十幾步，他伸出衣袖，擦了一把因緊張而流出的一臉汗水，同時，本能地拿起張儀的扇子。

突然，龐涓的目光落在張儀的扇子上，久久地凝視著它。龐涓的眼珠急速一轉，嘴角露出一絲陰笑：「你小子，幾番陰我，今兒讓你也喝一壺，看不把你嗆死！」

龐涓返回來，將扇子丟在樹叢裡，故意將樹枝撥弄得嚓嚓直響。響聲驚動了玉蟬。她本能地護住胸部，泡進水裡，顫聲叫道：「誰？」樹叢後面響起一陣急急的腳步聲，再後是一片靜寂。

玉蟬面色緋紅，呆若木雞。愣有一時，她開始冷靜下來，落落大方地走上岸去，穿上衣服，走向發出響聲的樹叢。

玉蟬一眼看到了地上的扇子。她彎下身子，撿起來，淚水在眼中打轉。

玉蟬又站一時，拿衣袖擦過淚花，將張儀的扇子納入袖中，走回谷中。此時，太陽已是落山。玉蟬走到谷口，剛好看到張儀手持花環，興高采烈地哼著小曲沿山路走來。遠遠看到頭髮依舊溼漉漉的玉蟬，張儀忙將花環高高地舉起，大聲叫道：「師姐，快看，這是什麼？」

玉蟬臉色鐵青，一句話也不說，但卻打住腳步，只待張儀走到跟前。

張儀笑道：「師姐，您怎麼了？來，戴戴看，這是在下第一次編花環，特別送給您的，您看合意不？」

張儀說著，欲將花環戴在玉蟬頭上。

玉蟬陡地一把奪過花環，朝地上一摔，拿腳狠狠地又跺又跺：「怎麼了？怎麼了？我讓你看看怎麼了？」

說完，玉蟬眼中含淚，扭頭急步走去。

張儀傻了。他怔怔地望著玉蟬遠去的身影，許久，方才慢慢地彎下腰去，撿起地上支離破碎的花環，一片茫然。

蘇秦、孫賓、龐涓正在草坪上準備晚宴，遠遠看到玉蟬一路捣著臉跑回鬼谷草堂，咚一聲將房門關得山響。蘇秦感覺有異，輕聲問道：「師姐這是怎麼了？」

孫賓也道：「是啊，宴會就要開始，她這是……」

蘇秦道：「孫兄，我在這兒收拾，你去問問怎回事？」

孫賓點了點頭，逕直走進草堂，敲門：「師姐，開門，是我，孫賓！」

頓了一時，玉蟬慢慢地打開房門：「孫公子，請進！」

孫賓看她一眼：「師姐，剛才是怎回事，嚇我們一跳！」

玉蟬似乎已經平靜下來，緩緩地從袖中摸出扇子，輕聲說道：「沒什麼！孫公子，請把這個還給張公子！」

玉蟬說完，頭也不回地走入洞中，走到洞口，正好碰到童子提著一罈老酒出來。童子道：「蟬兒姐，妳可回來了。快點，張公子他們弄來許多好吃的！」

玉蟬道：「你先去吧。」

童子答應一聲，走出草堂，剛到草坪上，遠遠看到張儀拿著那只破碎的花環，耷拉了腦袋走回來。

童子叫道：「張師弟，美酒來了！」

張儀卻不理他，只管陰著臉，一步一挪地走到草坪上，一副茫然若失的樣子。

蘇秦看他一眼：「賢弟，你怎麼了？」

張儀搖了搖頭：「天知道怎麼了！」

蘇秦怔了一下：「咦，蟬兒在那兒傷心，你在這兒也拉了個長臉，你們二人彈的這是哪一曲呀！」

張儀道：「要知道彈的是哪一曲，我……我……」

看到孫賓也走過來，蘇秦問道：「孫兄，問過師姐了嗎？」

孫賓點了點頭，走到近前，將手中的扇子放在石几上，對張儀道：「師姐讓在下將這個還給張兄！張兄，這是怎一回事？」

張儀猛地拿過扇子，反覆觀看，越看越是愣怔：「奇怪，我的扇子，怎麼會在師姐那兒？這是怎回事呢？」抬頭望著童子，「師兄，我的扇子為何會在師姐那兒？」

童子道：「這該問你呢，你倒問起我來了！」

張儀正自納悶，一直在十幾步外草坪上躺著的龐涓忽地爬起，打著忽哨，慢悠悠地走過來，瞧一眼張儀，嘻嘻笑道：「怎回事？叫在下來說，看師姐傷心那樣子，八成是遭人欺負了！」

張儀忽地站起，手指龐涓：「龐涓，你——」

龐涓道：「咦，在下只是說個平話，又沒有說是你張兄幹的，你幹嘛激動成這樣？」

張儀氣結：「你——」

張儀轉向孫賓、蘇秦：「孫兄，蘇兄，張儀對天盟誓，如果對師姐有過半點不恥之舉，張儀定……定遭天雷轟頂！」

孫賓道：「張兄，我們相信你不是無恥之人！」

龐涓陰陽怪氣地說：「這無恥不無恥，又沒有寫在臉上！人哪，知人知面不知心，明看是個正人君子，暗中可就說不清嘍！」

張儀大叫：「龐涓，你——你這是血口噴人！」

龐涓哈哈笑道：「血口噴人？不做虧心事，不怕鬼敲門。張兄又沒做下不恥之事，在下不過說句平話，張兄為何受不住呢？」

張儀猛地大吼一聲，一頭撲向龐涓，大叫道：「你這奸詐小人，我這跟你拚了！」

龐涓猝不及防，竟被張儀衝倒在地。緊接著，二人在草地上一翻一滾，扭打成一團。

蘇秦、孫賓急忙上前，竟是拉扯不開。童子急了，飛快跑回草堂，剛到門口，陡然看到玉蟬身披一襲輕紗，緩緩地走出草堂。

童子叫道：「蟬兒姐，你看他們……」

玉蟬沒有說話，而是一步一步地走向草坪。

童子大聲叫道：「張公子、龐公子，蟬兒姐來了！」

兩人正自滾打，聽到童子的喊聲，竟是陡然鬆開。

玉蟬冷冷的目光直射過來：「打呀，為何不打了呢！」

張儀、龐涓爬起來，各自垂了頭，訕訕地站在一邊。

玉蟬向前又走幾步，在離他們十幾步遠的地方，緩緩地鬆掉身上的白紗，全身赤裸地站在那兒。冷冷的月光直射下來，傾瀉在這團剛滿十六歲的處子胴體上，使她越發純潔柔媚，如仙女下凡。

四人驚得呆了，急急背過臉去。

玉蟬冷冷地說道：「看呀！你們不是想看蟬兒的身體嗎？看呀，為什麼都不抬頭了呢？如果有誰看不清楚，可以走近前來。再看不清楚，可以打上火把！」

整個場地寂靜無聲。

玉蟬靜靜地說：「你們為何背過臉去呢？這是光明正大之事，蟬兒讓你們看，你們為何不看了呢？」

四子的頭垂得更低，完全被玉蟬的凌人氣勢震懾了。

玉蟬一字一頓：「諸位公子，你們不是自視為當世英雄嗎？你們不是小視天下嗎？你們不是將治國安邦的雄心壯志掛在嘴邊嗎？你們這些大英雄，為何連一個小女子的身體也不敢看呢？」

更長時間的靜寂。童子從地上撿起白紗，走到玉蟬跟前，輕輕地披在她的身上。

玉蟬的眼中流出淚水，哽咽道：「諸位公子，自從走進這條谷中，自從隨從先生踏上求道之路，蟬兒之心已經交付大道，不再屬於蟬兒了。屬於蟬兒的，只有這團肉體。如果哪位公子迷戀這團肉體，蟬兒願意獻出。諸位公子，蟬兒是真心的。如果你們真的能夠成為英雄，如果你們真的能夠拯救亂世，如果你們真的能夠挽救黎民於水火，如果你們真的能夠因此悟道，就算將蟬兒此身一口吞去，蟬兒有何惜哉！」

空氣竟如凝結了一般。

玉蟬又站一時，緩緩地轉過身去，一步一步地走向草堂。

不遠處的樹影裡，鬼谷子沉重地點了點頭，輕嘆一聲，轉身走去。

這邊草地上，張儀猛然意識到發生過什麼事了，慘叫一聲：「天哪！」瘋了般狂奔而去。

蘇秦一怔，遠遠地跟在後面。

張儀一口氣跑到小溪邊，走到一棵大樹前，將頭重重地撞向樹幹，哽咽道：「師姐，我沒有對不起妳，我沒有對不起妳，我是真的沒有對不起妳啊，師姐——」

蘇秦似乎也已明白過來，點了點頭，慢慢地走過來，輕聲說道：「賢弟，對起也好，對不起也好，這些都不重要了！師姐那番話不是說給你聽的，她是說給我們所有人聽的！不瞞賢弟，就在剛才，在下臉上就像被人揭了一層皮！一個弱女子心中念及的是拯救亂世，是蒼生疾苦，可我……賢弟啊，你知道不，就在昨天，就在那雄雞嶺上，我……我……我一個大男人，卻在對她大談功名富貴！天哪，功名富貴……我蘇秦竟然在一個胸懷天下的聖女面前大言不慚，將富貴功名視為此生遠志，何其悲哉！何其悲哉——」

蘇秦說著，兩手摀臉，痛苦地蹲在地上，哽咽起來。

就在此時，遠處的草地上亮起一堆篝火，接著，傳來悠揚的琴聲。

蘇秦豎起耳朵聽了一時，站起來道：「賢弟，你聽，是〈流水〉，師姐彈的，師姐這是在召喚我們！」

張儀搖了搖頭：「蘇兄，你去吧，在下沒臉見她！」

蘇秦道：「你若不去，才是沒臉見她！〈流水〉不能沒有〈高山〉，〈高山〉自也離不開〈流水〉。賢弟，難道你不願為師姐祝壽嗎？」

張儀緩緩地抬起頭來，望著那團篝火。

蘇秦扯了他的衣襟：「賢弟，我們幾人中，只有你的琴彈得最好，向她獻一曲〈高山〉吧。只要是你的心，她能聽懂的！」

張儀遲疑一下，跟著蘇秦，慢慢地向火光走去！

草地上，火焰熊熊。火光中，玉蟬一身素裝，端坐於琴前，兩隻纖手有節奏地一起一落，琴音如〈流水〉一樣，時而潺潺，時而奔湧。

鬼谷子、童子、孫賓、龐涓各自席坐於地，閉目聆聽。

蘇秦、張儀慢慢走近。

玉蟬兩手一揮，戛然彈出〈流水〉的最後一節音符。一片沉寂，然後是歡呼聲和鼓掌聲。玉蟬向大家深鞠一躬。看到張儀走來，玉蟬遂將目光轉向他。所有人的目光也都跟著轉向張儀。

張儀慢慢地走到琴前，坐下來，閉上眼睛，緩緩地下指，彈起〈高山〉。

這是張儀彈得最好的一次，因為他是用了全部身心在彈。蘇秦聽得感動，拿出竹笛，輕輕地吹奏起來。龐涓看到，情不自禁地敲起梆子，孫賓和童子也在那兒有節奏地擊掌回應。玉蟬不無感動地望著眾人，淚水滾下臉龐。

鬼谷子點了點頭，緩緩地站起來，輕聲說道：「蟬兒，取劍來，老朽為妳舞一曲！」

玉蟬取出寶劍，鬼谷子接過，隨著節奏翩翩起舞。

所有人，即使童子，也未見過鬼谷子舞劍，一時間，群情激動。張儀的眼中流出淚水。龐涓竟是呆了，兩眼一眨不眨地緊盯住鬼谷子，生怕漏掉一招一式。

鬼谷子舞得並不快，然而，不一會兒，儘管鬼谷子並未加快，眾人卻是只見劍影，不見人形，而他的每一招式，甚至連寶劍從哪兒來，又劈向哪兒，竟都歷歷在目。

在場的人全看呆了。

張儀的雙手彈下最後一個音符，鬼谷子也作勢亮相，氣沉神定。

沒有人喝采，因為喝采已經遠不能表達他們內心的情感。

玉蟬緩緩走到鬼谷子面前，向他深鞠一躬：「蟬兒謝過先生！」

鬼谷子張開兩臂：「生日快樂，孩子！」

玉蟬撲過去，將頭靠在他的肩頭，鬼谷子輕輕地撫摸她的秀髮。

有頃，玉蟬脫身出來，緩緩走到張儀跟前，朝他深鞠一躬：「〈高山〉是蟬兒的最愛，在此良宵，蟬兒能夠聽到張公子彈奏，心中特別快樂！玉蟬謝過張公子了！」

玉蟬從旁邊拿起張儀特別為她採集的花環：「還有張公子的花環，蟬兒也收下了，蟬兒再謝張公子！」

言畢，玉蟬將那只被她踩壞的花環鄭重地戴在頭上，一雙明澈的眼睛真誠地望著張儀。張儀久久地凝視著玉蟬頭上的花環，淚水奪眶而出。

孫賓、龐涓、蘇秦圍攏過來，朝玉蟬各揖一禮，齊道：「祝師姐生日快樂！」

玉蟬回身向眾人再鞠一躬：「謝謝諸位公子，謝謝，蟬兒今日特別開心，真的，蟬兒特別開心！」

正在此時，天色忽然暗了下來，童子眼快，叫道：「先生，蟬兒姐，諸位師弟，快看，地母吞月了！」

眾人齊朝天上望去。果然，掛在東山頭上的圓圓月亮不知何時已是缺了大半，亮度也明顯減弱。原來，方纔他們只顧欣賞鬼谷子舞劍，竟是忘了天有異象之事。

鬼谷子看有一時，緩緩說道：「秦國要出大事了！」

眾人大驚。

龐涓急問：「先生何以知之？」

鬼谷子指著天上一股淡淡的黑氣道：「看到那道黑氣了嗎？地母吞月，必生殺氣。今日此氣直沖秦國分野，老朽是以知曉秦國將出大事！」

眾人順手望去，果見一道黑氣從正在被吞沒的半邊月旁邊放出，劃過夜空，直垂西邊天際。張儀半是驚疑地望著鬼谷子：「先生，這大事是凶是吉？」

鬼谷子道：「殺氣既出，自是凶事！」

聽到秦國有大凶，張儀自是高興，急忙問道：「敢問先生是何凶事？」

鬼谷子道：「此為天機！」

眾人皆知天機不可洩露，因而誰也沒有再問，無不仰頭凝視那道橫貫天宇的黑氣，彷彿它就是一把奪命的利劍。